SHY NOVELS

紅の命運

Prince of Silva

岩本 薫

イラスト 蓮川 愛

Contents

紅【くれない】の命運

Prince of Silva

VII

気がつくと、暗闇のなかを全速力で駆けていた。

なぜ自分が走っているのかはわからない。

誰かに追われているのか。それとも目指すべき場所があるのか。

わからない。

ただ一つわかっているのは、自分が走り続けなければならないこと。

はぁ……はぁ。

肺が苦しくなって息が上がる。どうやら裸足《はだし》らしく、足の裏がひりひり痛む。

苦しい。痛い。足を止めて休みたい。

股関節や膝がギシギシ軋《きし》んでくる。いまにも脹《ふく》ら脛《はぎ》が攣《つ》りそうだ。

足取りが覚束《おぼつか》なくなってきて、スピードもがくんと落ちる。

もう無理だ。これ以上は走れない。——そう思った時だった。

闇に閉ざされていた前方に、ぼんやりとした光の輪が浮かんだ。

光？

その光の輪に向かって、吸い寄せられるように進む。近づくにつれて、少しずつ輪が大きくなってきた。

もうすぐ。もう少しだ。

自分を励まして前進した。

あと少し！

そう思って気が緩んだのかもしれない。足がもつれて前のめりに転ぶ。

胸で地面をスライディングした。しばらく伏せて、ジンジンと痺れるような胸の痛みに耐える。

頭のすぐ上を、なにかが通過した気配に顔を上げた。

メタリックブルーの翅《はね》がキラッと煌《きら》めく。モルフォ蝶《ちょう》？

いつの間にか闇は消えて、辺りは青白い光に包まれていた。頭上には、皓々《こうこう》と輝く月が浮かんでいる。

フルムーンだ。

目の前で、ひらりと蝶が舞う。ひらひらと翅をひらめかせながら移動した先は、睡蓮《すいれん》の葉が浮く池だった。蓮池《はすいけ》の周囲には、びっしりと水草のような植物が生えている。

楕円形の池の上空では、たくさんの蝶が舞い踊っていた。

群舞のなかから、一匹の蝶が池にダイブした——かと思うと、ほんの一瞬だけ水面《みなも》に浸かって飛び立つ。

まるで水浴びだ。それをきっかけに蝶たちが次々と池にダイブした。その都度、水滴とメタリックブルーの翅が月の光に反射し、キラキラと光った。

夢のように美しい光景に既視感を覚えて、両目を大きく見開く。

あの場所だ。

間違いない。ここはジャングルのあの場所だ！

ついに辿り着いたんだ。

やっと……やっとブルシャの生息地に辿り着いた！

一刻も早く、蓮池の周囲に生えている植物を手にして確かめたい。

早く、早く！

気持ちは逸《はや》るのに、起き上がることができない。なぜか両手両足が動かないのだ。

なんで？　どうして？　さっきまで普通に動かせたし、走っていたのに。

なんとか起き上がろうともがき、足掻《あが》く。かろうじて体を揺することはできるけれど、それだけだ。まるで縛られてでもいるかのように、手も足も動かない。

そこでふっと気がついた。

いるかのように……じゃない。

「縛られているんだ！」

叫ぶのと同時に、ぱちっと両目を開く。

視界に映り込むのは薄暗いコンクリートの部屋。一瞬、頭が混乱してわからなくなった。

(どっちがどっちだ?)

コンクリートが現実で、ジャングルは夢？　それとも逆？

あの場所に……ブルシャに辿り着けたと思ったのは……夢？

パチパチと瞬《まばた》きを繰り返し、何度目を開閉してもコンクリートの壁が消えないのを確認した蓮《れん》の胸中に、じわじわと失望が押し寄せてくる。

「……夢、か」

しかも、落胆だけでは済まされない現実と、ほどなく向き合わなければならなかった。

現実の自分は、ジャングルを駆け回るどころか、手足を縛られ、ざらつくコンクリートの床に転がされている。正確には両腕は後ろに回されて手首を、両脚は足首を、いずれも結束バンドのようなもので拘束されていた。ジャケットは脱がされたようで、身につけている衣類はシャツとトラウザーズのみ。ネクタイも外されている。足は、靴下も靴も履いておらず、裸足だった。だが、一番の問題は、左の中指に嵌《は》まっているはずの指輪がないことだ。縛られた不自由な右手の指で、左手の指を触って確かめたが、やはりない。

(指輪を奪《と》られた！)

ショックを受けつつ、なんとか拘束を解けないかと両腕を左右に引っ張ったり、手首を捻《ひね》ったりしたが、むしろ逆に結束バンドが食い込んでしまう。脚も同じように試してみたが、同様に食い込んだだけだった。

仕方なく、床に転がった状態で首を持ち上げ、周囲を見回す。

天井から裸電球が一個ぶら下がっているだけの四角い部屋。テーブルや椅子などの調度品も置かれていない、殺風景な空間だ。コンクリート打ちっ放しの壁面のうち、一つの面に鉄製のドアが一枚嵌め込まれているのが唯一の出入り口で、窓すらない。

窓がないところをみると、地下室なのかもしれない。

意識を失う前は、地下の駐車場にいたはずだ。ということは、駐車場のどこかなんだろうか。

首が痛くなってきたので元に戻し、天井を見上げたまま、蓮はここに至るまでの記憶を辿った。

今日はエストラニオ最大のイベントであり、首都ハヴィーナで二日に亘《わた》って開催される祝祭《カーニバル》の初日だった。

本年度のカーニバルのスポンサーはシウヴァ・ホールディングス。シウヴァの当主である蓮は、スタジアムで催される開会式に於《お》いて、六万人の観衆を前にスピーチをするという重大な任務を帯びていた。

なんとか無事に任務を完了した蓮たち一行を乗せ、リムジンは『パラチオ　デ　シウヴァ』への帰路についたが、道半ばで渋滞に巻き込まれてしまった。動けなくなったリムジンを群衆に取り囲まれ、危険を感じた一行は、別の車に乗り換えるという選択を取った。しかし、徒歩による移動の途中でスコールに見舞われてしまう。激しい雨のなかを逃げ惑う人々に押され、秘書やボディガードからはぐれた蓮は、あわや人の波に呑み込まれる寸前、何者かに手首を摑まれた。

腕を引く人物に誘導されて密集した人の渦を抜け出し、気がつくと地下の駐車場にいた。

蓮を救ってくれたのは、元側近で、恋人でもある鏑木《かぶらぎ》だった。

現在は水面下で蓮とシウヴァのために動いている鏑木は、蓮のスピーチを聴くためにスタジアムを訪れていたという。その後、蓮の乗るリムジンがスタジアムから出てくるのを待って、バイクで追走したらしい。

鏑木は、熱狂の坩堝《るつぼ》と化す路上をリムジンで走ることに危険《リスク》を感じていたようだ。案の定、群衆に取り囲まれた蓮たちが路上を歩き出したのを見て、自分もバイクを乗り捨て、人波に身を投じたのだ。

危機を回避できた安堵と再会の喜びに、蓮は鏑木と抱き合い、唇を合わせた。そうやって一度恋人の体温に触れてしまえば、それだけで終わらせることなどできなかった。

カーニバルのしばらく前——これまで鏑木が『パラチオ　デ　シウヴァ』に忍んでくる際に使っていた旧通用門が閉鎖された。閉鎖を指示したのは、蓮と鏑木の共通の敵であるガブリエルだ。

鏑木を罠《わな》に嵌めてシウヴァから追い出し、現在は側近代理として、鏑木が去ったのちの空席に座る男。

鏑木が蓮の部屋に忍んで来ているのを知ったガブリエルは、侵入ルートを探し当て、封鎖したのだ。ガブリエルの妨害工作によって、蓮は二度と鏑木と『パラチオ　デ　シウヴァ』の敷地内で会うことができなくなってしまった。

失意の蓮のたった一つの心の慰めは、カーニバルが終わればジャングルに飛び、現地で鏑木と合流できること。

でも、ジャングルではほかのメンバーも一緒で、二人きりの濃密な時間を持つのは難しい。また目的がブルシャの生息地探索であることを思えば、恋人同士の触れ合いを優先している場合でもなかった。

そんな二人にとって、これは数少ない逢瀬の機会だ。希少なチャンスを見逃すことなどできず、蓮はみずから鏑木の前に跪《ひざまず》き、恋人の下衣に手をかけた。いつ、誰が足を踏み入れるかもわからない駐車場で口淫をするなんて、シウヴァの当主としてあるまじき行為だとわかっていた。それでもどうしても、抱き合って恋人の〝熱〟を感じたかった。

カーニバルの熱気に駆り立てられたような濃厚な時間を過ごしたあと、身内に姿を見られるわけにいかない鏑木は先に立ち去った。一人になった蓮が、秘書に連絡を入れようとしていたところに、予想外の男が現れたのだ。

蓮の脳裏に、昏《くら》い紫《ヴァイオレット》の瞳が浮かぶ。

リカルド・ヴェリッシモ。

鏑木と因縁を持つ、エストラニオ軍親衛隊の上級大佐。

軍人の部下二人を引き連れて地下駐車場に現れた男は、蓮を捜しに来たのだと言った。

──無事でよかった。私たちがこれから皆さんのところまでお送りします。

親切ごかしな物言いをしていた男が豹変《ひょうへん》したのは、蓮が、どうして自分がここにいるのがわかったのかと疑問をぶつけた直後だ。

──GPSに誘導してもらったんですよ。

──GPS？

──これです。

男が指差したのは、蓮のジャケットのフラワーホール。

スピーチの前にガブリエルが「ブラックスーツのせいか、胸元が少し寂しいようだ。これを」と言って、フラワーホールに挿した白薔薇《しろばら》が、あれだけ人波にもみくちゃにされても外れずに、まだ残っていた。

──……どういう意味ですか？

──物わかりが悪いな、プリンス殿。

突然、男の太い声が下卑た色合いを滲《にじ》ませる。

──フラワーホールに小型の受信機が取りつけられていて、俺たちはその位置情報を追って来たというわけだ。もっとも、地下だったせいで、確定するのに手間取ったがな。

受信機？

あの時、ガブリエルは白薔薇を挿すフリをして、その実、受信機を取りつけていた？

つまり、ガブリエルと目の前の男は……共犯《グル》？

リカルドとガブリエルが共謀していることに気がついた蓮は、身を翻《ひるがえ》して逃げようとしたが、たちまち屈強な部下に捕らえられ、羽交い締めにされてしまった。

——くそっ……放せっ！　放せよっ。

——騒いでも無駄だ。誰も助けになど来ない。

前に立ったリカルドが、意地の悪い嘲笑を浮かべた。

——放せ、このっ……。

——うるさいガキだ。しばらく大人しくしていてもらおうか。

男がそう言い放った直後、みぞおちに衝撃を受け、意識がブラックアウトした——。

そして目覚めたら、ここに転がされていたというわけだ。

（リカルドはガブリエルと繋がっていた……）

改めて認識した衝撃の事実に、奥歯をぎりっと噛み締める。

「……くそっ」

完全に盲点だった。リカルドとガブリエルの二人が水面下で結託しているなんて、考えも及ばなかった。

おそらく鏑木もこの組み合わせは予想していなかったに違いない。

いつから二人は共犯だったのか。自分がパーティで初めてリカルドに会った時は、すでにそうだった？

一体どこからが、ガブリエルの仕組んだ罠だったのか……。

わからないけれど、スピーチの前にガブリエルが受信機を仕込んだ経緯から、準備にそれなりの時間がかかっていることは察しがつく。少なくとも数日前には、自分を拉致する計画を立てていたのだろう。

鏑木は、カーニバル開催中のリムジンでの移動はリスクを伴うと考え、バイクであとを追ったと言っていた。鏑木がそう思ったのだから、ガブリエルだってその危険性を理解していたはずだ。リスクは承知の上でリムジン移動を選択し、当然の結果として渋滞に巻き込まれた。興奮した群衆のなかに高級車が取り残されれば、破壊衝動のターゲットとなることも織り込み済みだったに違いない。

——車を替えよう。もう一台手配して、最短かつ安全なポイントに待機させる。我々はここから脱出し、合流ポイントまで徒歩で移動する。

——徒歩で移動ですか？

——それしかない。

思い起こしてみれば、あの時、徒歩での移動を提言し、やや強引に推し進めたのはガブリエルだった。

もしかしたら、群衆のなかに仲間を潜り込ませておき、なんらかのアクションを起こして暴動を誘発し、混乱に乗じて自分を攫《さら》わせる計画だったのかもしれない。

ところが、アクションを起こす前にスコールがきて、自分はガブリエルが想定していたよりも遠くまで、人波に押し流されてしまった。

ここで蓮自身が自力で人波から逃れ、携帯で秘書に連絡を入れていれば、拉致計画は未遂に終わっていたはずだ。

だが実際には、蓮は鏑木によって人波から救い出され、その後は二人で地下駐車場に避難していた。

そうとは知らないガブリエルは、秘書が連絡を入れても応答がないことから、蓮が携帯に出られない状況にあると推察した。こうなると、保険をかける意味合いで取りつけておいた小型のＧＰＳ端末が役に立つ。

追跡アプリで蓮の大体の位置を割り出したガブリエルは、カーニバルの巡回警護のために現場付近にいたリカルドに連絡を取り、ピックアップに向かわせた――。

すべて憶測に過ぎないが、大きく外れていない気がする。

自分を拉致した目的は、前回、ルシアナを使った罠《トラップ》で略奪に失敗したエメラルドの指輪を手に入れるためでほぼ間違いないだろう。

シウヴァ始祖の日記が収められた地下室のライティングデスクの、〝キー〟となる指輪。

ガブリエルは、この指輪を喉から手が出るほど欲していた。

それにしても、これは、ガブリエルにとって大きな賭けだ。

自分の行方不明が続けば、故意の失踪《しっそう》か、なんらかの事故に巻き込まれて身動きが取れない状態にあるか、何者かに拉致されたかの、どれかということになる。いずれにせよ警察は動くし、マスコミに漏れれば世間も大騒ぎになる。鏑木だって黙っていないだろう。

少なくとも、この地下室に姿を見せれば、自分に正体を明かすことになる。蓮はガブリエルに裏の顔があると知っていたし、向こうも知られているとわかっていたはずだ。

それでも表面上、ガブリエルは「気がつかれていない」フリをしており、自分も「気がついていない」フリをしていた。お互いにそれとわかった上で演じていた茶番劇ではあるが、一応のバランスが取れていた。

せっかくの均衡を、今回みずから崩す――となると。

(本気で、ブルシャを取りにきた?)

これは個人的な感覚だが、これまでのガブリエルには、結果を性急に追い求めるより、プロセスを重視しているようなニュアンスがあった。完全にはこちらを追い詰めず、どこかに逃げ道を作り、なるべく長くゲームを楽しもうとしている気配を感じた。鏑木を好敵手と認め、競い合うことを楽しんでいる節もあった。

だが、本当のガブリエルはもっと恐ろしく、容赦のない男のはずだ。マフィアの世界でトップに上り詰める過程で、相当な数の人間を亡き者としてきた可能性も否めない。

そのガブリエルが本気モードになったのだとしたら?

指輪を奪ってしまえば、自分は用無しだ。口封じのために殺されるかもしれない。殺してどこか地中深くに埋めてしまえば、早晩土に還《かえ》り、永遠に見つからない。

シウヴァ一族の悲劇の歴史に、新たに自分の名前が加わるだけだ。

おのれの末路を想像して、ぞくっと背筋に震えが走る。

(鏑木……!)

心のなかで、縋《すが》るように恋人の名を呼んだ。

鏑木はもう自分の失踪《しっそう》を知っただろうか?

知ってしまったとしたら、今頃、先にあの場を離れたことを深く悔いているかもしれない。

(このまま……二度と鏑木に会えないまま殺されるなんていやだ)

ぶるっと首を横に振った時、鉄のドアの向こう側から小さな音が聞こえてきた。

カツカツ、コツコツ、カツカツ……。

靴音？　しかも複数だ。

(こっちに向かってきた！)

だからといってどうすることもできず、床に転がった状態で身を固くしていると、複数の靴音がドアの前で止まった。解錠音に続き、ガチャ、ギーッと鉄のドアが開く音がする。

部屋のなかに入ってきたのは、黒い軍服に身を包んだ三人の男。いずれも長身で、筋肉の鎧《よろい》を纏《まと》っていることが衣類の上からでもわかる、いかにも軍人といった体格の男たちだ。

「気がついたか」

コンクリートの床に転がる蓮を、紫の瞳で冷ややかに見下ろし、低くつぶやいたのはリカルドだ。部下の二人は彼の背後に直立不動で控えている。ガブリエルの姿はなかった。

まだここには来ていないのか？　表向きは側近代理として捜索に協力しなければならないだろうから、すぐには現場を離れられないのかもしれない。

頭を巡らせながら、蓮は、軍用犬を二頭従えて不遜にふんぞり返る大男を睨《にら》み上《あ》げた。

「あんた……なんでこんなことしたんだ？」

第一声が問いかけになったのは、純粋に疑問だったからだ。

ガブリエルの動機はわかるが、リカルドのそれが見えない。

シウヴァの当主を攫うとなれば、相応のリスクが伴う。親衛隊の隊長といえども犯罪に手を染めれば、罪に問われるのは一般人と同じだ。

そもそも、なぜマフィアのボスであるガブリエルと手を組んだのか。

蓮の質問に対して、リカルドは肉感的な唇の片端を持ち上げ、短く一言を発した。

「復讐《ふくしゅう》だ」

「復讐？」

訝《いぶか》しげに眉をひそめる。

「ヴェリッシモ家についてなにを知っている？」

蓮は首を横に振った。エストラニオの名家・名門と呼ばれる家の情報は頭に入っているはずだが、ヴェリッシモという家名に聞き覚えはなかった。初対面の際も、いわゆる名家の出ではないのに、エリート集団である親衛隊のトップまで上り詰めたのだから、相当な実力の持ち主に違いないと思った記憶がある。

「ふん、無知な当主だ」

リカルドが不機嫌そうに鼻を鳴らす。

「我がヴェリッシモ家は、かつてシウヴァと宝石の売買に於いてライバル関係にあった。父は一代でヴェリッシモ・カンパニー・リミテッドを築き上げたんだ」

どうやらヴェリッシモというのは、宝石ビジネスで名をなした家らしい。

「ヴェリッシモとシウヴァは互いに多くの関連企業を従え、しのぎを削っていたが、父のちょっとした判断ミスが発端で、会社は負債を抱えた。そのほんの小さな躓《つまず》きを、おまえの祖父のグスタヴォは見逃さなかった。追い打ちをかけるように、ヴェリッシモとの取引は危険だという噂を流し、取引先や顧客を根こそぎ奪い取ったのだ。グスタヴォの妨害によって父の会社の運営は行き詰まり、負債が雪だるま式に膨れ上がった」

語り出したリカルドの顔が、話が進むにつれて憎悪に歪んだ。

「家族が住む屋敷を差し押さえられ、昼夜を問わず借金取りが押し寄せた。失意に暮れた父は、そいつらが放つ暴言や罵声に耐え切れず、首を吊って自死した。シャンデリアからぶら下がっている無残な父を見つけたのは……俺だ」

呪詛のように低くつぶやく。

「父、屋敷、財産、すべてを失い、家族はどん底まで転落した。母親はショックで伏せたまま起き上がることもできず、弟はまだ幼かった。俺は腹を空かせた家族のために、かつての使用人の家を訪ね、食料を分けてもらえないかと頼んだ。元使用人は、そんな俺を見て鼻でせせら笑った。『あら、坊ちゃん、おなかが空いているんですか。前は私たちが作った料理を手もつけずに残していたのに……。私たち下々の者の残飯でいいならお分けしましょう』とな」

その時の屈辱が蘇ったのか、リカルドがギリギリと歯ぎしりをした。

「昔は顎《あご》で使っていた使用人に施しを受ける生活が、どれだけ惨《みじ》めか、おまえにわかるか?」

問いかけておいて答えを聞く気はないらしく、蓮が口を開く前に、ふたたび語り始める。

「どん底の生活から這い上がるために、俺は軍隊に入った。配属された親衛隊でも、歴史のある名家の出身じゃないというだけで、いわれなき差別を受けた。だが、俺は諦《あきら》めなかった。諦めるわけにはいかなかった。父の無念を晴らすためには、絶対的な力が必要だったからな」

父の無念というくだりで、紫の瞳に昏い情念が揺らめいた。

「理不尽なしごきや下積みの苦労に耐え続け、俺は親衛隊のトップに立った」

大仰に胸を張るリカルドを視線の先に捉え、蓮は鏑木から聞いた軍人時代の話を思い出す。

親衛隊時代、鏑木が慕っていた上官は、リカルドではなく、オスカー・ドス・アンジョスという人物だった。名家の出身で教養に富み、部下からの人望も篤《あつ》かった彼に嫉妬の念を抱いたリカルドは、ライバルを罠に嵌めてスパイの汚名を着せた。

リカルドや、彼の息のかかった部下の証言によって有罪判決が下り、軍事刑務所に収監されたオスカーは、精神障害を患《わずら》い、移監先の精神病棟で首を吊った。

詰まるところ、リカルドはオスカーを、父親と同じ縊死《いし》へと追い込んだことになる。

確かに、会社の経営が傾き、追い詰められた父親が自死を遂げ、息子であるリカルドが第一発見者となってしまったのは悲劇だ。だからといって、ライバルを貶《おとし》めていいという理屈にはならない。

さらにリカルドは、オスカーの死後、彼を慕っていた鏑木や部下にも、執拗《しつよう》な嫌がらせを繰り返した。

悪質なハラスメントに耐えていた鏑木だったが、急死した父親に代わってシウヴァの側近の任に就《つ》くために、急遽《きゅうきょ》除隊することとなった。鏑木はしかし、自分が暴君リカルドの圧制から抜け出せたからといって、残った部下たちを見捨てたりはしなかった。シウヴァに於ける自身のポジションが確立すると、残っていた彼らを軍から引き抜いたのだ。それが、ミゲルやエンゾだ。ほかにも警護スタッフやボディガードとして、何人もの元部下がシウヴァで働いている。

だが一方で、鏑木が引き抜いたことでオスカー派の残党はいなくなり、リカルドに刃向かう者もいなくなった。リカルドは親衛隊の独裁者となったのだ。

結果的に、リカルドの暴走を許してしまったことを悔いている――鏑木はそう語っていた。

「力を得た俺は、満を持して復讐に取りかかった。ターゲットはおまえの祖父だ」

「……っ」

リカルドの告白に息を呑む。

祖父はリムジンで移動中に謎の襲撃犯に襲われ、胸に銃弾を受けて亡くなった。からくも一命を取り留めたボディガードの話によると、襲撃犯は四名。黒ずくめでマスクを被っており、顔かたちは不明。人種や年齢、性別もわからなかったが、射撃の腕前や規律の取れた動き、速やかな撤退の仕方から判断して、特殊訓練を受けた者たちである可能性が指摘されていた。

プロの殺し屋か、退役軍人か、マフィアか――いずれにせよ、金で雇われて殺人を請け負う犯罪のプロ集団ではないかと鏑木も推測していたが。

「まさか……お祖父《じい》さんを襲ったのは……」

「そうだ。俺だ」

あまりにも堂々と犯行を自供されて、にわかには信じがたく、蓮は震え声で確かめた。

「本当に……お祖父さんを襲ったのか？」

「俺がグスタヴォの胸に銃弾を撃ち込んだんだ」

おのれの功績をひけらかすように、リカルドが自分の胸を親指でトントンと叩く。

「グスタヴォを仕留める役は、部下には譲れないからな。あいつは、俺が何十年も狙っていた獲物だ。二発も被弾したのに即死しなかったのは、さすがはエストラニオのコンドルだった。しぶといと言おうか、諦めが悪いと言おうか」

リカルドが唇を醜悪に歪ませ、軍服の肩をすくめた。

(この男が……お祖父さんを)

祖父を襲ったのは「元」ではなく、現役の軍人だったのだ。

──レ…ン……おまえ……には……シウヴァの…光と…陰を……背負わせて…しまう……。

──許して…くれ……。

祖父の死の間際の様子が、脳裏にフラッシュバックする。

鏑木を介して、シウヴァの当主の証《あかし》であるエメラルドの指輪を自分に託した祖父。

──お祖父さん見える？　指輪を嵌めているのが見える？

食い入るように指輪を見つめていた祖父の目から、零れ落ちた涙。

──俺がシウヴァを受け継ぐ。シウヴァを護《まも》るよ！

──アナのことも俺が護るから！

自分の誓いに、祖父の顔が安らかになったのを、昨日のことのように覚えている。

本当はもっとたくさん話したかった。いろいろな話を聞きたかった。本当の気持ちを伝えたかった。

その機会を永遠に奪った相手。

迷宮入りと言われていた祖父襲撃の実行犯が、いま、目の前にいる。

リカルドの自供後すぐには湧かなかった実感が、じわじわと押し寄せてきた。それに伴い、体の内側からふつふつと怒りが込み上げ、唇がわななく。

「どうして……どうして、そんなひどいことを」

「どうしてだと?」

リカルドが、片方の眉を上げた。

「言っただろう、復讐だと。グスタヴォは、俺の人生を破壊した」

蓮に言わせれば、それは逆恨みというものだ。

ヴェリッシモの宝石ビジネスが傾いたのは、父親の躓きが発端だったとリカルド自身が認めていた。一代で財をなした起業家としての才覚はあっても、残念ながら、会社を運営する資質に欠けていたのではないか。

たった一つの判断ミスが命取りとなり、たくさんの従業員を抱える大きな会社があっけなく潰れてしまうことはままある。それほどビジネスというのはシビアな闘いなのだと、経営に携わるようになったここ数年で、蓮も痛感するようになった。

「俺は父の墓に誓ったんだ。ヴェリッシモ家転落の引き金を引いたシウヴァを許さない。いつか必ず無念を晴らす。シウヴァを滅亡させると」

しかしリカルドは、ヴェリッシモ家の転落はシウヴァのせいだと信じ切っているらしい。自分と家族の身に降りかかった災厄は、なにもかもがシウヴァのせいだと、恨みを募らせていたようだ。

「グスタヴォの次はおまえだ」

蓮の前にしゃがみ込んだリカルドが、鼻先に指を突きつける。

「……っ」

「グスタヴォの死後、当主となったおまえは、どこへ行くにも厳重にガードされ、つけ入る隙がなかった。おかげでずいぶんと待った」

リカルドが憎々しげに言った。

(脅《おど》しじゃない……本気だ)

ぞくっと背筋が震える。

リカルドは実際に祖父を手にかけた。ブラフなんかじゃないことは、その事実が証明している。

「おまえを葬り去ってもまだ終わりじゃない。まだまだこんなもんじゃないぞ。シウヴァの血を根絶やしにするまで、俺の復讐は終わらない。おまえの次は、あの小娘だ」

残虐な本性を剝き出しにして、リカルドが宣言した。

(アナ・クララ！)

一瞬で恐怖心が吹き飛ぶ。

「そんなことはさせない！」

強い怒りに駆られ、蓮は叫んだ。

「俺が絶対に許さない！」

「うるさいっ！」

いきなり容赦ない力で顔を殴りつけられ、コンクリートの床にゴンッと頭を打ちつける。殴られた左頰と、床に打ちつけた右の側頭部に激痛が走り、眼裏《まなうら》に火花が散った。口のなかが切れたらしく、じわーっと鉄の味が広がる。目がチカチカし、頭もクラクラしている。それでも蓮は、ぎゅっと奥歯を噛み締め、リカルドを睨みつけた。

この腕と脚が自由に動いたら、飛びかかって殴りつけるのに！

だが、現実は無情だった。手と足を縛られて、ただ床に転がっている。

「いいか？　そう簡単には殺さない。おまえには、とことん地獄の苦しみを味わってもらう」

拳《こぶし》に続いて言葉でも嬲《なぶ》ってくる男に、蓮はありったけの反逆心を声に込めて言い返した。

「鏑木がきっと助け出してくれる」

「ヴィクトールか」

リカルドがぴくっと眉尻を動かし、反応を示す。次の瞬間、不快そうに「シウヴァの犬め」と唸《うな》った。

「せっかくこの俺が目をかけてやったのに、あいつはオスカーを選んだ。俺がオスカーを排除したあと、温情で副官に抜擢してやったのに、あろうことか誘いを断ってきた。しまいには軍を辞めてシウヴァに逃げた」

「逃げたわけじゃない。お父さんが亡くなって跡を継ぐために除隊したんだ」

蓮は即刻訂正したが、リカルドは聞く耳を持たない。

「よりによってシウヴァだ！」

鼻に皺《しわ》を寄せて吐き捨てた。どうやらリカルドは、再三の誘いを退け、自分になびかなかった鏑木にねじ曲がった憎悪を抱いているらしい。

「ふん、来るなら来い。一緒に始末してやる」

「鏑木はおまえになんか負けない」

「生意気な口をきくな！」

憤怒《ふんぬ》の声と同時に蹴りが入った。腹部にブーツの爪先がめり込み、息が止まる。

「うっ……」

身を丸めて縮こまる蓮を、虫けらでも見るような目で見下ろしつつ、リカルドが部下に指示を出した。

「こいつを壁際に立たせろ」

その指示ですべてを理解したかのように、それまで直立不動だった二人の部下がさっと動く。

一人が跪き、床に転がる蓮の手と足の拘束を解いた。手足が自由になってほっとする間もなく、片腕ずつ掴まれて、ずるずると床を引き摺られる。壁際で引き起こされ、コンクリートの壁に顔を向ける形で立たされた。両サイドの男たちがそれぞれ腕を掴み、床と平行になるまで持ち上げる。

十字架に磔《はりつけ》にされたキリストのような体勢を強いられた蓮は、首を捻って後ろを窺《うかが》い見《み》た。背後にはリカルドが仁王立ちしており、革手袋を嵌めたその手には、革紐《かわひも》を編んだ長い鞭《むち》が握られている。

いやな予感に、背筋がひやっとした。

「鞭で打たれたことはあるか？」

にやにやといやらしい笑いを浮かべて、リカルドが問う。蓮は黙って首を横に振った。

「そうか。では、ぞんぶんに味わえ」

言うなり鞭を振るう。ひゅんっと空気を切り裂く音が聞こえた。反射的に逃げようとしたが、両腕を固定されているので果たせない。しなった鞭の先がびしっと背中に当たった。

「ひっ……」

とてつもない衝撃に、打たれた箇所がビリビリと熱く痺れる。これまでに経験したことのない種類の痛みだった。毛穴という毛穴から冷たい汗がどっと噴き出し、生理的な涙で眼球が濡れる。

「おいおい、これくらいで泣きべそをかいてどうするんだ?」

ふたたび鞭がしなり、今度は逆方向からびしっと打たれた。

「……っ……」

全身がビクビク痙攣《けいれん》する。焼けるような痛みに心臓がドクドク高鳴り、血が逆流するのを感じた。

三度《みたび》、ひゅんっと背後で鞭が唸り、「やめ……っ」と叫んだが、容赦なく振り下ろされる。

「ひ、いぃっ」

悲鳴をあげて仰《の》け反《ぞ》った。皮膚が裂けたらしく、ぬるっとした感覚が背中を伝う。ぽたっ、ぽたっと床に血が滴った。

これは紛うことなき拷問《ごうもん》であり、背後の男は正真正銘のサディストだ。復讐だなどと自己正当化しているが、単に人を痛めつけるための口実としか思えない。

飛び散る血を見て興奮したのか、リカルドが立て続けに鞭を振るった。

「う、あぁっ」

脚が震えて膝がくっと折れる。だが、両サイドから腕を掴まれているせいで、完全に頽《くずお》れることはできなかった。床に膝をつく前に、男たちに引っ張り上げられる。腕の付け根が軋み、これはこれで蓮に別の苦痛をもたらした。

「くっ……う」

「軟弱者！　グスタヴォのほうがよほど根性があったぞ！」

「このっ……サディスト！」

罵声を吐いた罰とばかりに鞭が鳴る。連続で打たれ、蓮の体は右へ左へと激しく揺さぶられた。口から血の混じった涎《よだれ》が滴り落ち、目が半開きになる。

もはや痛みは感じなかった。ただ猛烈に背中が熱い。火で炙《あぶ》ったばかりの真っ赤な焼きごてを押しつけられているかのごとく、ものすごく熱かった。

「あつい……あつ……」

譫言《うわごと》のようにつぶやきながら、目の前がゆっくり暗くなっていく。鞭の音も遠ざかり、ある瞬間を境に、ぷつりと意識が途切れた――。

バシャーン！

頭から水をかけられ、蓮ははっと目を開いた。最後の記憶では壁際に立っていたはずだが、いつの間にか、ずぶ濡れで床に転がっている。目の前にはバケツを持った部下の長靴があった。

「げほっ……げほっ」

気管に入った水を吐き出そうとして咳き込む蓮を、リカルドが「この程度で意識を失うな！」と足蹴にする。加減のない力で脇腹を蹴られて、蓮はうっと呻《うめ》いた。口のなかに溜まっていた血の塊《かたまり》が床に吐き出される。

「まだだ。そう簡単に死ぬな。もっともっと俺を楽しませてからだ」

意識を失うことすら許さないサディストが、鞭の取柄《とつか》で蓮の顎を持ち上げた。

「ずぶ濡れで血塗《ちまみ》れ、高級なシャツはゴミ同然……シウヴァの王子も形無しだな」

紫の双眸《そうぼう》を細め、うっとりとひとりごちる。

「いや、プリンスだなんだと持《も》て囃《はや》されているが、そもそもはジャングルで生まれ育った野生児だ。おまえにはこの姿のほうが相応《ふさわ》しい」

「………」

蓮が上目遣いに睨みつけると、リカルドが「ハッ……」と笑う。

「なんだ、その目は？　俺が憎いか？　恨むならグスタヴォを恨め。諸悪の根源はグスタヴォ・シウヴァだ。地獄で落ち合ったら恨み言の一つでも言うんだな。ハハハッ！」

喉を反らして高笑を続ける男に、蓮は唇をぎゅっと噛み締めた。

祖父の名に泥を塗られ、暴力と言葉で蹂躙《じゅうりん》されても、なにもできないおのれの無力さに打ちのめされる。

（鏑木……）

過去、何度も窮地に陥《おちい》ったが、そのたびに鏑木が救い出してくれた。蓮の守護者を自任する鏑木は、危機を察知して、いつだって駆けつけてくれた。

だけど今回ばかりは希望が持てない。

さっきリカルドには「鏑木がきっと助け出してくれる」と言ったけれど、その可能性が低いことは、蓮自身が誰よりもわかっていた。

おそらくこの地下室はリカルドのアジトの一つだろう。現時点で、リカルドとガブリエルの繋がりを認知していない鏑木が、ここを突き止められるとは思えない。

自分の失踪にリカルドが一枚噛んでいることすら知らないのだ。

（……無理だ）

これまでは運がよかった。

だけど、そう都合のいい話が何度もあるはずがない。なにしろ少し前に、カーニバルの混乱から鏑木に救い出してもらったばかりだ。あれで打ち止めだ。自分は運を使い果たしたのだ……。

シウヴァの呪いからは、逃れられなかった。

認めるのは辛かったが、それが現実だ。

もはや自分の死は避けられないと覚悟を決めるしかない。

（だったらせめて……）

「俺のことは気が済むまで好きにしていい」

蓮は、自分を嬲り殺しにしようとしている男に懇願した。

「その代わりアナは……アナには手を出さないでくれ。あの子はまだ子供だ。なんの罪もない……子供なんだ」

「罪がない？　本当か？」

芝居じみた声音で、リカルドが聞き返してくる。

「俺にとっては、シウヴァの血を引いているだけで万死に値する」

情け容赦のない死刑宣告に、絶望の淵に立たされたような心持ちになった。

冷たい失意の波がひたひたと押し寄せてくる。

(だめだ)

諦めちゃだめだ。自分の命と引き替えにしても、アナは護らなければ。

お祖父さんにも誓ったじゃないか。

「お願いだ。アナは見逃してくれ！」

縋りつく蓮を、リカルドは「甘えるな！」と一喝し、乱暴に蹴りつけた。軽々と後ろに吹っ飛び、壁に傷だらけの背中を打ちつける。

「……っ……」

激痛が走り、顔を歪めて悶絶《もんぜつ》した。しかし、ここで気を失うわけにはいかない。蓮は痛みを堪《こら》えて四つん這いになった。

「女だろうが子供だろうが、シウヴァの血を引いている限り同罪だ」

冷酷に切り捨てる男に、這うようにして近づく。足元に平伏《ひれふ》した。

「お願い……です。なんでもします……から」

「ふん、なんでもか。ならば、靴を舐《な》めろ」

無情な指令を突きつけられて、蓮は顔を振り上げる。

「……靴を？」

「スコールの最中に、おまえを捜したせいでブーツが汚れた。責任を取って泥を舐め取れ」

「………」

「なんでもやるんじゃなかったのか？」

リカルドがにやにやと野卑な笑いを浮かべる。

蓮はごくっと喉を鳴らした。肉体を痛めつけたあと、さらなる陵辱《りょうじょく》として精神的な屈服を強いるつもりなのがわかったが、自分に拒否権はない。

（プライドなんかくれてやる。それでアナの命が助かるなら……）

床に這いつくばった蓮は、泥がこびりついた長靴の先に顔を近づけた。

「早くしろ！」

リカルドが片足を肩に置いて圧力をかけてくる。

「舐めろ、ほら」

顔を靴に押しつけられ、必死に舌を突き出した。泥と靴墨が混ざり合ったような、なんともいえない苦味が口腔内に広がる。

「………っ」

これくらいなんでもないと思っていた。アナのために靴を舐めるぐらいなんでもないと。

でも違った。人としての矜持《きょうじ》は、なにがあろうと手放してはいけないものだったのだ。

リカルドに身も心も屈した瞬間、自分のなかでなにかが終わった。

（終わってしまった……）

鼻の奥が痛くなり、瞳が涙で濡れる。体の痛みよりも、心の痛みのほうが何倍も辛いと知った。

「まだぜんぜん泥が取れていないぞ！」

じっと動かない蓮に苛立ち、リカルドが肩に蹴りを入れる。ひっくり返った蓮は、仰向けのまま目を閉じた。

「起きろ！」

リカルドが苛ついた声を出し、太股をガッ、ガッと蹴る。

（もう……いい）

蓮はついに、身を丸めて内臓を守ることさえ放棄した。無防備に晒《さら》した脇腹に爪先がめり込むたび、びくっ、びくっと体が跳ねる。

いっそ殺してくれ。楽になりたい……。

ぎゅっと目を瞑《つぶ》った眼裏に鏑木の顔が浮かぶ。続けてエルバ、ロペス、ジン、アナ、ソフィア、秘書、育ての両親、兄のアンドレの顔が、走馬燈のように駆け巡った。

できれば、みんなにお別れが言いたかった。なかでも、最期に一目でいいから会いたいのは……。

――鏑木。

自分が死んだら、鏑木は悲しむだろうか。救えなかった自身を責めるだろうか。

（責めないで……欲しい……）

それが最後の願いだった。どうか自分を責めないで……苦しまないで。

薄れていく意識の片隅で、聴覚がかすかな靴音を捉える。

コツコツコツコツ……。

眼球を覆っている目蓋《まぶた》がぴくっと震えた。

(誰か、来た?)

コツコツコツ……。

近づいてきた靴音がぴたりと止まり、ガチャ、ギィーッとドアが開く。

蓮はゆるゆると目を開いた。

(……まさか……)

そんなはずはないと思う半面、どうしても期待してしまう。

いつの間にかリカルドの暴力行為は止まっていた。蓮の前に仁王立ちした男は、ドアのほうを睨みつけている。二人の部下も上官に倣《なら》って、ドアを注視していた。

蓮も含めて四人の注目のなか、鉄のドアから姿を現したのは、銀の髪と青い瞳を持つ男。

室内の様子を一瞥《いちべつ》した男が、形のいい眉をひそめた。

「取り込み中だったかな?」

リカルドがちっと舌打ちをし、部下二人は緊張を解く。

「遅くなってすまない。事情聴取からなかなか解放されなくてね」

いいところを邪魔されたと不満顔のリカルドに、遅刻の事情を説明してから、銀髪の男は床に転がる蓮の側へと歩み寄ってきた。感情の窺えない宝石のような青い目が、まっすぐ蓮を見下ろす。

「これはまた……ずいぶんとひどくやられたね」

「……ガブリエル」

失望を隠せない声を零すと、ガブリエルがふっと笑った。

「ヴィクトールじゃなくてがっかりさせてしまったようだ。だが驚いてはいない。つまりきみは、私の正体を知っていたということだ。大方、きみの軍用犬があちこちを嗅《か》ぎ回《まわ》った成果かな。まあ、いい。説明の手間が省けた」

そうつぶやくなり、身を屈《かが》めて、蓮に手を貸す。上半身を起こした蓮の顔や体の傷をざっと確認してから、リカルドを振り向いた。

「人質を乱暴に扱いすぎじゃないのか？」

咎《とが》められたリカルドが、不機嫌そうに眉間《みけん》に皺を寄せる。

「こいつは人質じゃない。俺の獲物だ」

「勝手に自分のもの呼ばわりするのはやめて欲しい。私のものでもあるはずだ」

「では、バラして半分ずつにするか？」

ぞっとするような提案を持ちかけるリカルドに、ガブリエルが肩をすくめた。

「殺すのはまずい。彼には生きていてもらわなければ」

「おい、待て。話が違うぞ。俺たちの最終目的はシウヴァの滅亡で、両者の利害が一致して手を組んだはずだ。共同作業の第一幕だったグスタヴォ襲撃は、あんたが計画を立てて俺が実行した」

リカルドの台詞《せりふ》に、蓮は息を呑む。

（お祖父さんの襲撃に、ガブリエルが絡んでいた⁉）

祖父が、マフィアに殺された息子ニコラスの敵を討つために、軍と組んでエストラニオ最大のマフィア

組織『ｃｏｒｅｓ《コレス》』を壊滅させようとしていたらしい——という話は、鏑木から聞いていた。

親衛隊の隊長であるリカルドは、極秘情報を事前に入手できる立場にあった。

そしてガブリエルは『ｃｏｒｅｓ』のトップだ。トップであるが故に、いかにエストラニオ最大のマフィア組織といえども、軍が束になってかかってきたら勝ち目はないとわかっていた。そこでガブリエルは、壊滅の危機を未然に防ぐために、リカルドに祖父を襲わせた。シウヴァに恨みを持つリカルドを焚《た》きつけるのは、ガブリエルの能力を以《もっ》てすれば容易だったに違いない。

鏑木の推察通り、やはり祖父の死も、ガブリエルが裏で糸を引いていたのだ。

「グスタヴォの死後は遅々として事態が進展せずに苛ついたが、シウヴァの内部に深く潜入するためだというおまえの言葉を信じて待った。そして今日、ようやく第二の獲物が手に入った。おまえも言っていたはずだ。『シウヴァが二度と「ｃｏｒｅｓ」に牙を剝かぬよう、すべての芽を潰す』と。いまがその時だ。違うか？」

リカルドに同意を求められたガブリエルは、否定も肯定もせずに黙っている。

「どのみち生かして帰すわけにはいかないだろう？　こいつは知りすぎた」

悪党なりに、リカルドの言い分は筋が通っていた。

自分が生きて帰ったら、リカルドは破滅する。軍の機密を漏らした罪、マフィアと裏で繋がっていた罪、グスタヴォ・シウヴァ暗殺の罪、シウヴァの現当主を拉致誘拐した罪……罪状には事欠かない。

一方のガブリエルも、正体が明らかになればこれまでのようにはいかない。指名手配犯となり、地下に潜るか、エストラニオを離れることになるだろう。

「……………」

かすかに眉をひそめ、なにやら考え込んでいるガブリエルを、蓮は黙って見つめた。鼓動が不規則に乱れる。不本意ではあったが、自分の命運を握っているのは、目の前の男だ。

リカルドのひどい仕打ちに自暴自棄に陥り、いっそ殺してくれとまで思い詰めたが、ガブリエルが現れて風向きが変わった。どうやらガブリエルは自分をリカルドに殺させたくないようだ。

助かる可能性があるのなら、それに賭けたい。

なんとか生き延びて、鏑木やみんなに会いたい。

「納得のいく説明をしろ。俺が納得できなければ、ガキはいまここで殺す」

詰め寄るリカルドに、ガブリエルがふーっとため息を吐いた。

「わかった。いま説明する」

前触れしたのち、おもむろに「ブルシャを知っているか？」と尋ねる。

「………っ」

固唾《かたず》を呑んで二人の攻防を見守っていた蓮は、小さく肩を揺らした。

――ブルシャを知っているか？

この場でそう尋ねるということは、これまでガブリエルはブルシャについてリカルドに話していなかったということだ。

ガブリエルはブルシャの存在をリカルドに秘密にしていた。

おそらく、話せばブルシャの利権を独占できなくなるからだろう。

なのにいまになって、切り札の存在を明かそうとしている。

なぜ？

（まさか……自分を助けるため？）

いますぐには殺したくないようだとは思ったが、自分を助けるために、そこまでの犠牲を払うのは意外だった。ガブリエルが自分に、ブルシャの利権と引き替えにするほどの価値を見いだしているとは思えなかったからだ。

いや……ガブリエルのことだ。

なにか別の理由があるのかもしれない。ここは推移を見守ったほうがいい。

「ブルシャ？」

反復したリカルドが、やがて遠い記憶に思い当たったかのように「ああ……」とつぶやいた。

「ジャングルの奥地に生えているという幻の植物か。いっときブームになって、一攫千金を夢見たレンジャーが大勢ジャングルに押し寄せたらしいな。結局のところ誰一人見つけられず、伝説の類いだったという結論で落着したはずだ」

「ブルシャは伝説じゃない。実在する」

断言したガブリエルに、リカルドが疑わしげな眼差しを向ける。

「ブルシャの葉が内包する麻薬成分はコカインによく似ているが、一枚から抽出できる純粋結晶はコカの葉よりも多い」

その件は、蓮も鏑木から聞いて知っていた。鏑木の話は、彼がジャングルから持ち帰ったブルシャの葉を分析し、結果、導き出されたデータに依拠している。ガブリエルがどういった経緯で算出したのかはわからないが、同じ見解に達しているらしい。

「コカインよりも麻薬成分が多いだと？」

リカルドの顔つきが変わった。俄然《がぜん》興味をそそられたようで、前のめりになって続きを促す。

「それで？」

「先程きみが言ったように、ジャングルでブルシャを発見できたフォレスト・レンジャーはおらず、長らく原住民に語り継がれた伝説とされてきた。だが、ブームが起こる以前に生息地を訪れ、実際にブルシャを手にした人物がいる。それがシウヴァの始祖だ」

「シウヴァの始祖……」

鸚鵡《おうむ》返《がえ》しにして、リカルドが蓮を振り返る。

「おい、いまの話は本当か？」

凄むように問われ、少し躊躇《ためら》ったが、ここはガブリエルに話を合わせたほうがいいと判断してうなずいた。

「……本当だ」

「探検隊を組んでジャングルの奥地に入った始祖は、そこで原住民と親しくなり、ブルシャの生息地に案内されたようだ。その時の様子を記録した日記が、シウヴァの屋敷の隠し部屋に保管されている」

ガブリエルの説明に、リカルドが「読めたぞ」とつぶやいた。

「その隠し部屋とやらまで、このガキに案内させるという寸法か」

「そういうことだ」

肯定したガブリエルが、「ところで」とリカルドに向き直る。

「きみのポケットに入っているものが、始祖の日記が保管されている場所の鍵なんだが」

胸ポケットを指で示されたリカルドが渋面《じゅうめん》を作った。渋々といった顔つきで胸のポケットに手を入れる。その指が摘み出したものを見て、蓮は「あっ」と声をあげた。

「指輪！」

シウヴァの当主の証——エメラルドの指輪だった。

(リカルドが持っていたのか！)

たぶん、エメラルドの指輪に気がついた欲深い男は、蓮が意識を失っているあいだに指から抜き取り、くすね取ったのだろう。だがガブリエルは、胸ポケットの不自然な膨らみを見過ごさなかった。

「リカルド、それは大事なものだ」

ガブリエルが真顔で告げる。

「そう怖い顔をするな。ガキの拉致代のつもりだった」

悪事を暴かれても悪びれることなく、リカルドがしれっと嘯《うそぶ》いた。

「返してくれ」

催促するように差し出された手のひらに、不承不承、指輪を載せる。受け取った指輪を胸ポケットから引き出したチーフに包んだガブリエルが、今度は部下の一人に視線を向けた。

「頼んであった妨害機《ジャマー》は？」

問いかけられた部下が、腰のベルトに付帯したホルスターから、黒い小型の無線機のようなものを取り出し、ガブリエルに渡す。

「指示どおり、すでに作動させています」

「ありがとう」

ガブリエルが受け取ったそれを見て、リカルドが「ＧＰＳ妨害機だな」と言った。

「なんでこんなものが必要なんだ？」

「おそらくだが、この指輪の台座にはＧＰＳ端末が埋め込まれていると思われる。当主に万が一の非常事態が起こった場合に備えてね。言うなれば、今回のようなケースだ」

「なるほどな。敵にこのアジトを特定されないための予防線か」

「そういうことだ。せっかく指輪を手に入れても、我々の居場所を突き止められてしまっては元も子もない」

一連のやりとりを聞いていた蓮は、密かに臍《ほぞ》を噬《か》んだ。ガブリエルは、指輪の台座に仕込まれたＧＰＳ端末の可能性に気がつき、その対策までしっかりと施していた。

悔しいが、先見の明には感服せざるを得ない。

「……ふん」

不機嫌そうに鼻を鳴らしたリカルドが、ガブリエルの顔の前に指を立てた。

「つまり、いまの話を総合するとこうだ。おまえの狙いははじめからブルシャだった。それを今日まで俺に黙っていたわけだな」

「ブルシャに関してはいまだに謎が多くてね。きみには確証を得てから話そうと思っていたんだ。とはい

え、ギリギリになってしまって申し訳なかった。それに関しては心から謝罪する」

素直に謝ったガブリエルが、さらに下手に出る。

「お詫びといってはなんだが、ブルシャを発見した暁には利益を折半としよう。栽培システムを確立し、

プランテーションを完成させれば、ブルシャは莫大な富を生む。軍を乗っ取り、軍事力でエストラニオを

掌握するというきみの野望達成のためにも、有効な資金源になると思うが?」

(軍を乗っ取り、軍事力でエストラニオを掌握する?)

リカルドの野望を知って青ざめる蓮をよそに、当人はにんまりと口許を緩めた。

「悪くない……」

ガブリエルの提示した条件に満足したのか、機嫌のいい声を出し、「軍資金はいくらあっても多すぎる

ことはないからな」と付け加える。

「では、改めて」

合意を得て、こちらも微笑んだガブリエルが右手を差し出した。その手を握りながら、リカルドは「忘

れるなよ?」と釘を刺す。

「利益は山分け。それと、シウヴァの滅亡だ」

046

VIII

スタジアムから下町地区《ダウンタウン》のアパートに戻り、シャワーを浴びてバスルームから出てきた鏑木《かぶらぎ》は、室内で鳴り続けている携帯の呼び出し音に気がついた。

ピリリリッ、ピリリリッ……。

シャワーの水音で掻き消されていたらしく、いつから鳴っていたのかは不明だ。

腰にバスタオルを巻いただけの格好で、ソファのアームに投げかけてあったライダースジャケットのポケットを探る。てっきり蓮からの、無事に帰館したという連絡だと思って取り出したが、携帯のホーム画面に表示されているのは【ジン】の名前だった。

蓮の親友で、『パラチオ　デ　シウヴァ』の住人でもあるジンは、スラム出身の情報通だ。ガブリエルの正体を暴くために、物的証拠を探す鏑木の手伝いをしてくれている。

その件でなにか新しい情報が手に入ったのだろうか。そう推測しながら、通話ボタンをタップした。

「ジンか？　どうした」

『……まずいことになった』

出し抜けに緊迫した声が届き、一気に緊張が高まる。大概のトラブルを飄々《ひょうひょう》とやり過ごすジンがこんな声を出すなんて、ただ事じゃない。

「なにがあった?」

『レンの消息が不明だ』

「蓮が?」

刹那《せつな》、鏑木の脳裏に、最後に見た蓮の顔が浮かんだ。

――次に会えるのはジャングルだな。ジャングルで会えるのも楽しみにしている。明日また電話する。

――電話待ってる。ジャングルでの再会を楽しみにしている。

心から、ジャングルでの再会を楽しみにしていることがわかる笑顔――。

「ちょっと待ってくれ。それはいつの話だ」

『スタジアムから帰館する途中でリムジンが渋滞にハマり、群衆に取り囲まれたらしい。危険を感じて徒歩で移動したんだが、その途中でスコールがきて、レンは逃げ惑う群衆の波に巻き込まれた』

「それは知っている」

『知ってる?』

ジンが訝《いぶか》しげに聞き返した。

「蓮のスピーチを聴くために、俺もスタジアムに行ったんだ。開会式終了後は、『パラチオ デ シウヴァ』に向かう一行をバイクで追った。群衆に取り囲まれたリムジンから、蓮たちが徒歩で移動し始めたのを目の当《ま》たり《あ》にし、危機感を募らせていたところにスコールがきた。パニックになった群衆に蓮が呑み込まれたのを見て、バイクを捨てて人波に飛び込んだ」

『飛び込んだ?』

「ああ、なんとか蓮を捕まえ、近くの地下駐車場に逃れた」

『……そうだったのか。それで？』

「二十分ほどしてから、その駐車場で別れた。蓮は秘書に連絡して迎えに来てもらうと言っていた。姿を見られるわけにはいかなかったから、俺は先に駐車場を出た」

空白の二十分には言及することなく、ジンは低い声で『少なくとも、そこまでは無事だったってことか……』とつぶやく。継いで『レンと別れたあと、あんたは？』と訊《き》いてきた。

「バイクをピックアップしてダウンタウンのアパートに戻り、シャワーを浴びてバスルームから出てきたところで、おまえからの電話に気がついた」

『そのあいだレンとは連絡を取っていない？』

「取っていない」

『……そっか』

電話口から、ジンの落胆が伝わってくる。

どうやら自分と別れたあとで、蓮は秘書に連絡をしなかったようだ。

話の概要が見えてきた鏑木は、背筋をじりじりと這い上がってくる焦燥を腹筋に力を入れることで押しとどめ、できるだけ平易な声音で確認した。

「蓮から秘書に連絡はなかったんだな？」

『群衆のパニックに巻き込まれて以降、一度も向こうから連絡はないし、こっちからの連絡にも応答がない。プライベート携帯のＧＰＳ機能は、もともと切ってあったみたいだ。警察と軍が捜索しているけど、なにしろカーニバルの真っ最中だ。現場は混乱していて、手がかりも摑めていない状況らしい。連絡を受けた「パラチオ　デ　シウヴァ」も、蜂の巣をつついたような騒ぎになっている』

青ざめたロペスの顔、ソフィアやアナが心配する様子が目に浮かぶ。

そんななかジンは、これは自分に知らせるべき案件だと判断して、連絡をくれたのだろう。

「この件は、対外的にはオープンになっているのか？」

『まだだ。連絡が取れない現在の状況が、本人の意思による失踪《しっそう》なのか、それとも外部の手による拉致なのか、なんらかの事故に巻き込まれた結果の不可抗力なのか、判断がつかないから』

「外部からの接触は？」

『いまのところない』

「………」

鏑木としては無論、蓮の意思による失踪ではないとわかっている。

あれだけジャングルでの再会を心待ちにしていた蓮が、自分に黙って消えるわけがない。

また責任感の強い蓮が、シウヴァの当主としての責務を放り出していなくなるはずもなかった。

そうとなれば、可能性は残り二つのうちのいずれか。

外部の手による拉致か、なんらかの事故に巻き込まれた結果の不可抗力。

いずれにせよ、自分と別れたのちの蓮の身に、なにかトラブルが降りかかったことは確実だ。

（……くそ。最後まできちんと見届けていれば……）

姿を見られることを懸念して、蓮から離れてしまったのは、完全に自分の判断ミスだ。悔恨の念に呑み込まれそうになるのを、携帯をぎゅっと握り締めて堪《こら》える。

（悔恨に浸っている場合じゃない。反省ならあとでいくらでもできる。――考えろ！）

自分に強く言い聞かせ、頭を切り換えた。

蓮が誰かに拉致されたと仮定して、秘書やボディガードと一緒だったガブリエルにはアリバイがある。だからといって、やつが無実《シロ》とは限らない。計画を立てて途中まではお膳立てをしておき、実行役は第三者に任せた可能性があるからだ。

カーニバル真っ最中の移動にリムジンを使ったこと、興奮した群集のただなかを徒歩で移動する無謀な選択をとるなど、これまでの経緯を鑑《かんが》みても、裏で糸を引いているのがガブリエルである可能性は高い。

「ガブリエルはどうしている？」

『わからない。こっちにはまだ戻って来ていないけど……現場にいたから、警察の事情聴取を受けているのかも』

「わかった。俺は警察や軍とは別ルートで蓮を捜す。そっちでなんらかの進展があったら、その都度知らせてくれ」

『了解』

ジンとの通話を終えてすぐ、蓮の携帯にかけたが繋がらない。留守番電話にも切り替わらなかった。終了ボタンを押し、位置検索アプリを立ち上げる。

蓮が身に帯びている当主の指輪――エメラルドの指輪の台座には、万が一に備えてＧＰＳ端末が仕込まれている。うまくいけばこれで居場所がわかるはずだが……。

鏑木は食い入るようにアプリ画面を見つめ続けたが、しばらく待ってもなにも表示されない。エラーかと思い、何度かリロードしてみたが、真っ黒なままだった。

「……くそ」

GPS電波が届かない場所にいるか、もしくは妨害機《ジャマー》が近くにあるか。

もし、電波妨害が故意だとしたら、拉致である可能性が高い。

拉致だった場合、犯人からの接触があれば、まだ対処が可能だ。

だが身代金目当てではなく、蓮の命を奪うことが目的なら一刻を争う。

拉致ではなく事故ならば、これも一刻を争う。

（蓮……無事でいてくれ！）

祈るような心持ちで寝室へ移動し、手早く衣類を身につけた。Tシャツの上に羽織ったライダースジャケットに携帯をねじ込む。バイクのキーを掴み取ると、鏑木は部屋を飛び出した。


向かう先は、蓮と別れた地下の駐車場だ。

あの場所でトラブルに見舞われたのだとしたら、なにか手がかりが残っているかもしれない。

いまは、どんなに小さな可能性でも、一つずつ当たっていくしかなかった。

ブルシャの生息地を見つけた暁《あかつき》には取り分を山分けするという約束で話がまとまったあと、リカルドは二人の部下を引き連れて地下室を出て行った。

ブルシャについて、情報を集めに行ったのかもしれない。

改めて手を組んだ二人だが、蓮の目には、お互いを心の底から信用しているようには見えなかった。

とりわけリカルドは、ギリギリまでガブリエルにブルシャの存在を隠されていた立場だ。幻の植物が金になると聞き飛びつきはしたが、その信憑性《しんぴょうせい》に関して疑惑を持っているだろう。裏を取ろうとしてもおかしくはない。

一方のガブリエルもいったん地下室から姿を消したが、ほどなくして戻って来た。壁際に蹲《うずくま》っていた蓮は、迷彩柄のパラシュートバッグを肩に掛けてドアの前に立つガブリエルを睨《にら》みつける。

ドアの外には見張り役の軍人が立っているようだが、室内には二人きりだ。

「そんなにピリピリしなくても大丈夫。きみに危害を加えるつもりはないよ。逆だ。疵《きず》の手当てをしてあげるから、こっちにおいで」

聞き分けのない子供にでも話しかけるような、ソフトな物言いで手招きされても、蓮は動かなかった。

ガブリエルという男は、二つの顔を使い分ける。これまでの言動に鑑みて、圧倒的に信用ならない。信用が置けない相手に体を触られるのはいやだ。

「まるで手負いのケモノだね」

蓮の頑《かたく》なな態度に、ガブリエルが唇の端で笑う。

「どうしてもいやならいいけれど、このままでは疵が膿んでしまうよ？　化膿すれば熱も出るだろうし、痛みも引かないし、辛いだけだと思うけどね」

口許は笑みを象《かたど》ったまま、脅《おど》しめいた説得の言葉を紡《つむ》いだ。

「………」

心が揺らぐ。

ガブリエルが言うように、傷が膿んで発熱したり、傷口が悪化したりして、体が思うように動けなくなるのは困る。せっかく逃げ出すチャンスが訪れても、自分が動けないといった事態は避けたかった。

リカルドの蹂躙《じゅうりん》を受けていた時は、あまりの苛烈さに心が折れ、いっそ早く殺してほしいとまで思い詰めたが、いまは石に齧《かじ》りついてでも生き延びたいと考えが変わった。

鏑木に罪悪感という名の十字架を背負わせないためにも――生きる。

一パーセントでも可能性があるのなら、最後の最後まで足掻《あが》き続《つづ》ける。

どんなにみっともなくても、生きながらえてさえいれば、いつか突破口が開けるかもしれない。

いまはその希望に賭けるしかない。

蓮はそろそろと立ち上がり、壁から離れた。少しでも動くと、激しい痛みが全身を襲う。打撲からくる鈍い痛みもあれば、裂傷からくる鋭い痛みもあった。様々な痛みが渾然一体《こんぜんいったい》となった苦痛に顔をしかめながら、よろよろとガブリエルに近づく。

「大丈夫かい？　ほら」

差し出された手を渋々と取った。

「よし、じゃあ、ここに座って」

指示どおり、手で示されたスペースに腰を下ろす。ガブリエルは、蓮の背後に膝立ちになった。

「シャツを脱いで」

その命令には「えっ？」と声が出る。思わず振り返った蓮に、ガブリエルが肩をすくめた。

「脱がないと手当てできないだろう」

それもそうだ。だいたい、すでにびりびりに破けていて、シャツの体《てい》をなしていない。正面に顔を戻した蓮は、のろのろとシャツを脱ぎ捨てた。鞭《むち》で打たれた疵があらわになった背中を、ガブリエルが検分する視線を感じる。

「……幸い血は止まっているようだ。止血の必要はないね。まずは凝固した血を拭《ふ》き取《と》って疵口を消毒しよう。少ししみるかもしれないけれど」

そう断ってから、床に置いたパラシュートバッグのファスナーを開き、ファーストエイドキットの箱を取り出した。ぱかっと箱を開けたり、ぴりっと袋を破いたりと、手当ての準備をしているらしき物音が聞こえ、やがてひんやりと冷たいなにかが素肌に触れる。

「なに？」

「消毒薬をしみ込ませたウェットシートだ」

答えたガブリエルが、ウェットシートで血を拭い始めた。その手つきは思いのほか慎重で、痛みが出ないようにと気遣っているのが伝わってくる。拭き取りながら、時折「痛むか？」と確認してきた。

「……痛くない」

それは本当だった。背中全体が熱を持っているせいか、ひんやりと濡れたシートが気持ちいいし、リカルドにひどい目に遭わされたあとというのもあって、やさしく丁寧に扱われるのは心地いい。

(心地いいとか……なに言ってるんだ)

相手はガブリエルなのに。自分をこの状況に陥《おとしい》れた張本人なのに。

そんなふうに思ってしまう自分の弱さが情けなくて、ぎゅっと奥歯を嚙み締めた——次の瞬間だった。

「……っ……」

疵口をウェットシートで擦られて、悲鳴が口をつきそうになるのをぐっと堪える。

「しみるかい？　でも患部の血も拭き取らないとクスリが塗れないから。我慢して」

背後から心配そうな声をかけられ、首を横に振った。

「……平気……だ」

ガブリエルの前で弱音は吐きたくない。

「我慢する必要はない。痛ければ痛いと言ったほうが楽になる」

そんな瘦《や》せ我慢《がまん》などお見通しといった物言いで諭されたが、蓮は意地を張った。場所によっては身震いするほどの痛みが走ったけれど、喉元の声を懸命に押し殺し続ける。

どうやらリカルドに鞭で打たれた背中は、思っていた以上に疵が深いようだ。

「ひととおりきれいになったよ」

背後から声をかけられ、止めていた息をふーっと吐く。直後、左の肩甲骨の下あたりに、つ……と指を這わされ、蓮はびくっと上半身を震わせた。

「これ……は？」

ガブリエルが、めずらしく動揺が滲《にじ》む声音で尋ねてくる。

「これ？」

「痣《あざ》だよ。蝶《ちょう》の形に見える」

「ああ……」

ガブリエルの〝これ〟がなにを指しているのかがわかり、「生まれつきの痣だ」と答えた。

こびりついた血をウェットシートで拭き取ったことで、隠れていた痣が現れたのだろう。

「生まれつきの？」

「お祖父《じい》さんに、シウヴァの直系のみに現れる痣だって聞いた。場所は違うけど、お祖父さんにもあったし、アナにもある。イネスやニコラスにもあったはずだ」

「そうか……シウヴァの家紋はモルフォ蝶だったな」

ガブリエルが感嘆に似た、ため息混じりの掠《かす》れ声《ごえ》を落とした。

ソフィアのフィアンセとして、『パラチオ　デ　シウヴァ』の別館に母娘と三人で住んでいるが、アナの痣は脇腹にあるので見たことがなかったらしい。

「鞭の疵で翅《はね》が裂けてしまっている……」

低くつぶやいたガブリエルが、「残念だ」と継いだ。

「私がもう少し早く着いていれば、美しい翅を傷つけることもなかったのに」

切なげな声を出す男の視線を背中に感じた蓮は、居心地の悪さを覚えて、尻をもぞもぞと動かした。

自分では見ることができないため、存在すら忘れていることが多いのだが、そういえば鏑木も蝶の痣に思い入れがあるようで、よくそこにくちづけていた。

(恋人の鏑木に執着されるのはうれしいけれど……)

蓮が疎《うと》ましがっているのを察したのか、左肩甲骨の下から、視線がすっと離れる。

「次は化膿止めだ。ガーゼに塗って疵口に当てる」

段取りを説明したガブリエルが、化膿止めの軟膏《なんこう》を塗布したガーゼを疵口に当てた。その処置ののち、ガーゼを固定するために、伸縮性のある包帯を胴体にぐるぐると巻いて端を留める。

一連の処置を手際よく済ませると、ガブリエルは、錠剤一錠とミネラルウォーターのペットボトルを手渡してきた。

「これを飲んで」

「クスリ?」

「痛み止めだ。これでだいぶ楽になるはずだ」

「………」

毒かもしれないという懸念も一瞬過《よ》ぎったが、殺すつもりならわざわざ手当てはしないだろうと考え直し、錠剤を口に含んで水で流し込む。ついでに、水分補給のためにごくごくと水を飲んだ。

クスリが効いて痛みが緩和されれば、いざという時に動くことができる。

「それと着替え一式だ。さすがにジャストサイズは調達できなかった」

エクスキューズと同時に差し出されたのは、黒い長袖のカットソーとカーキのワークパンツ、ラバーソールの編み上げ靴だった。

シャツはあちこち破けてぼろぼろだったし、トラウザーズもスコールで濡れていて気持ち悪かったから、乾いた衣類は助かる。

痛みを堪えながら、軍服の下に着るアンダーウエアらしきカットソーを、頭から被って袖を通した。やや大きかったけれど、体が泳ぐほどではない。ワークパンツは明らかにオーバーサイズだったが、ベルトで締め、裾をロールアップして調節した。仕上げに靴下を履いて編み上げ靴を履く。爪先が少し余ったが、ヒモで締め上げれば歩くのに支障はなかった。

(そうだ！　携帯！)

濡れた衣類を着替えて不快な感覚から解放されたことで、失念していた携帯の存在を思い出し、脱いだトラウザーズのポケットを探ったが見つからない。意識を失っているあいだに没収されてしまったようだ。

がっかりしていると、「痛みはどう？」と訊かれた。

「さっきよりはいい」

「よかった」

微笑んだガブリエルが、処置に使ったハサミやテープを片付け始める。

蓮自身、ここまでひどい裂傷を負ったのは初めてだったので、この先どうなってしまうのか心配だったが、化膿止めも塗ったし、現状より悪化することはないだろう。包帯で疵口を固定されたせいか、または早くも内服した錠剤が効いてきたのか、ズキズキと疼《うず》くような痛みも少し収まってきた気がする。

ちらっと横目でガブリエルを見た。

そもそも自分が拉致監禁されたのはガブリエルの策略ありきだ。罠《わな》に嵌《は》めた張本人に「ありがとう」と言うのはおかしな気がして、口には出さなかったが、心のなかで処置に関してだけは感謝した。

（それにしても）

なぜ、ガブリエルは手当てをしてくれたんだろう。

リカルドは先般、「どのみち生かして帰すわけにはいかないだろう？　こいつは知りすぎた」とデメリットを主張していたが、それに関してはガブリエルだって同じだ。

知りすぎた自分を生かしておいて、リスクはあってもメリットはない。

さっきだって、あの場で自分がリカルドに殺されてしまっても、その実、問題なかったはずだ。

ガブリエルは、始祖の文献が保管された地下室へのルートを知っている。ライティングデスクを開く鍵となる指輪も手に入れた。あとは指輪の使い方だが……ガブリエルならば、さほど時間を要さずに解明できるはずだ。頭脳や知見で並び立つ、鏑木がそうであったように。

もはや自分は必要ない。なのに、殺さなかった。

それどころか、自分の死を阻止するために、わざわざブルシャの件を持ち出したように見受けられた。

いや、あの流れは確実にそうだった。

おのれの利益を半減させてまで、自分を救った？

ガブリエルの意志決定によって一命を取り留めたのは事実だけれど……なんだか釈然としない。

そこまでして自分を生かしておく理由は？

「なんだい？」

急に問いかけられて、ぴくっと震える。

「え？」

「なにか訊きたそうな顔をしているから」

あれこれと思い巡らす自分をガブリエルが観察していたことを知り、蓮は気まずく目を伏せた。しばらくして顔を上げる。ガブリエルはまだこちらを見ていて、目が合った。

深海のごとく、底知れぬ闇を内包する青い瞳。

ストレートに訊いてしまおうか。どうして自分を生かしておくのか、と。

「…………」

躊躇《ためら》いつつ唇を開き、言葉を発しようとした時。

複数の靴音が近づいてきて、蓮とガブリエルはドアのほうに顔を向けた。

二人の視線の先で、ガチャ、ギーッとドアが開く。先頭に立って入室してきたリカルドが、乾いた服に着替えた蓮、ガブリエルの手許のファーストエイドキットと順番に目を留め、片方の眉を上げた。

「手当てをして衣類を与えたのか。先の短いガキにずいぶんと情け深いことだ」

「ブルシャに関して新たな情報は得られたのか？」

いやみに動じず、ガブリエルが尋ねる。

やはり、リカルドはブルシャについて調べていたようだ。

「幻の植物というだけあって、おまえが話していた以上の情報はなかった。だが、『cores《コレス》』のボスであるおまえが、わざわざシウヴァ内部に潜入してまで慎重に事を進めてきた案件だ。探し当てることができれば、大きな利益を生むのは間違いない。賭けてみて損はないだろう」

不遜な物言いをしたリカルドが、紫の目をギラつかせて蓮を見る。

「これからシウヴァの屋敷に乗り込む。命が惜しければ、隠し部屋とやらに案内しろ」


『パラチオ　デ　シウヴァ』の内部に侵入するメンバーは、リカルド、ガブリエル、蓮の三名に、リカルドの腹心の部下二名が加わった総勢五名。運転手役一名ともう一名の部下が、アクシデントに備えてワゴンで待機することとなった。

実働部隊を少人数に絞ったのは、コンパクトな連携と迅速な行動を優先するためだろう。夜の闇に紛れて館内に忍び込み、日記を盗み出すというミッションに大袈裟《おおげさ》な部隊は必要ない。

その代わり装備は本格的だった。リカルドたちは、金糸の刺繍《ししゅう》付きの軍服から迷彩柄の戦闘服に着替え、ミリタリーベストを着け、ベレー帽を被り、足元はニーパッドに編み上げ靴という出で立ち。さらにミリタリーグローブを嵌めて、太股のレッグホルスターにサイレンサー付きの自動拳銃とアーミーナイフを挿し、自動ライフルを肩に掛けている。片方の耳には、ワゴンに残る部下との連絡用だと思われる、無線のイヤホンが装着されていた。

一方のガブリエルも、スーツから、黒のストレッチ素材の長袖カットソーと同色のボトムに着替えている。銀の髪を一つにまとめて黒いつば付きキャップで隠し、顔の下半分をフェイスマスクで覆い、目許にはゴーグルといったフル装備だ。上半身にショルダーホルスターを装着して、自動拳銃を帯びている。

これまでは、洗練されたスーツかタキシード姿のガブリエルしか見たことがなかったが、初めて目にする戦闘モードの彼には不思議と違和感がなかった。

メンバーのなかでは蓮だけが着替えておらず、黒の長袖カットソーにカーキのワークパンツ、編み上げ靴という格好のままだった。先程までと違うのは、革の首輪を装着されていることだ。首輪にはパラシュートコード製のリードがついており、二メートルほどの長さのリードの端は、リカルドに握られている。

「降りろ」

リードを握った男に背後から乱暴に押され、蓮は開け放されたスライドドアから降りた。続いてリカルド、ガブリエル、部下二人の順でワゴンを降りてくる。

ガブリエルの指示を受けて運転手がワゴンを停《と》めた場所は、そびえ立つ堅牢《けんろう》な壁で囲まれた『パラチオ デ シウヴァ』の〝背中〟といっていい部分だ。かつては通用口として使われていた門があるのだが、封鎖されて久しいので、基本的に人の往来がない。外灯も少ないが、今夜は月が比較的明るく、足元が見えなくて困ることはなかった。

以前、鏑木が忍んで来る際に使用していた旧通用口は、ガブリエルの指示によって新しい錠が取りつけられ、周辺の警護を強化された――はずだった。

だが、いま目が届く範囲に警護スタッフが立っている様子はない。

（警護を強化したというのはハッタリだったのか？）

蓮は、横に立つガブリエルに疑惑の眼差しを向けた。しかしゴーグルとフェイスマスクをした男から、表情を読み取ることは不可能だった。

「敷地内に入る前にチームの意思を統一しておきたい」

蓮の疑惑の視線に気がついているのか否か、フェイスマスクを下げたガブリエルが口を開く。

「私は『パラチオ　デ　シウヴァ』のどこに監視カメラが設置され、どのポイントに警護スタッフが立っているのかを把握している。この件に関しては私が陣頭指揮を執《と》るので、指示に従って欲しい」

「いいだろう」

リカルドが鷹揚《おうよう》にうなずいた。現実的な話、リカルドは館内に不案内だ。『パラチオ　デ　シウヴァ』を熟知しているガブリエルにリーダーを任せる以外の選択肢はない。

「本作戦のコマンダーはガブリエルだ。彼の指示に従え」

部下二人が直立不動でびしっと敬礼した。

「おい、ガキ」

あくまで名前で呼ばないリカルドのほうを向いたとたん、額にひんやりとした鉄の感触を押しつけられる。銃口だった。

「…………っ」

「少しでもおかしな素振りを見せたら、躊躇《ちゅうちょ》なく引き金を引くからな」

昏《くら》い紫《ヴァイオレット》の双眸《そうぼう》を殺気でぎらつかせた男が、低い声で凄んでくる。

「肝に銘じておけ」

ブラフなどではなく、本気だとわかった。できることならいますぐにでも、シウヴァの血を引くこいつを殺したくてたまらないと、男の顔に書いてある。

リカルドの殺気に片頬を引き攣《つ》らせ、蓮は掠れ声で応じた。

「……わかった」

館内に入ったら隙を見て逃げ出すことはできないだろうかと、移動中もずっと逃亡の算段を巡らせていたが、行動に移した瞬間に絶命させられそうだ。かすかな希望を打ち砕かれた気分で、落胆を奥歯でそっとすり潰す。

「おい」

銃を下ろしたリカルドが顎《あご》をしゃくるやいなや、部下の一人がさっと回り込んできて、蓮の前に立った。ミリタリーベストのポケットからハンカチを取り出し、そのハンカチで蓮に猿轡《さるぐつわ》を噛ませ、後頭部でぎゅっと縛る。

「う……う……」

これで声を出すこともできなくなった。

「では早速行動に移ろう。『パラチオ　デ　シウヴァ』にはあの門から侵入する」

蓮の〝装備〟が完了するのを見計らって、ガブリエルが数メートル先の門を指差す。

「十年以上前に封鎖された通用口だ。現在使用している者はおらず、警備ルートからも外れている。監視カメラもない」

この台詞《せりふ》により、ガブリエルが自分に告げた「警護を強化した」という話はハッタリだったのだと、蓮は確信を得た。

「長く錠も壊れたままになっていたが、最近私が新しい南京錠を取りつけた。これが鍵だ」

ガブリエルがボトムのポケットから鍵を取り出して見せる。

「敷地内に入ってからは、監視カメラと警護ポイントを回避しつつ目的地を目指す。物音を立てないように、私の後ろをついてきてくれ」

そう告げたガブリエルがフェイスマスクを持ち上げるなり、早速歩き出した。リカルドが「行け」と蓮の背中を銃口で押す。ガブリエル、蓮、リカルドと続き、部下二人はしんがりを務めた。

錆《さ》びついた門の前で足を止めたガブリエルが、閂《かんぬき》に取りつけられた南京錠を外し、鉄の横棒をスライドさせる。外側の閂と内側の閂は連動しており、どちらか一方をスライドさせれば同時に動く仕組みになっているのは、蓮も知っていた。

門を外して二枚扉を押し開けたガブリエルが、中央にできた隙間に、すっと身を滑り込ませる。先程と同じ順番で残りの四人も通り抜け、ラストの部下が門を閉じた。

敷地内に入ると、まず視界に映るのは、椰子《ヤシ》の木が立ち並び、大きな葉を持つ植物が生い茂る裏庭だ。

ここからは建物の全容を窺《うかが》うことはできないが、想像していたよりも静かだった。

自分の行方不明騒動を受けて、もっと慌ただしく人の出入りがあるのかと思っていたが、屋敷全体が寝静まっているかのように静寂が横たわっている。

もし仮に誘拐事件だった場合、警察が表立って動けば、犯人にそれと知られる恐れがある。現在警察官が館内に待機していたとしても、交渉が難航するリスクを勘案して、気配を消しているのかもしれない。

いずれにせよ警察も、『パラチオ　デ　シウヴァ』のスタッフも、行方不明の当主本人が、旧通用口から館内に侵入してくるとは予測すらしていないに違いなかった。

椰子の木の陰に身を潜め、ひとしきり敷地内の様子を観察していたガブリエルが、問題ないと判断してか動き出す。本館の建物に近づきながら、片手で後方に〝ついてこい〟とジェスチャーを送ってきた。

リカルドが〝先に行け〟というように、銃口で蓮の背中を小突く。かといって自主的に先に進めば、首輪に繋がっているリードをぐいっと引っ張られた。何度か首が絞まっておえっと嘔吐《えづ》きかけ、リカルドとの適切な距離を体で覚えさせられる。

自負しただけあり、ガブリエルは確実に監視カメラと警備ポイントを避けて、目的地へと向かっていく。一行は中庭から館内に入り、階段を上った。蓮自身は通い慣れた二階の廊下を進むと、前方の突き当たりに祖父の部屋が見えてくる。

モルフォ蝶の紋章が彫り込まれた二枚扉に歩み寄ったガブリエルが、鍵がかかっているのを確かめてから振り返った。

「レン、鍵を渡してくれ」

「………」

「新しい鍵だ。扉を壊してもいいなら私はそれでも構わないが……グスタヴォ翁《おう》の部屋をもう一度傷つけられるのはいやだろう?」

扉を破壊すると脅された蓮は、暗視ゴーグルで覆われた白い貌《かお》を睨みつける。

子供の頃は、祖父の部屋が好きではなかった。この扉の前に立つと、訳もなく緊張したものだ。それでも、目の前で破壊されれば心情的にいたたまれないであろうことは想像がつく。

蓮は黙って首許のチェーンを摑み、カットソーの襟口から引っ張り出した。引き出したチェーンには、育ての母からもらった十字架と一緒に一本の鍵がぶら下がっている。

祖父の部屋の鍵を交換した際にロペスから渡されたもので、紛失しないよう身に着けていたのだ。

チェーンから鍵を外し、渋々とガブリエルに渡す。

「……いい子だ」

唇の両端を上げたガブリエルが、蓮から受け取った鍵で扉を解錠した。二枚扉を開く。

ガブリエルが室内に入ったのを見て、リカルドが「行け」と背中を押した。

「ぐずぐずするな！」

背後のリカルドに苛立った声で急かされ、銃で小突かれつつ、祖父の部屋に入る。シノワズリの調度品でまとめられた前室を抜け、アーチをくぐり、主室に足を踏み入れた。

先に入室していたガブリエルは、すでに暖炉《だんろ》の前に立って、始祖の肖像画に手をかけていた。肖像画を壁から取り外し、絵の下から現れたフックを指で摘む。仕掛けてあった監視カメラで鏑木と蓮の動画を見ているからか、一連の動作に迷いはなかった。

カコンッという音がして、上向きだったフックが下を向く。

直後、ゴゴゴゴゴと地鳴りのような音を響かせ、暖炉が下がり始めた。

「な、なんだ⁉」

リカルドがぎょっとしたような声を発し、常に無表情な部下二人も、さすがに両目を見開いて固まっている。ガブリエルだけが平然と、下がっていく暖炉を見据えていた。

暖炉は最終的に床面と同じ位置まで下がり、四角い空洞がぽっかりと現れる。

「この穴の奥が、地下室に下りるためのエレベーターになっている」

ガブリエルの説明に、リカルドが渋面《じゅうめん》を作った。

「こんなものを作っていたのか」

「シウヴァの当主ともなれば、隠し部屋の一つや二つ、当然持っているよ」

あっさりと受け流したガブリエルが、「さて」と切り出す。

「全員が地下に下りてしまうのは無防備すぎる。見張り役が残ってもらえると助かる」

その要望を受け、リカルドが部下に命じた。

「おまえたちは待機だ。なにか異変があったら、すぐに無線で知らせろ」

ボスの指令に敬礼で応《こた》え、自動拳銃を構えた二人が、ただちに前室に移動する。

「よし、行こう」

ガブリエルが先に四角い穴に入り、蓮、リカルドの順で続いた。身を屈《かが》めてくぐり抜けた先には、漆黒の闇が広がっている。

一瞬、この暗闇に乗じて逃げ出せないだろうかという考えが過ぎったが、体に銃を押しつけられている現況では難しかった。それに、ここから逃げたところで、前室で部下二人が待ち受けている。

「……暗いな」

リカルドの文句を無視して、蓮はわざと電気を点けなかった。暗闇ならば夜目が利《き》く自分が有利だ。

しかし、その小さな優越感も、暗視ゴーグルを装着した男には通用しなかった。煉瓦《れんが》積みの壁をぐるりと見回したガブリエルが、操作盤を見つける。

「これが操作盤か」

向き合って数秒観察したのちに、一発で正解のボタンを押した。床がガクンッと揺れる。

「おおっ……」

暗闇にリカルドの声が反響した。ガタガタと下がり始めたエレベーターが、しばらく経って、ふたたびガクンと大きく揺れる。地下二階の隠し部屋に到着したのだ。

天井の高い、広々とした空間に踏み出したガブリエルが、ゴーグルを外してフェイスマスクを下げる。

「ほう……これはたいしたものだ」

ざっと室内を見回し、感嘆の声を発した。

ガブリエルが感心するのも当然だ。応接スペースと書斎が合体したような空間は調度品も揃っており、設《しつら》えも立派で、「地下室」という言葉から連想される空間とはかけ離れている。単なる宝物の隠し場所ではなく、当主が考え事や書き物をするための部屋なので、くつろげる仕様になっているのだ。

「始祖の日記が保管されているのは、ライティングデスクだったな」

ひとりごちたガブリエルが、部屋の一角を占める書斎スペースへと向かう。着々と核心に迫っていく男の背中を、蓮は焦燥を帯びた眼差しで追った。

アンティークのライティングデスクまで辿り着き、その周りを一周したガブリエルが、蓮に向かって手招きをする。

「レン、こっちに来てくれ」

「行け！」

リカルドにどやしつけられ、蓮は不承不承ガブリエルに近づいた。青い瞳が至近距離から蓮の顔を、じっと見つめてくる。

「とても美しいライティングデスクだね。特に天板の細工が素晴らしい。漆《うるし》に金箔で、生い茂った緑と蔦《つた》、モルフォ蝶が描かれている」

探るような視線を感じたが、懸命に平静を装った。

「…………」

「モルフォ蝶はシウヴァの家紋だ。隠し収納があるとしたら、この天板の下じゃないかな？」

図星を指されて肩がぴくっと震えてしまい、自分に舌打ちしたくなる。ガブリエルがふっと笑った。

「当たりかな？　レン、指輪を返すから、収納の扉を開けて」

ガブリエルがボトムのポケットからチーフに包まれた指輪を取り出し、蓮に向かって差し出す。反射的に指輪を摑み取り、ぎゅっと握り締めた。

エメラルドの指輪を握り締めたまま動かずにいると、リカルドに「早くしろ！」と膝の裏を蹴られる。よろめいた蓮は、床に膝をついた。

「レン、抵抗しても無駄だ」

ガブリエルが、突き放すように冷たく言い放つ。

「無用な傷が増えるだけだよ」

そうかと思えば一転して、静かな声音で諭してきた。

「私もこれ以上、きみが傷つく姿を見たくない……」

まるで本気で蓮の身を案じているように聞こえる――。

飴《あめ》と鞭で揺さぶられた蓮は、ぎゅっと奥歯を噛み締めた。

悔しいが正論だ。

ここで抗い続けて、リカルドにさらに暴力を振るわれたら、今度こそ動けなくなるかもしれない。

先のことを考えれば、それは得策じゃない。

観念した蓮は、ライティングデスクに躙《にじ》り寄《よ》った。デスクの幕板には小さな穴が空いている。ガブリエルから戻された指輪のアームを摑み、アーモンドに似た形の穴に石を嵌《は》め込《こ》んだ。石座《マウント》までぐっと押し込み、じりじりと回転させる。ほどなくして、カチッとなにかが噛み合ったような音が響いた。

「開いたね」

ガブリエルがつぶやき、リカルドは「……ほう」と感嘆の声を漏らす。

「本当に指輪が『鍵』だったというわけか」

「そういうことだ。おそらくはシウヴァの始祖が、指輪とライティングデスクを対で作らせたんだろう」

推察を口にしたガブリエルが、天板の端に手をかけて持ち上げた。起き上がった天板の下に、収納スペースが現れる。隠し収納には、革のカバーがかかったアルバム大の冊子が並んでいた。

「あったぞ！　日記だ！」

叫んだリカルドが早速手を伸ばし、ガブリエルも数冊のなかから一冊を選び取る。

「どれが始祖の日記だ？」

苛立った手つきでパラパラと冊子を捲《めく》るリカルドに、「どうやら、冒頭のページに日記の執筆者のサインが入っているようだ」とガブリエルが示唆を与えた。

「冒頭にサイン？」

二人がかりで一冊ずつ確かめていき、ややあって、ガブリエルが「これだ」と声を発する。

「始祖の日記だ」

「寄越せ！」

リカルドが奪おうとするのを、すっと躱《かわ》した。

「ブルシャに関しては私のほうが詳しい。私が読んできみに説明するほうが早いよ。私が日記を検《あらた》めているあいだ、きみはレンを見ていてくれ」

リカルドはちっと舌打ちをしたが、ガブリエルの言い分にも一理あると納得したらしい。それ以上は抗わなかった。

ガブリエルが立ったまま、日記に目を通し始める。蓮はリカルドに銃を突きつけられた状態で、ガブリエルを見守った。全身から〝邪魔をするな〟オーラを発していて、傍目《はため》にも男がものすごく集中しているのがわかる。

ガブリエルを視線の先に捉えつつ、蓮の脳裏に浮かんでいるのは別の人物だった。

（……鏑木）

今頃、どうしているんだろう。行方のわからなくなった自分を捜して、街中を走り回っているだろうか。

さすがの鏑木も、自分が必死に捜している相手が、『パラチオ　デ　シウヴァ』に戻って来ているとは思わないだろう。でも鏑木ならば、早晩、ガブリエルと自分が地下室に入ったことに気がつくはずだ。その時のために、なにかメッセージを残せないだろうか。鏑木にとってヒントとなる情報を——。

蓮がメッセージを残す方法を思案している最中も、すさまじいスピードで文字列を追っていたガブリエルの視線が、ぴたりと止まった。両目がじわじわと見開かれていく。

「……モルフォ蝶」

ガブリエルの唇から、掠れた声が零れ落ちた。

「なんだと？」

リカルドが聞き返す。

「ブルシャの生息地についての記述だ。深い森の奥に無数のモルフォ蝶が舞い、水浴びをする不思議な池があると書いてある。その池の周りに自生している植物こそがブルシャであった、と」

昂《たかぶ》りを抑えきれない様子のガブリエルとは対照的に、リカルドはぴんときていない顔つきで、「蝶？」とつぶやいた。

「蝶が目印なのか？」

怪訝《けげん》そうなリカルドの問いかけに答えはない。すでにガブリエルは日記に再没入していた。まさしく没入という表現がぴったりの集中だ。

ゾーンに入っているガブリエルを視界に映しながら、蓮は、ついさっき男が見せた興奮の面持ちを思い起こす。

（あんな顔……初めて見た）

蓮も始祖の日記は読んだから、内容はわかっている。ガブリエルが読み上げたのは、始祖が原住民の部族の長《おさ》に導かれ、ブルシャの生息地に辿り着いたくだりだろう。

だが、そこになぜ、あれほどまでに反応したのかはわからなかった。

——……モルフォ蝶。

つぶやきを反芻《はんすう》してみる。

そういえば、手当ての際に、自分の背中の蝶の痣にも反応していた。

モルフォ蝶になにか特別な思い入れがあるのだろうか。

答えを探ろうと、ガブリエルの顔をじっと見つめる。しかし、始祖の日記に集中する白皙《はくせき》からは、先程垣間見《かいまみ》せた熱狂の色は消え、もういつもどおりのクールなガブリエルに戻っていた。

(考えすぎ……か?)

ガブリエルが一定の間隔でページを捲る音と、苛立ったリカルドが時折踏み鳴らす靴音以外は、沈黙にほぼ支配された時間が過ぎ——最後のページまで目を通したガブリエルが、日記をぱたんと閉じる。その瞬間を待ちわびていたリカルドが「どうだ?」と問《と》い質《ただ》した。

「行き方はわかったか?」

「……わからない」

ガブリエルが答え、蓮はぎゅっと両手を握り締める。

(……ついに)

時間の問題ではあったけれど、逃げ出す機会を得られないまま、とうとうこの瞬間を迎えてしまった。

「わからないだと？　どういう意味だ⁉」

リカルドがいきり立つ。

「日記には、ブルシャの生態については記されていたが、生息地に至るルートは書かれていなかった」

ガブリエルの返答に、リカルドの顔がみるみる赤黒く染まった——かと思うと、いきなりリードを引っ張り、蓮を乱暴にたぐり寄せる。つんのめってたたらを踏んだ蓮の視界いっぱいに、鬼の形相が映り込んだ。

「どういうことか説明しろ！」

口角泡を飛ばして、リカルドが怒鳴りつける。

「うっ……むっ、うぅ」

苛立ったリカルドがハンカチを引きずり下ろすと、猿轡が外れた。

「……ぷ、はぁっ」

「言え、ガキ！」

首輪を摑まれ、ガクガクと揺さぶられた蓮は、「か、書いてあるとは……言って……ないっ」と叫ぶ。

「なんだと？」

ぎらつく双眸で睨みつけられ、体がすくみそうになるのをかろうじて堪えた。

「お、俺は……日記に生息地へのルートが書いてあるとは言ってない」

「確かに言っていない」

冷静な声音が、蓮の主張を認める。

「それに関しては私の思い込みだったことを認めよう」

　あからさまに失望するわけでも、リカルドのように逆上するでもなく、ガブリエルは落ち着いていた。淡々と自分の思い違いを認める。

「シウヴァの始祖は、原住民以外で初めてブルシャと遭遇した人物であり、研究者だった。当然、生息地に至る道筋を詳細に書き残していると思っていたが、どうやら見込み違いだったようだ。ブルシャが人体に及ぼす影響について、身を以《もっ》て痛感していたからこそ、彼はあえてルートを記さなかったのかもしれない。二度と人がその場所に到達しないようにとの自戒の念を込めてね」

　ガブリエルが説明し終わるのと同時に、リカルドは「くそったれ！」と罵声を吐いた。

「この、役立たずが！」

　持って行き場のない苛立ちをぶつけるように、蓮を思い切り突き飛ばす。

「うわあっ」

　軽々と吹っ飛んだ蓮は、床に腰を強く打ちつけ、反動でごろごろと転がった。

「……つ、う……」

　痛みに顔を歪めて上体を起こした瞬間、腰のヒップホルスターから自動拳銃を引き抜くリカルドが目の端に映る。

「こいつはもう用なしだ」

　吐き捨てるなり、ジャキッとスライドを引いた。邪悪な薄笑いを浮かべた男に銃口を向けられ、血の気が引く。

とっさにガブリエルを見た。縋《すが》るような眼差しを向けたが、ゆっくりと首を横に振られてしまう。

「レン、もう無理だ」

とても残念だと言うように、美しい貌《かお》に憐憫《れんびん》の情を浮かべたガブリエルが最後通告を口にした。

「これ以上はきみを庇えない」

心のどこかで、ガブリエルは自分を見殺しにしない、最後は助けてくれると期待していたのかもしれない。

しかし、その最後の頼みの綱も断ち切られた。

(……殺される)

残酷な予感に、頭から冷や水を浴びせられたみたいに体が小刻みに震え出す。

リカルドは今度こそ、自分の命を絶つだろう。

それを回避する方法は一つだけ。

生息地へのルートが記された、父――甲斐谷学《かいやまなぶ》のノートの存在を明かすことだ。

でも、それを明かせば、今度はノートを所持する鏑木に危険が迫る。ただでさえ、リカルドは鏑木に対して歪んだ憎悪を抱いている。大義名分を与えたら、嬉々《きき》として鏑木を追い詰め、もっとも残忍な方法で彼の命を奪うだろう。

(いやだ……それだけは絶対にいやだ)

鏑木の死は、自分の死よりもずっと恐ろしかった。

「どこから撃たれたい?」

リカルドがにやにやと笑う。

「望みの場所に命中させてやる。わかるか？　おまえは射撃の的みたいに蜂の巣になって、最後は心臓を撃ち抜かれて死ぬんだ」

この男なら、やる。なんの躊躇もなく、おのれの言葉を実行するだろう。

ガブリエルの憐《あわ》れむような表情が、それを裏付けている。

ドクンドクンと心臓が大きく跳ねた。じわっとしみ出た冷たい汗で全身が濡れる。

蓮は釣り上げられた魚よろしく、口をぱくぱくと開閉した。

「い……っ」

カラカラに干からびた喉から、しゃがれた声を絞り出す。

「一度、ブルシャの生息地に辿り着いたことが……ある」

聞き取りづらい物言いであったにもかかわらず、ガブリエルがすぐさま反応した。

「辿り着いたことがある？」

食いついてきた男に、「本当か？」と確かめられ、こくこくと首を縦に振る。

「どうやって辿り着いた？」

「夜の……ジャングルを彷徨《さまよ》っていて……モルフォ蝶に……導かれて」

「モルフォ蝶に？」

反復するガブリエルの青い目が、熱を帯びて輝いた。

「おい、こんな話を信じるのか？」

リカルドが不服そうな声を出す。

「命が惜しくて適当なことを言っているんじゃないのか?」

「レンはジャングルで生まれ育った。それにこの数年は、バカンスのたびにジャングルを訪れている。ブルシャの生息地に辿り着いていてもおかしくはない」

リカルドの疑念を即座に打ち消し、ガブリエルは蓮のすぐ側まで歩み寄ってきた。膝をつき、顔を覗き込むようにして尋ねる。

「その場所まで私たちを案内できるかい?」

蓮はうなずいた。

前回のジャングルでは結局辿り着けなかったし、父のノートは一度読んだきりだ。

それでも、生き延びるためには言い切るしかなかった。

「……できる」

IX

ジンからの「蓮《れん》が行方不明になった」という一報を受け、鏑木《かぶらぎ》は恋人の消息を追った。蓮と最後に別れた地下駐車場を起点に、ミゲルとエンゾと手分けをして聞き込みに当たり、周辺を片っ端から捜索した。

カーニバルの初日ということもあり、幸い、深夜を過ぎても路上には多くの人出があった。踊ったり、歌ったりとハイテンションな彼ら一人一人に蓮の写真を見せ、「彼を見なかったか?」と尋ねて回る。

だが、芳《かんば》しい成果は得られなかった。大方酔っ払っているか、そうでなければカーニバルの熱狂に浮かれ、人の顔に注意を払っている者などいなかったからだ。

蓮は目立つ容姿をしているが、それでも街中の人間が一気に溢れ出たような人混みのなかでは、どうしたって埋没してしまう。

ようやく街が遅い眠りについた頃、狂乱の残骸《ざんがい》ともいうべきゴミだらけの路上で、ミゲルとエンゾと合流した。夜を徹して収集した情報を報告し合ったが、決め手となるようなものはなく、焦燥を募らせる鏑木のライダースジャケットのポケットのなかで携帯が鳴り出す。

(ジンか?)

すぐさま携帯を引き出し、ホーム画面をチェックした。果たして、ジンの名前が表示されている。

待ち構えていた連絡だ。蓮を捜し続けているあいだも、ジンからのメールが届いていないか、何度も携帯をチェックしていた。

なのに、いざ連絡が来たら、通話ボタンを押すのを躊躇《ためら》う自分がいる。

もし――もしこの電話が、蓮の身に不幸があったという知らせだったら……。

その可能性を思うと、どうしても通話ボタンに指が伸びない。

体が硬直するほどの恐怖心に襲われた記憶は、少なくとも物心ついて以降なかった。

それほどまでに、蓮を失うかもしれないという恐れは自分にとって大きいことを、まざまざと実感させられる。

「少佐？」

鳴り続けている携帯を手に立ち尽くす鏑木に、ミゲルが訝《いぶか》しげな声を出す。

「出なくていいんですか？」

その問いかけではっと我に返った。逃避したところで事態が好転するわけでもない。腹をくってボタンを押し、携帯を耳許まで運んだ。「ジンか？」と尋ねる。

『……俺だけど』

耳に届く声が、前回よりさらに緊張を孕《はら》んでいるのを感じ、携帯を握る手に覚えず力が入った。

（蓮の身になにかあったのか）

背中を這い上がる不吉な予感を渾身《こんしん》の力で押さえつけ、「どうした？」と促した。

『「パラチオ　デ　シウヴァ」に賊《ぞく》が侵入した』

「賊が⁉」

思わず大声を発した鏑木に、ミゲルとエンゾがびくっと肩を揺らす。

『正確には先代の部屋に侵入された』

「翁《おう》の部屋に？」

亡きグスタヴォ翁の部屋は、すでに一度不法侵入者によって荒らされており、それが事実ならば二度目の被害となる。

『早朝の見回りで、ロペスさんが部屋の扉がわずかに開いていることに気がついたんだ。昨日の朝の見回りの際にはちゃんと鍵がかかっていたのを確認済みだから、誰かが出入りしたのは間違いないって。警護主任に報告したあとで、俺の携帯に連絡をくれた。昨日、レンの行方がわからなくなってから、どんな些細な情報でも共有し合おうって話していたからさ。俺はまだ現場は見ていないんだけど、とりあえずあんたに知らせたほうがいいと思って』

「そうか。知らせてくれて助かった。……侵入されたのは翁の部屋だけか？」

『だと思う』

複数の部屋が被害を受けたのならば、さすがに警護主任も気がついただろう。賊は翁の部屋をピンポイントで狙った可能性が高い。

「この件は警察には？」

『まだ伝えていない。レンの件で昨日警察官が大勢来て、数名が館内に残っているけど、彼らが詰めている部屋は先代の部屋と離れているから、気がついていないと思う』

「わかった。俺もいまからそっちへ向かう。悪いが、俺が到着するまで警察に知らせないよう、ロペスと警護主任を引き止めておいてくれないか」

『それはいいけど……こっちに来るって、いいのかよ?』

ジンの懸念はもっともだ。

みんなの前に顔を出せば、自分がエストラニオ国内にいるのが明らかになり、これまでのように下町《ダウン》地区《タウン》に潜伏して活動することはできなくなる。だが、地下室を有する翁の部屋が再度狙われた以上、もはやそこにこだわっている場合ではなかった。

「非常事態だ。やむを得ない」

『……わかった。じゃあ、待ってるから』

通話が切れた携帯をポケットにねじ込み、鏑木はミゲルとエンゾに「行くぞ」と声をかけた。

鏑木の電話の応答だけで事情を察した二人が「了解」と応じ、三人で駐車場へ急ぐ。

昨日、蓮と最後に別れた例の地下駐車場だ。停《と》めてあったSUVに乗り込み、ミゲルの運転で、『パラチオ　デ　シウヴァ』へ向かった。

後部座席の車窓越しに、路上に散乱したゴミを掻き集める清掃員たちを眺めながら、先程のジンの言葉を反芻《はんすう》する。

不法侵入が単独犯によるものか、グループの犯行かはわからないが、翁の部屋をピンポイントで狙ったことから推測して、ガブリエルが関わっていることは間違いなさそうだ。

以前、ガブリエルに買収されているスタッフがいたが、この者は、蓮がロペスの力を借りて身柄を確保する前に姿を消し、以降の足取りが摑めていない。

いま現在『パラチオ　デ　シウヴァ』で働いているスタッフは、身元が確かな者だけだ。となれば今回は、内部の犯行の線はない。外部からの侵入者に限定され、ガブリエル本人が実行犯である確率も高いと思われた。

狙いは十中八九《じっちゅうはっく》、ブルシャについて記されたシウヴァ始祖の日記。

所在がわからない蓮の身柄がガブリエルの掌中にあるならば、エメラルドの指輪もやつの手に渡ったと考えるのが妥当だ。

シウヴァ当主の指輪という〝鍵〟を手に入れたガブリエルが、翁の部屋から始祖の日記を強奪したのだとしたら——。

もしそうであるならば、ガブリエルは蓮に正体を明かし、「成功した実業家で、ソフィアの婚約者」という表の仮面を外したことになる。

自分と蓮、そしてガブリエルの人生は、シウヴァという運命の輪のなかで複雑に交錯し、それぞれが良くも悪くも影響を及ぼし合ってきたが、ついに事態は最終局面を迎えた。

おそらくは、次に顔を合わせた時が、決着の時だ。

長年の因縁に決着がついた折には、自分とガブリエルのどちらかはこの世にいないだろう……。

仄暗《ほのぐら》い予感を噛み締めているうちに、『パラチオ　デ　シウヴァ』を囲む塀が見えてきた。シウヴァの紋章が刻まれた外門に差し掛かると、旧知の門衛が顔を覗かせ、運転席のミゲルに「身分証明書の提示をお願いします」と促す。その言葉に応じて、鏑木は後部座席のパワーウィンドウを下げた。

「ルイ、俺だ」

「セニョール・カブラギ?」

鏑木を認めた門衛が、目を丸くする。

「おひさしぶりです。国外に出ていらっしゃったのでは……?」

「今朝戻って来たんだ」

「ああ……そうですよね」

ルイの表情が陰る。当主の蓮が行方不明になっている件は聞き及んでいるようだ。蓮の件で呼び戻されたと思ったのだろう。

「どうぞ、お通りください」

誤解をあえて訂正せず、鏑木は「ありがとう」と片手を挙げた。開かれた鉄のゲートを通過し、鬱蒼《うっそう》と生い茂る森を切り裂くような一本道を走る。森を抜けた先、朝靄《あさもや》の奥に、白亜の宮殿がうっすらと見えてきた。

整備された芝の前庭をしばらく走り、大きな噴水を回り込んだミゲルが、車寄せにSUVを停める。まだ早朝であるのと、門衛のルイが知らせなかったためか、出迎えのバレースタッフの姿はなかった。

その代わり、すらりと手足の長い若い男が立っている。

若い男——ジンが、到着を待ちわびていたかのように、後部座席から車寄せに降り立つ鏑木のもとへ駆け寄った。

「ジン、現場は見たか?」

「いまさっき立ち寄ってきた。現場保持ってことで、とりあえずそのままにしてある。それとロペスさんと警護主任には、昨日俺がレンの件であんたに連絡を入れて、朝一で国外から戻って来ることになったと伝えてあるから」

偶然にも、さっきルイにした説明と合致した。

「わかった。それで話を合わせよう」

「ロペスさんも出迎えに来たがっていたけど、朝の支度があるからって」

「……そうか」

蓮の行方は依然としてわからず、その衝撃が癒える間もなく館内に不審人物の侵入を許した。『パラチオ　デ　シウヴァ』を預かる立場として、ロペスの受けたショックは計り知れないだろう。

そんな過酷な状況下でも、老体に鞭打《むちう》って、日常業務を全《まっと》うしようとするロペスに、心から敬意の念を抱く。

目的地である翁の部屋に近づくと、扉の手前に数人の男が固まっているのが見えた。どれも見知った顔だ。そのうちの一人が鏑木に気がつき、「セニョール！」と声をあげた。残りのスタッフもこちらを向き、一斉にどよめきが起こる。

「セニョール・カブラギ！」

「帰国されていたのか……」

「レン様の件で？」

ざわつく集団から四十代後半の男が一人抜け出し、歩み寄ってきた。

「……少佐」

「マティアス」

警護主任だ。年齢は鏑木よりかなり上だが、親衛隊時代の部下にあたる。ミゲルとエンゾにも黙礼をしたマティアスが、ふたたび視線を鏑木に戻した。その顔は険しく、目の下の濃い隈《くま》に心労の蓄積が見て取れる。

蓮の件は、外出先での不測の事態だからマティアスに責任はないとはいえ、『パラチオ　デ　シウヴァ』に侵入を許した件については、警護主任として心苦しさを感じているのだろう。しかも、侵入は二度目だ。

「すでに退職された少佐にご足労を願う事態となってしまい、誠に申し訳ございません」

神妙な顔つきで謝罪する男に、鏑木は「いろいろ大変だったな」と声をかけた。

「昨夜、蓮の所在がわからないとジンから連絡が入り、急ぎ帰国した。翁の部屋の不法侵入の件もさっき聞いた。賊の侵入経路の確定は？」

「先程、館内の定点監視カメラをすべて確認しましたが、不審人物らしき人影は映っておりませんでした。また昨夜、警護ポイントに立っていた人員も、異変には気がつかなかったと言っております」

「監視カメラと警護ポイントを知り尽くしている人間の仕業ということか」

脳裏に一人の男の姿が浮かんだ。

整った貌《かお》に浮かぶ嘲笑までイメージできる。

これは現時点では推測に過ぎないが、侵入口は旧通用口ではないかと鏑木は考えていた。

ガブリエルは、自分と蓮の逢瀬を阻《はば》むために旧通用口に錠をつけ、鍵を持っていた。その鍵を使って旧通用口から敷地内に侵入し、監視カメラと警護ポイントを回避しつつ、翁の部屋まで辿り着いた――。

「早速だが、現場を見せてもらっていいか？」

「はい、こちらです」

男たちが左右に開いて道を作ってくれる。鏑木はマティアスを従え、扉に近づいた。

先代が存命の折には日に何度もはせ参じた部屋は、確かに二枚扉が二センチほど、隙間ができたままになっている。

「現場保持のため、一切手を触れておりません」

マティアスの説明にうなずき、扉を観察した。

一度目の侵入は、斧《おの》のようなもので扉を破壊された――破錠によるものだと聞いていたが、今回は扉自体に損傷は見当たらない。蓮がロペスに命じて交換させた鍵は最新式のもので、ピッキングなどの開錠テクニックは通用しない。

つまり侵入者は正当に、鍵を使って入室したということだ。

新しい鍵は、蓮と自分が一本ずつ持っている。自分の鍵はここにあるので、昨夜使用された鍵は、蓮が所持していたものにほかならない。

ほんの数時間前、侵入現場に蓮がいたかもしれない可能性を思い、鏑木の心は千々に乱れた。

（……落ち着け）

いまはともかく、一刻も早く室内の状況を把握することだ。

それにはまず、かつての部下を説得する必要がある。鏑木はマティアスに向き直った。

「もともと翁の部屋は彼の死後、遺言によって封鎖され、鍵は俺が保管していた。しかし、俺が側近を辞任し、エストラニオを離れているあいだに、何者かによって室内が荒らされるという事件が起こった。そうだな?」

「はい、そのとおりです」

「結局、犯人不明のまま扉は修復され、鍵も交換された。そののち蓮から、新しい鍵を預かって欲しいという連絡が入った。リスク分散の意味合いも兼ねて申し出を受け、エストラニオに一時帰国した際に、新しい鍵を受け取ったんだ」

「そうでしたか」

マティアスが、とりたてて疑問を抱いた様子も見せずにうなずく。身内相手とはいえ、なにもかも赤裸々に明かすわけにはいかないので、ところどころ脚色が入るのは仕方がなかった。

ライダースジャケットのポケットからキーホルダーを取り出し、束ねた鍵のなかから一本を選んで「それがこの鍵だ」と警護主任に提示する。

新しい鍵を持っている自分が、退職後も当主からこの部屋の管理を任されている——というアピールだ。

「これから室内を検《あらた》めて、美術品が盗まれたり、調度品が傷つけられたりしていないかを確認する。その間おまえたちは引き続き、部屋の外を警護していてくれ」

「了解しました」

納得したマティアスが部下のもとに戻るのを待ち、鏑木は革のパンツのバックポケットからハンカチを取り出した。ハンカチでドアレバーを摑み、薄く開いていた二枚扉をさらに押し開けて室内に入る。それを見ていたジン、ミゲル、エンゾも、同様に部屋に入ってきた。

最後に訪問した時と変わらない印象の前室を抜けて、主室に足を踏み入れた。こちらも一瞥《いちべつ》した限りでは、前回侵入された際とは異なり、調度品の位置が変わっている、本が床にばらまかれている、椅子が倒れているなどの異変は見当たらなかった。

「へー……これが先代の部屋か。さすがに立派だな。威厳がある感じ……」

ジンが感嘆めいた声でつぶやく。ミゲルとエンゾも興味深そうに室内を見回した。

鏑木は一人、脇目も振らずにまっすぐと暖炉《だんろ》に歩み寄り、暖炉の上の壁に掛けられた始祖の肖像画に手を伸ばす。慎重な手つきで外して床に置くと、絵の下から現れた壁のフックを掴み、下に引いた。

突如、ゴゴゴゴゴと地鳴りのような音を響かせて下がり始めた暖炉に、鏑木以外の全員がぎょっとする。

「な、な、なっ……」

ミゲルが言葉にならない声をあげた。瞠目《どうもく》して固まるジンとエンゾ、そして鏑木の前で、暖炉が床のラインまで下がり、暗い穴がぽっかりと出現する。

「……スパイ映画かよ」

度肝を抜かれた表情で、ジンがひとりごちた。

「地下に下りるエレベーターだ」

淡々と説明したのち、鏑木が率先して四角い穴をくぐる。おそるおそるといった足取りのジン、ミゲル、エンゾが続いた。

屈《かが》めていた体を起こし、煉瓦《れんが》積《づ》みの壁に触れて照明をつける。全員の態勢が整ったのを見計らい、操作盤のボタンを押した。ガクンと床が揺れ、エレベーターがガタガタと下降し出す。

「マジでスパイ映画っスね」

ミゲルが興奮した面持ちで囁《ささや》いた。ほどなくして、もう一度床がガクンと揺れ、地下二階への到着を知らせる。一番手でエレベーターを降りた鏑木は、ざっと室内を見回した。地上と同じく、目立った乱れはない。

「話には聞いてたけど、実際に地下の隠し部屋とか見ると、やっぱシウヴァすげーなーっていう言葉しか出てこない」

ジンの感嘆に、ミゲルが「うん、うん」と同意している。

彼らを置いて書斎スペースに足を運んだ鏑木は、ライティングデスクの前に立った。鍵がかかっているかどうか、外側からはわからなかったが、ひとまず天板に手をかけて持ち上げてみる。

天板はすんなり立ち上がった。あらわになった隠し収納に、代々の当主の日記が並んでいる。

(施錠されていなかった)

隠し収納を開くための〝鍵〟である、エメラルドの指輪が手許にないのでほっとした。最悪の場合は、ライティングデスクを破壊しなければならないと思っていたからだ。

ほっとしたのはいいが、これで侵入者が地下室まで下りたことが確定してしまった。

さらに言えば、侵入者が破壊せずに隠し収納を開けられたということは、鍵となる指輪が現場に存在し、かつその鍵の使い方を知る人間がいたという証左にほかならない。

これでますます、昨夜ここに蓮がいた確率が高まった。

無意識に表情を強ばらせていると、いつの間にか背後に立っていたジンが、「ここに並んでいるのが代々の当主の日記？」と訊《き》いてくる。

「そうだ」

肯定した鏑木は、隠し収納に並ぶ冊子を数えた。一冊足りない。始祖の日記だけがなかった。

（やはり目的は始祖の日記か……）

しかし、始祖の日記には、ブルシャの生息地へのルートは記されていない。そのことは、日記を読めばわかってしまう。

始祖の日記こそが〝ブルシャへの地図〟だと思い込んでいた侵入者は、期待が外れてさぞや苛立ったに違いない。

（……蓮）

不満を募らせた侵入者によって、ひどく責め立てられる蓮を想像しただけで胃がキリキリと痛み、居ても立ってもいられなくなる。側に誰もいなければ、物に当たり散らして、大声で喚きたいくらいだ。

だが、暴れたところで蓮は解放されない。彼を救い出すのに必要なのは、冷静な思考と行動力だ。

自分にそう言い聞かせ、なんとか平常心を取り戻した鏑木は、「ミゲル、エンゾ」と呼びかけた。部屋のなかを検分していた二人が振り返る。

「定点カメラのデータを回収するのを手伝ってくれ」

「はい」

「え？　定点カメラがあるのか？」

ジンが虚を衝《つ》かれたような声を発した。

「ああ、念のために、蓮にも内緒で三カ所に仕込んでおいたんだ」

恋人のもとを訪れた夜、蓮が寝入るのを待って寝室を抜け出した鏑木は、翁の部屋に忍び込み、みずからカメラを設置した。

「敵を欺くには、まず味方からってやつ？」

その突っ込みには首を横に振る。

「そういうわけじゃない。蓮にはただでさえ、多くのものを背負わせてしまっている。これ以上秘密を抱え込ませて負荷をかけたくなかった」

「……うん」

ジンがめずらしく物憂げな声を零し、ピアスを指で引っ張った。

「結局、あいつはずっとガブリエルとタイマン勝負をしてたんだもんな。敵の正体を知っているのに知らないフリを通して、ガブリエルもレンに自分の正体がバレてることを実はわかっていて……それだけならまだしも、ガブリエルがわかっていることを知った上で、表向きは気がついていないフリをしなくちゃいけなくて。……状況が込み入りすぎてて、傍《はた》から見ているこっちまで頭がこんがらがって胃がひっくり返りそうだった。そんな状況下でガブリエルに煽《あお》られたレンがイラついて、みんなの前で真実をぶちまけそうになったこともあったし」

「………」

そうだ。蓮はずっと矢面に立ち、ガブリエルと心理戦を繰り広げていた。

いまこの瞬間も、ガブリエルとの闘いを強いられているのかもしれない。

そんな状況から、一刻も早く救い出してやりたい。

そのためにも、現在の居場所を特定する情報が必要だ。

鏑木の指示を受けて、ミゲルとエンゾが一カ所ずつ割り振られた二つの定点カメラから、それぞれＳＤカードを取り出す。鏑木も残りの一つを担当し、計三枚のＳＤカードを集めた。

居場所特定に結びつく動画が記録されていることを祈りつつ、三枚のカードをライダースジャケットのポケットにしまう。

「よし、地上に戻るぞ」

鏑木の号令で一階まで上がった一行は、前室を抜けて部屋の外に出た。

「どうでしたか？」

すっ飛んできたマティアスに、鏑木は神妙な面持ちで、「高額な美術品や絵画、貴金属をチェックしたが、盗まれたものはなかった」と答える。

「……そうですか」

マティアスの顔に安堵の表情が浮かんだ。

「細部まで検証しなければ被害ゼロとは言い切れないが、少なくとも現時点で大きな損害は認められなかった。この件は蓮が戻って来てから、もう一度きちんと検証しよう。なにを差し置いても、まずは蓮の捜索が最優先だ」

「はい」

男の顔つきがふたたび引き締まる。

「この部屋にはスタッフを二名ほど配備し、その上で全館の警護を強化してくれ。それと、現在は封鎖されている旧通用口だが、ここにも人員を割《さ》いて欲しい。外部からの侵入口になっている可能性がある」

「はっ！」

直立したマティアスが、片手で敬礼した。直接に鏑木からの指示を受け、つい親衛隊時代の癖が出てしまったのだろう。

「今後、なんらかの変事が起こった際は、俺の携帯に連絡してくれ」

最後に自分の携帯番号をマティアスに伝えると、鏑木はその場を離れた。

「それで？　これからどこへ行くんだ？」

迷いのない足取りで廊下を進む鏑木に追いつき、横に並んだジンが尋ねてくる。ミゲルとエンゾも後ろをついてきた。

「俺の部屋だ」

側近時代の鏑木は、自宅に戻る時間が取れない場合に備えて、『パラチオ　デ　シウヴァ』内に部屋を持っていた。実際、多忙な時期は、その部屋に寝泊まりすることも多かった。

側近辞任が急だったこともあり、辞表提出後も、鍵を返却するきっかけを失っていたのだが……。

（こんなところで役に立つとはな）

ひさしぶりに足を運んだ部屋の前で、ライダースジャケットのポケットからキーホルダーを引き出す。鍵の束から一本を選び出し、鍵穴に差し込んだ。解錠してドアを開ける。

当時のままのレイアウトが、視界に映り込んだ。『パラチオ　デ　シウヴァ』にはたくさんの空き部屋があるので、自分が去ったからといってすぐに別の誰かが譲り受けることもなく、現状維持されていたのだろう。

「入ってくれ」

先に入室した鏑木の促しに従い、ジン、ミゲル、エンゾが入ってきた。

窓際に設置されたライティングデスクに歩み寄った鏑木は、ハイバックチェアを引いて腰を下ろす。背後に三人が立った。

机の上に置かれているノートパソコンを電源に繋ぎ、立ち上げる。側近時代に使っていたものだ。辞職するにあたって、データをすべて個人所有のパソコンに移し、シウヴァの備品である本体はここに置いていったのだ。

立ち上がったノートパソコンのカードリーダーに、三枚のSDカードのうち、メインカメラから取り出したカードを差し込むと、ソフトが立ち上がり、動画の再生が始まった。再生ウィンドウに映し出されたのは無人の地下室。

そこからは、無人の地下室の映像がひたすら続く。

鏑木は画面右上の日付と時刻を確認しながら、タッチパッドで映像を早送りしていった。日付がどんどん新しくなっていき、ついに今朝になる。タッチパッドを操る鏑木の手が、ぴくっと震えた。

「……………っ」

エレベーターから全身黒ずくめの男が降りてきたからだ。つば付きのキャップを被ってゴーグルを装着しており、普段とは著《いちじる》しく印象が異なるが、それでもすぐに正体はわかる。

「ガブリエル！」

鏑木の代わりにジンがその名を叫び、一気に室内の空気が緊張した。

四人が注目する再生ウィンドウのなかで、ガブリエルがゴーグルを外し、フェイスマスクを下ろし、室内を見回す。

『ほう……これはたいしたものだ』

感嘆めいたつぶやきのあと、エレベーターからもう一人、ほっそりとしたシルエットが現れた。

「蓮！」

今度は鏑木が叫ぶ。

再生動画に映っている蓮は、最後に地下駐車場で見た時と服装が違った。黒の長袖カットソーにカーキのワークパンツ、足元は編み上げ靴。殴られた痕なのか、白い顔はところどころ紫色に腫《は》れ上《あ》がり、口には猿轡《さるぐつわ》を噛まされている。

恋人の痛々しい姿に、鏑木は奥歯をぐっと噛み締めた。膝の上の左手を、思わずぎゅっと握る。

（……蓮！）

しかも、それだけではない。蓮が定点カメラに近づいたことで、細い首に嵌《は》められた首輪が見えた。首輪にはリードがついており、そのリードの端を握っているのは——。

「リカルド⁉」

とっさに大きな声が出た。背後のミゲルとエンゾも、親衛隊時代の上官の登場に息を呑んでいる。ジン

03：19：53A

だけが「誰だよ？」と訝《いぶか》しげな低音を落とした。

「なんであの男が出てくるんスか⁉」

ミゲルが体を揺すって憤る。ミゲルもエンゾも、リカルドには散々な目に遭わされた。積年の恨みは、いまだに薄れていない。

「………」

鏑木自身、まったく予想もしていなかった男の登場に、しばし言葉を忘れて固まっていたが、『レン、こっちに来てくれ』というガブリエルの声で我に返った。

ガブリエルはライティングデスクの傍《かたわ》らに立ち、蓮に向かって手招きをしている。

『行け！』

リカルドにどやしつけられ、蓮が見るからに渋々とガブリエルに歩み寄った。

「そうか……」

(ガブリエルとリカルドは共犯《グル》だったのか)

昨夜、蓮が姿を消した時間帯、ガブリエルは秘書らと共にいて、アリバイがあった。おそらく拉致の実行犯は別にいるのだろうと推測していたが、よもやそれがリカルドだったとは。

二人が手を組んでいたという衝撃の事実が明らかになったことで、鏑木の脳裏に閃《ひらめ》くものがあった。

(もしかしたら)

これまで長く解けなかった謎の一つが、グスタヴォを襲い、命を奪った集団の正体だった。

ガブリエルの部下ではないかとも疑ったが、マフィアにしては組織的だ。生き残ったボディガードが証言した――襲撃の際の規律の取れた行動や鮮やかな撤退の仕方が、特殊訓練を受けた軍人を思わせて、そのことがずっと頭の片隅にひっかかっていた。

だが、二人の繋がりを知って、解が見えた気がする。

翁を襲ったのは、リカルド率いる、親衛隊の精鋭部隊だったのではないか。

襲撃のシナリオを練り、裏で糸を引いていたのはガブリエル。これについては、ガブリエルの元部下のシコの話を聞いた時から疑いを持っていた。

ガブリエルがソフィアを突破口としてシウヴァの内部に深く入り込むためには、知謀に長《た》けた翁の存在が邪魔だった。

しかも翁はニコラスの件でマフィアを憎んでいた。ガブリエルにとって、二重の意味合いで煙たい存在だっただろう。

一方のリカルドの動機はわからないが、欲深いあの男のことだ。ガブリエルに、金銭的にうまみのある話を持ちかけられたのかもしれない。

ガブリエルがリカルドに命じてグスタヴォを消し、翁の急死によってまだ若い蓮が当主となり、シウヴァに隙ができた。そこにガブリエルがつけ込んだ。

（点と点が繋がり、一本の線となった……）

ガブリエルの描いたシナリオをトレースしているうちに、動画は先に進んでいたようだ。気がつけば、再生ウィンドウのなかのガブリエルが始祖の日記を読んでいた。

日記を読み終えたガブリエルによって、ブルシャの生息地へのルートの記述がなかったことが明かされる。

『どういうことか説明しろ！』

結果に激昂《げっこう》したリカルドが、蓮の猿轡を外した。

『言え、ガキ！』

首輪を摑まれ、ガクガクと揺さぶられた蓮が、『か、書いてあるとは……言って……ないっ』と叫ぶ。

『なんだと？』

『お、俺は……日記に生息地へのルートが書いてあるとは言ってない』

『確かに言っていない』

ガブリエルが冷静な声音で認めた。

『それに関しては私の思い込みだったことを認めよう。シウヴァの始祖は、原住民以外で初めてブルシャと遭遇した人物であり、研究者だった。当然、生息地に至る道筋を詳細に書き残していると思っていたが、どうやら見込み違いだったようだ。ブルシャが人体に及ぼす影響について、身を以《もっ》て痛感していたからこそ、彼はあえてルートを記さなかったのかもしれない。二度と人がその場所に到達しないようにとの自戒の念を込めてね』

ガブリエルの淡々とした説明が終わるやいなや、リカルドが、『くそったれ！』と罵声を吐く。

『この、役立たずが！』

八つ当たりするように、蓮を強い力で突き飛ばした。

『うわあっ』

　吹っ飛んだ蓮が、反動でごろごろと床を転がる。

『……つ、う……』

　痛みに顔を歪めた蓮が起き上がるのと同時に、リカルドが腰のヒップホルスターから自動拳銃を引き抜いた。

『こいつはもう用なしだ』

　ジャキッとスライドを引き、蓮に銃口を向ける。色を失った蓮が、縋《すが》るようにガブリエルを見た。だが男は、ゆっくりと首を横に振る。

『レン、もう無理だ。これ以上はきみを庇えない』

　非情な台詞《せりふ》に、蓮が小刻みに震えだした。

『どこから撃たれたい？』

　リカルドがにやにやと下卑た笑いを浮かべる。

『望みの場所に命中させてやる。わかるか？　おまえは射撃の的みたいに蜂の巣になって、最後は心臓を撃ち抜かれて死ぬんだ』

『い……っ』

　ぱくぱくと口を開閉したのちに、蓮がしゃがれた声を発した。

『一度、ブルシャの生息地に辿り着いたことが……ある』

　ガブリエルがその発言に食いつく。

『辿り着いたことがある？　本当か？』

念を押された蓮がこくこくと首を縦に振った。

『どうやって辿り着いた？』

『夜の……ジャングルを彷徨《さまよ》っていて……モルフォ蝶《ちょう》に……導かれて』

『モルフォ蝶に？』

反復するガブリエルの青い目が熱を帯びて輝く。

『おい、こんな話を信じるのか？』

リカルドが不服そうな声を出した。

『命が惜しくて適当なことを言っているんじゃないのか？』

『レンはジャングルで生まれ育った。それにこの数年は、バカンスのたびにジャングルを訪れている。ブルシャの生息地に辿り着いていてもおかしくはない』

相棒の疑念を打ち消したガブリエルが、蓮の側まで歩み寄って膝をつく。

『その場所まで私たちを案内できるかい？』

蓮がうなずいた。青ざめた顔は、悲愴《ひそう》な決意を胸に秘めているかのごとく、強ばっている。

『……できる』

そこで動画をストップし、鏑木は止めていた息をふーっと吐き出した。首筋がいやな汗で濡れている。鼓動もひどく乱れていた。

とりあえず蓮が生きているとわかった安堵と、蓮を殺そうとしたリカルドに対する怒りと、リカルドを利用して蓮から必要な情報を引き出した老獪《ろうかい》なガブリエルへの憤《いきどお》りがない交ぜになって、胸中を掻き乱す。

憤怒《ふんぬ》と安堵がせめぎ合っているが、どちらかといえば安堵のほうが強かった。

蓮は生きている。……生きている。

目を閉じて、胸の奥から湧き出る歓喜を噛み締めた。

（神よ……感謝します）

リカルドという危険人物が側にいるのは憂慮すべきリスクだが、少なくともブルシャの生息地に辿り着くまでは、ガブリエルが護《まも》るはずだ。皮肉な成り行きではあったが、ガブリエルの存在によって蓮の命は担保されたと言えよう。

そうとわかれば、この先自分たちが取るべき行動は一つ。

ただちにジャングルを目指して出発し、ガブリエル一行より先に、ブルシャの生息地に辿り着く。先回りして一行を待ち受け、ガブリエルとリカルドから蓮を取り戻す。

考えがまとまった鏑木は目を開き、ノートパソコンを閉じて立ち上がった。体を反転すると、リーダーの決断を待つ三人の顔を見る。

「やつらはすでにジャングルに向けて発《た》ったと思われる。俺たちもあとを追うぞ」

「そうこなくっちゃ！」

ミゲルがテンションの高い声を発した。

「レン様に乱暴を働いたリカルドの野郎に、一発お見舞いしてやりますよ」

リベンジする気満々のミゲルにうなずき、「早速、ダウンタウンの部屋に戻って出立の準備に取りかかる」と告げる。

「――行こう」

部屋から出たところで、ジンが「俺はこっちに残る」と言い出した。

「ジャングルはビギナーで役に立てそうにないし、却《かえ》って足手纏《あしでまと》いになる可能性のほうが高いからさ」

一考したのち、鏑木も「そうだな」と、その申し出を呑む。

現実問題、ジャングル探索はそう簡単なものではない。自分やミゲル、エンゾは蓮につきあって現地での経験を重ね、ある程度サバイバルのコツのようなものを身につけているが、慣れない人間にとっては過酷な環境だ。おそらくジンは、自分の存在が足を引っ張って、蓮の救出というミッションの妨げになることを恐れているのだろう。

「ならば留守番役を頼めるか？　ほぼないとは思うが、マフィアにアナとソフィアが狙われる危険性もゼロとは言えない。ロペスやマティアスと協力して、彼女たちを護って欲しい」

「任せろ。こっちでなんかあったら、すぐに連絡を入れる」

「頼む。衛星電話に連絡してくれ」

「了解」

親指を立てたジンが、「そうだ！」と、いいアイディアを思いついた表情をする。

「エルバを連れていくっていうのはどう？」

「ああ、それはいいな。視界がきかない夜の森で、エルバの嗅覚《きゅうかく》は頼りになる。いざという時、蓮のにおいを追えるのはエルバだけだ」

ジンの提案を受け入れた鏑木たちは、エルバが暮らす蓮の部屋へ向かった。昨夜は家主不在の部屋で寝しい一夜を過ごし、不安がっているかもしれない。ロペスも昨夜から今朝にかけて立て続けにトラブルが発生して、エルバのフォローまで手が回らなかったに違いない。

辿り着いた蓮の部屋の前に立ち、ライダースジャケットから鍵の束を取り出した。鍵を選んで鍵穴に差し込み、カチャリと回すと、ドアの向こうから「グルゥウウ」という唸《うな》り声《ごえ》が聞こえてくる。

「エルバ」

鏑木の呼びかけに、グルグルグルと喉を鳴らす音が応《こた》えた。

「いまドアを開けるから、いったん退《と》いてくれ」

唸り声が遠ざかるのを確認して、ドアを開ける。部屋のなかに足を踏み入れたとたん、ブラックジャガーがどんっと頭突きをしてきた。エルバとしては手加減をしているつもりなのだろうが、それでもなお、衝突の衝撃で体がぐらつく。鏑木は下半身にぐっと力を入れ、かろうじて転倒を踏みとどまった。

「エルバ……すまない。もっと早く来てやればよかったな」

身を屈めて流線型の背中を撫でさすりながら謝る。正直なところ、蓮の件でいっぱいいっぱいで、そこまで頭が回らなかった。

背中を撫でているうちに、徐々に落ち着いてきたエルバが、今度は黄色い眼で鏑木の目を見つめて低く唸る。

「グォオオオ……」

なにかを訴えかけるようなエルバに、「わかっている。蓮が心配なんだろう？」と言った。

「蓮はジャングルだ。一緒に捜しに行こう」

エルバが〝承諾〟の意思表示に長い尾をぱしっと床に打ちつけ、武者震いよろしく、ぶるっと全身を震わせる。

蓮の部屋を出た四人と一頭の一行が、大階段に差し掛かったところで「ヴィクトール様！」と、下から声がかかった。見れば、大階段の下にロペスが立っている。鏑木は急いで大階段を下りた。エルバも横に並んでタタタッと駆け下りる。

「ロペス、大丈夫か？」

執事の前に立ち、鏑木はその憔悴《しょうすい》しきった顔を見つめた。昨夜は一睡もしていないのだろう。

蓮の消息がわからなくなったという一報を受けてから、ずっとロペスのことが気になっていた。

鏑木とロペスは、蓮が『パラチオ　デ　シウヴァ』にやってきた十歳の頃から、二人三脚で成長を見守ってきた——いわば同志のようなものだ。ロペスが蓮を実の孫のように思っていることは誰よりわかっているので、ひどいショックを受けているのではないかと心配していたのだ。

「ヴィクトール様、お久しゅうございます」

そう言われて、ロペスと顔を合わせるのは久方ぶりだと気がつく。鏑木のほうは、辞職後も何度もこの『パラチオ　デ　シウヴァ』に忍んで来ており、蓮からロペスの話も聞いていたので、あまりひさしぶりという感覚がなかった。

「お留守のあいだにこのようなことになってしまい……本当になんとお詫び申し上げれば……」

老執事が絞り出した震え声を、「おまえのせいじゃない」と遮る。

「おまえが罪悪感を抱く必要はない。悪いのは、蓮を拉致したやつらだ」

ロペスがゆるゆると瞠目した。

「では、レン様は誘拐されたのですか？」

失踪《しっそう》か、事故か、拉致か、それがはっきりしないことも精神的な負担だったのだろう。不慮の事故だとしたら、すでに命運が尽きている可能性もあるからだ。

「蓮はジャングルにいる」

鏑木が断言すると、よほど驚いたのか、ロペスがめずらしく大きな声を出す。

「ジャングルに⁉」

「そうだ」

首肯する鏑木の前で、皺《しわぶか》深い顔がくしゃっと崩れ、灰色の目に涙が盛り上がった。

「ジャングルに……生きて……おお……神様」

子供のようにぽろぽろと涙を零すロペスに、鏑木は黙ってハンカチを差し出す。

「ありがとう……ございます」

ジン、ミゲル、エンゾも集まってきて、ハンカチで顔を覆うロペスを取り囲んだ。エルバも心配そうにロペスの後ろを行ったり来たりしてる。

「これから俺たちはジャングルに飛んで、蓮を救出する。エルバも一緒だ」

「……はい……はい」

何度もうなずいたロペスが涙声で、「どうかよろしくお願いいたします。レン様をお救いくださいと懇願した。

「わかっている。俺の命に代えても……必ず救い出す。絶対に『パラチオ　デ　シウヴァ』に連れ帰る」

忠実な執事にそう誓った時だった。

「ヴィクトール！」

やや高めの女性の声が、吹き抜けの階段ホールに響き渡る。

振り返った鏑木は、廊下にソフィアとアナの姿を捉えた。

「ソフィア……アナ」

駆け寄ってきた母と娘が、鏑木たちの前で足を止め、はぁはぁと息を整える。

「さ、さっきロペスに……あなたが戻って来ているって……聞いて」

ソフィアが途切れ途切れに、なんとかそこまで言った。

「ああ、ジンから連絡をもらって急遽《きゅうきょ》帰国したんだ」

「ヴィクトール……レンお兄ちゃまが……っ」

アナがいまにも泣き出しそうな顔で抱きついてくる。ロペス同様、眠れぬ夜を過ごしたのだろう。小刻みに震える細い体を抱き留め、鏑木は亜麻色の髪を撫でた。

「アナ……大丈夫だ。蓮は必ず俺たちが救い出す」

「本当？」

アナが念押しする。鏑木は抱擁《ほうよう》を解き、涙に濡れた碧《みどり》の瞳を覗き込んだ。

「本当だ。約束する」

この上なく真剣な表情で約束すると、涙を拭《ぬぐ》ったアナが、「……ありがとう」と囁く。

「だからそれまで、ちゃんと食べて眠って元気に待っていてくれ」

こくっとうなずいたアナの頭に、ぽんと手を置いた。

「——ヴィクトール」

低く張り詰めた声で名前を呼ばれて、ソフィアを顧みる。

「実は……昨日からガブリエルが戻っていないの」

そう打ち明ける顔は青白く、目の下が黒ずんでいた。

「携帯も繋がらないし……こんなこと初めてで。私、心配で……どうしたらいいのかわからなくて」

娘の前で感情的に取り乱すのを必死に堪《こら》えているが、唇がわななないて、声も掠《かす》れている。

「………」

本来ならば、側近代理であるガブリエルは、非常事態に際し、先頭に立ってトラブル処理に当たらなければならない立場のはずだ。

ところが、トラブルに対処するどころか、現場の混乱に乗じて姿を消し、連絡もつかないのだから、ソフィアが動揺するのも当然だった。

真実を知っているからこそ、ソフィアに憐憫《れんびん》の情が湧く。だが状況的に、彼女の境遇に同情し、友として寄り添うことは許されなかった。

(本当のことを話すべきか、否か)

ここは思案のしどころだ。

この場でガブリエルの正体を明かしても、母娘はすぐには納得しないだろう。一年近く家族として一緒に暮らしてきたのだ。美しい婚約者の正体が実はマフィアで、きみたちは彼がシウヴァに入り込むための口実として利用されたのだと言われても、すんなり納得できるわけがない。

現実を受け入れるまでには相応の時間がかかると思うが、いまはその時間がない。

それに、これから先の展開によっては、蓮を救うためにガブリエルと命を賭した闘いになる可能性がある。事情を話せば、二人はその可能性に気がつくはずだ。それは、ただでさえ蓮の失踪で衝撃を受けている母娘にとって、あまりに酷な仕打ちだった。

「ソフィア」

縋るような表情で自分の言葉を待っているソフィアに、静かに語りかける。

「いまはシウヴァにとって試練の時だ。シウヴァは長く呪われた一族だと言われてきた。イネスの出奔とジャングルでの客死、ニコラスの不審な事故死、銃弾に倒れた翁の死……誰一人として天寿を全うした者はいない。それが呪われた一族だと囁かれる所以《ゆえん》だ。その呪いが、ついに蓮に襲いかかった」

ソフィアのこめかみがぴくっと引《ひ》き攣《つ》る。

「得られた情報は限定的で、俺も事件の全容を理解しているわけではないが、一つだけわかっていることがある。蓮は現在ジャングルに囚われていて、助けを待っている。俺たちは、彼を救い出さなければならない。負の連鎖を断ち切り、シウヴァを呪いから解き放つ。それが俺の使命だ」

ソフィアの目をまっすぐ見つめ、揺るぎなく言い切った。

「……ヴィクトール」

「ソフィア、きみの使命はアナを護ることだ。アナに寄り添い、側で支えることは、母親であるきみにしかできない」

母親としての役割を説くと、全身から悲愴感を漂わせていたソフィアが、ふっと息を吐く。続けて大きく息を吸って吐いた。深呼吸の効果か、強ばっていた表情が少しばかり和らぎ、瞳に精気が戻ってくる。

「……わかったわ」

声にも意思の力が戻って来た。

「アナと一緒に、あなたとレンの帰りを待つ」

「ありがとう」

心から感謝して、ソフィアの二の腕に軽く触れる。

「そう言ってもらえて心強いよ」

以前のソフィアならば、ここまで短時間で自分を立て直すことはできなかっただろう。今日《こんにち》までの様々なアクシデントが、彼女を少しずつ強くしていったのかもしれない。

いまのソフィアなら、真実を明かしても、受け止められるのではないか。

そんな希望的観測を胸に抱きつつ、「きみとアナに話さなければならないことがあるが、いまは蓮の救出が最優先だ」と告げた。

「蓮を連れて『パラチオ　デ　シウヴァ』に戻ってこられたら、すべてを明らかにするつもりだ」

そう宣言したのちに、ジンとロペスに「留守中、女性陣を頼んだぞ」と後を託す。

「もちろんでございます」

「任せておけ」

力強く請け合った二人から、鏑木はふたたびソフィアとアナに目を向けた。闘う場所は異なるが、共闘する同志である母と娘に語りかける。

「当主が戻るまで、ジンやロペスと協力して、『パラチオ　デ　シウヴァ』を護っていてくれ」

X

太陽が沈み、日がとっぷりと暮れても、星の瞬《またた》きと皓々《こうこう》と輝くフルムーンに照らされた砂州《プラヤ》が、暗闇に閉ざされることはなかった。

焚《た》き火《び》を囲んでの夕食を終えた蓮《れん》は、珈琲《コーヒー》が入ったホーローのマグカップを手に集団から離れた。移動時のパラシュートコードのリードから、就寝時間に付け替えられた重い鎖を、ずるずると引き摺りながら砂地を歩く。目指していた大きな倒木に、どうにか辿り着いて腰を下ろした。鎖の先は砂に埋められた木の杭《くい》に繋がっているので、動き回るにしてもこの辺りが限界だ。

熱々の珈琲を一口含み、ぼんやりと焚き火を眺める。赤々と燃え盛る火の周りに、迷彩柄のミリタリールックに身を包んだ男たちが散らばり、酒盛りをしていた。普段は軍人然としてほとんど感情を表に出さない男たちが、酔いのせいか、テンションの高い声を発したり、笑い声を立てたりしている。中心にいるのは、彼らの絶対的なボスだ。上下関係に厳しく、絶対王者として君臨するリカルドだが、一日の終わりだけは部下たちを抑圧から解放してやる。ガス抜きの意味合いもあるのだろう。そういった人心掌握術は、さすがに親衛隊の隊長まで上り詰めただけのことはあった。

男たちの背後には、巨大なマンチンガの木が漆黒の影となって闇に溶け込む。その根元には、大型のモーター付きのカヌアが一艘《いっそう》、舳先《へさき》が砂に埋まる形で横たわっていた。簡易テントは三つ。川に沿って広がる砂州に、一定の距離を置いて設置されている。テントは二人で一つを使用していた。つまり、この隊《パーティ》は六人で構成されている。

メンバーは、ガブリエル、リカルド、リカルドの部下が三人、そして蓮——の計六人だ。

『パラチオ　デ　シウヴァ』に乗り込んだ際もそうだったが、ジャングル探索にあたっても、ガブリエルは最小限の人員での遂行を望んだ。リカルドの部下たちは戦闘のプロフェッショナルではあるが、ジャングルに関しては素人《しろうと》。素人にぞろぞろついて来られても足手纏《あしでまと》いだ、というのが彼の主張だった。

現実問題、道とも言えない獣道を分け入って行くのに大部隊は適さないという理屈は、リカルドにも理解できたのだろう。

ガブリエルの要望を受け入れて、帯同する三人の部下を選んだ。いつものお気に入りの二人と、もう一人——『パラチオ　デ　シウヴァ』侵入時にワゴンを運転していた男だ。どうやら運転技術全般に長《た》けているらしく、エストラニオから熱帯《セルバ》流域への移動に使ったセスナも、川の河口にある町から上流に至るまでの遡上《そじょう》に使ったモーターカヌアも、この男が運転を担当していた。

反してガブリエルは部下を帯同していない。これはリカルドが、自身の帯同人数を最小限に絞ることと引き替えに、ガブリエルに単独での参加を求めたためだ。

暴力行為に慣れたマフィアの構成員を連れて来られると、万が一、仲間割れのようなトラブルが起きた時に面倒だと思ったのかもしれない。もしくは、土地勘のない自分たちの不利を自覚し、数で劣勢を補おうという計算があるのかもしれなかった。

ともあれ、ガブリエルはその条件を呑んだ。

数的に劣勢になるのを承知の上で、ガブリエルがすんなりとリカルドのオーダーを呑んだ理由はわからない。

ガブリエルは過去に複数回、ブルシャの発見を目的として隊を組み、ジャングルの奥地に分け入った経験があるようだ。そういった経緯から、森でのサバイバルには比較的慣れている。

ジャングルに於《お》いてはリカルドより一日《いちじつ》の長《ちょう》があるという自負ゆえか。

それともここでへたに抗って、リカルドに反旗を翻《ひるがえ》されることを恐れてか。

あるいは、その両方か。

（……わからない）

ガブリエルの思考は相変わらず謎だった。

現時点で蓮にわかっているのは、二人は一枚岩ではないということだけだ。

数日間、行動を共にして感じたのだが、リカルドはある意味とてもシンプルでわかりやすい。

傲慢《ごうまん》で残虐で欲深い独裁者であり、求めているものは、権力と金だ。

親衛隊を掌握してもなお、その野心は留まることなく肥大し続け、最終的にはエストラニオ一国を軍によって制圧したいという野望を抱いているらしい。無論、自分が玉座につくためだ。

今回も、ブルシャが莫大な富をもたらすと知るやいなや、ピラニアのように食いついてきた。

典型的な俗物のリカルドに対して、ガブリエルの内面は読みづらい。

とはいえこちらも、最終的な狙いがブルシャにあることは確かだ。エストラニオ一のマフィア組織『ｃｏｒｅｓ《コレス》』を維持するのに、まとまった運転資金が必要であることは蓮にもわかる。ガブリエルは表向き、複数の会社を運営しているようだが、まっとうな仕事で得られる利益は限られている。一挙に大きな利益を得るために、ジャングルにブルシャ・プランテーションを作り、エストラニオ国内を拠点とした新規の麻薬カルテルを築き上げる――というのが、マフィアのトップとしてのガブリエルの展望だろう。

だが、リカルド同様に、ガブリエルの最終的な望みが金と権力のみなのか――という疑念を掘り下げ出すと、とたんにわからなくなる。

ブルシャを手に入れたいという執念は感じる。長い時間をかけて準備を整え、みずからシウヴァ内部に深く入り込み、知謀を巡らせ、ガブリエルにとって邪魔者である鏑木《かぶらぎ》を排除し――ついにブルシャまであと一歩というところまで迫ったのは、執着心のなせる業《わざ》だ。……しかし、その執着が富と権力のみに直結しているかというと、そうではないような気もする。

ガブリエルという男からは、リカルドのような、ギラギラと生々しい欲望が感じられない。

蓮がガブリエルから感じるのは、月のようにひんやりと冷たい空虚だ。鏑木から伝え聞いた、複雑な生い立ちのせいでそう思うのかもしれない。

男のなかに、どんなに富や権力を詰め込んでも満ちることのない、底なしのブラックホールのような空洞の存在を感じる。

その空洞を思う時、密林のギャングと言われる「絞め殺しの樹」が脳裏に浮かんだ。

森のどこからか伸びてきた蔓《つる》が、狙い定めた樹木に蛇のように絡みつき、やがて大蛇のごとく生長して樹木全体を包み込む。肥大化した蔓に覆われ、ギリギリと締め上げられた樹木は、養分を吸収できなくなって衰弱し、枯れ果て、ついには崩れ落ちる。

乗っ取りを完了した絞め殺しの樹を下から仰ぎ見ると、がらんとした円筒形の籠《かご》になっている。子供の頃はよく、その空洞に入ってかくれんぼをした。なかに入って内側から見る、肥大化した蔦《つた》が絡み合って交錯している様は、実に不気味だった。

ガブリエルの心のなかも、あんなふうに、様々な感情がうねうねと複雑に絡み合っているのだろうか。

そうだとしても、少なくとも外見からはまったく窺《うかが》えない。

青い瞳は深海のように底が見えず、ほとんど内面を映し出さない。

いまも視線の先で、リカルドの部下たちと楽しげに酒を酌《く》み交《か》わしているが、蓮の目には本心から楽しんでいるようには見えなかった。

ソフィアとアナと一緒にいる姿を長く見てきたからわかるのだ。あれは演技だ。相手を油断させるために仲間のフリをしているに過ぎない。擬態だ。

(本当に油断がならない)

この数日間の観察で一つはっきりしたのは、表面上タッグを組んではいるが、ガブリエルとリカルドは互いを信用していないということ。

むしろ、いつ、どこで相手が裏切るか、常に腹を探り合っている気がする。

それぞれが、あわよくばライバルを出し抜き、ブルシャを独占する機会を狙っている？

(勝機があるとすれば、そこだ)

二人が仲間割れをした時、絶対に隙が生まれる。

チャンス到来を信じて、その時を待つしかない……。

もう一度マグカップに口をつけて珈琲を流し込んでから、蓮はふっと息を吐いた。

（鏑木……）

今頃、自分を血眼《ちまなこ》で捜しているに違いない恋人の顔を思い浮かべる。

恋人のことを考え出すと、思考が鏑木一色に塗り潰され、ほかが疎《おろそ》かになってしまうので、日中は極力考えないようにしている。だけどもう、封印を解いてもいい時間帯だ。

まだ数日なのに、もっと長いあいだ離ればなれになっているような気がした。

きっとすごく心配している。自分の身を案じて胸を痛めている。

（心配かけてごめん）

会いたい。会いたいよ。会いたくてたまらない。

もう一度、抱き合いたい。大きな体に包み込まれたい。鏑木を感じたい。

切ない想いに身を焦《こ》がしながら、ふと思い出す。

子供の頃、ある日を境に、毎日部屋に来ていた鏑木が姿を見せなくなった。ロペスから、鏑木はハヴィーナを離れてしばらく留守にすると聞かされた十歳の自分は、寂しくて、心細くて、嫌われてしまったんじゃないかと怖くて。

実は鏑木はホームシックになった自分のために、エルバを迎えにジャングルに行っていたのだが——そんな事情は知らなかったから、鏑木がいなくなったショックで、なにもする気が起きず、食欲を失い、眠りも浅くなった。

三日目の夜、ジャングルから帰ってきた鏑木を、涙声で「どこ行ってたんだよ！」となじり、枕を投げつけた。

――俺を置いていなくなるなっ。

――あんたがっ……俺をここに連れてきたのに！

――一緒にいるって約束したのに……っ。

激情をぶつける自分をしばらく好きなようにさせておいてから、鏑木は震える背中に手を添え、抱き寄せた。ぎゅっと強く抱き締め、耳許で囁《ささや》いた。

――すまない……二度と黙って一人にはしない。……誓うよ。

あの時の宥《なだ》めるようなやさしい手。自分をすっぽりと包み込んだ逞《たくま》しい腕。大きくて広い胸のあたたかさを、昨日のことのように覚えている。

いつだって、鏑木はその包容力で、自分を抱き留めてくれた。

もう一度、あの腕で抱き締めて欲しい。

だけど……それはもはや叶わない夢なんじゃないか？

生きてふたたび鏑木と抱き合うことなんてできるのか？

少しでも気を許せば、次々とネガティブの波が襲いかかってくる。マイナスの感情に押し潰されそうになった蓮は、体に纏わりつく黒い靄《もや》を振り払うようにふるっと首を振った。

（ばか）

弱気になるな。希望を手放すな。

鏑木は絶対に諦《あきら》めない。諦めずに追ってきてくれる。

だからその日まで、なにがなんでも生きる。再会を信じて——生き延びてみせる。

「おい！」

斜め後ろからいきなり肩を鷲摑《わしづか》みにされ、蓮はびくっとすくみあがった。ぱっと振り向いた視界に、リカルドの造作の大きな顔が映り込む。さっき立ち上がって茂みのほうに歩いていったから、小用を足して戻って来たのかもしれない。考え事をしていたせいで、足音に気がつかなかった。

浅黒い肌は、夜目にもわかるほど赤らみ、目が血走っている。かなり酔っているようだ。

昨夜も、蓮以外のメンバーは焚き火を囲んで酒盛りをしていた。蓮がテントで横になってからも、寝つくまでずっと騒ぐ声が聞こえていた。

睡眠不足な上に翌日までアルコールが残ったら、ただでさえ暑さと湿気で体力を消耗する日中の探索がキツくなる。

前回、ブルシャを探しに鏑木やミゲルたちとジャングルを訪れた際は、誰もアルコールを口にしなかったし、皆なるべく早く横になって体力回復に努めていた。それでも、密林の経験値が低いミゲルやエンゾは、日に日にスタミナが落ちていった。

一般人と比べたら体力があるはずのリカルドたち一行とて例外ではない。今日の日中、涼しい顔のガブリエルを除き、四人とも体がずいぶんと重そうに見えた。午後になるとさらに動きが緩慢になり、何度も休憩を入れていたほどだ。

なのに——今夜も昨夜同様、胃に食べ物を入れるより先に蒸留酒を呑み始めた。また酒盛りかと内心うんざりしたが、なにも言わなかった。

なにか言ったところで「うるさい！」と一蹴されるのは目に見えていたし、男たちが呑むのは酒が好きなせいもあるが、森の夜が恐ろしい――という心理も一因なんじゃないかと思ったからだ。

なぜ恐れているかと言えば、遡上中のカヌアの上で、ガブリエルが問わず語りに〝森の怖い話〟を披露したから。

現実にいるボアやジャガーに先住民が襲われた話から始まって、森に巣くう魔物の言い伝え、妖怪の伝説、夜の森にこだまする正体不明の怪音の話などで、どれも蓮は子供の時分に育ての父に聞かされたものだ。

その時はおもしろがって聞いていた男たちだったが、夜が更けて森が闇に包まれ、あちこちから夜行性の動物や鳥の声が聞こえ始めると、心なしか挙動不審になった。人間のすすり泣きのような鳥の鳴き声にびくりと肩を揺らしたり、動物の低い唸《うな》り声《ごえ》に体を小刻みに揺すったり。夜のジャングルはがらりと雰囲気が変わるので、ビギナーの彼らが薄気味悪く思うのも理解できなくもない。

無論、屈強な軍人たるもの、恐怖心を紛らわすために酒を呑むなどとは、口が裂けても言えないだろうが――。

「ガキ……」

リカルドの酒臭い息が顔にふーっとかかり、反射的に眉をひそめる。

「明日こそブルシャに辿り着けるんだろうな？」

「…………」

凄むように問いかけられても、とっさに返事ができなかった。

熱帯流域《セルバ》に到着して、二日目が終わりかけている。

初日の昨日は川の遡上にほとんどの時間を費やし、日が暮れる寸前に目印のマンチンガの大木を見つけ、砂州《プラヤ》に上陸してテントを張った。

一夜明け、今朝は早くから密林のなかに入った。

一度読んだだけの父のノートの記憶と、前回の探索で樹木の枝に結んだ黄色いリボン、ジャングルで生まれ育った経験値を頼りに、蓮はブルシャの生息地への案内役を務めた。首輪に繋がれたリードをリカルドに握られ、背中からどやしつけられながらのナビゲーターだ。

理屈では、父のノートに記されていた目印となるポイントを逆に辿っていけば、ブルシャの生息地に到達できるはずだった。

【石を抱え込んだディプテロカルプスが目印】

父の記述をできるだけ正確に思い出し、目印となる樹木を探す。全方位を緑で覆われている森のなかで、目当ての樹を見つけるのは、ジャングル育ちの蓮にとっても容易なことではなかった。都会で一本の木を探すのとは訳が違うのだ。しかも父が歩いた頃とは、だいぶ密林の様子も変わっている。

視界を塞ぐ藪《やぶ》や蔓を鉈《なた》で切り拓《ひら》きつつ、一行は獣道を進んだ。だいぶ進んでから、枝に結ばれた黄色いリボンが見つかる。蓮が前回の探索でマーキングしておいた黄色いリボンは、ここから先は探索済み——つまり、この一帯にブルシャはないという印だ。引き返して、別ルートを選択し直さなければならない。

それを告げると、リカルドはたちどころに不機嫌になった。『くそったれ！』と罵声を放ち、近くの樹木の幹をガンガン蹴りつける。頭上の枝葉がざわざわと揺れ、クロザルがキーキーと悲鳴をあげて騒ぎ回った。

『うるさいぞ！』

怒鳴ったリカルド目がけ、クロザルが放尿してくる。

『うおっ……くそっ……ひっかった！』

『無闇に樹木を傷つけるからだよ。森は彼らの縄張りで、我々はあくまで侵入者なんだ。分を弁《わきま》えたほうがいい』

ガブリエルに窘《たしな》められたリカルドがますます憮然とし、その様子を見て蓮は溜飲を下げた。

クロザル、グッジョブだ。

その後も定期的に休憩を差し挟み、探索を続ける。

一つの目印を見つけるのに数時間を要する遅々たる歩みではあったが、なんとか一つずつクリアして――最後の目印である【巨大な板根を持つテトラメレス】を見つけた時は、蓮もかなり高揚した。

ブルシャが見つかれば、自分は用なしになる。リカルドに始末されてしまうかもしれない。その危険性は否めない。

それでも、もうすぐ〝あの場所〟に辿り着くと思えば、じわじわと湧き上がってくる高揚を抑えられない。

ところが、あと少しで踏破できると思ったのは読み間違いだった。自分では核心に近づいているつもりが、気がつくと同じ場所に戻って来てしまっているのだ。別のルートを取っても結果は同じだった。いつしか、振り出しに戻っている。

まるで迷路に嵌《は》まり込《こ》んだみたいに。

いや、まさしく——緑の迷宮だ。

テトラメレスまで辿り着けば、あとは片っ端から当たっていきさえすれば、例の蓮池《はすいけ》に到達できると思っていた。

……が、その目論見は甘かったようだ。

何度トライしても、密林のなかをぐるぐる迷走した挙げ句に、スタート地点のテトラメレスに戻ってしまう。

あたかもブルシャの生息地にだけ、目に見えないバリアが張り巡らされているかのごとく……。

蓮は途方に暮れた。頭のなかで組み立てていた仮説が崩れ、軽いパニックに陥《おちい》った。

そうこうしているうちに日が暮れて、探索を打ち切らざるを得なくなる。

あと一歩というところまで迫ったにもかかわらず、到達できないまま引き返す無念さに、蓮は唇を嚙み締めた。

どうして？　なんで辿り着けないんだ。

なにがいけない？　どこかに記憶違いがあるのか？

もしかして、重要な〝鍵〟を見落としているのか……。

砂州に戻る道すがら、何度も自分に問いかけたが、答えは見つからなかった。

復路の道中、ほかのメンバーも、探索が徒労に終わった失望と蓄積した疲労が重なってか、口数が少なかった——。

そういった経緯があったので、リカルドの脅迫じみた確認に無言を貫くしかなかったのだ。

できることなら蓮だって、「明日こそ必ずブルシャに辿り着く」と請け合いたい。

だけど今日一日を振り返る限り、それはできない約束だった。

時間をかければ見つけられるというものでもないような気がする。

そうじゃない。〝そこだけ時空が違う〟〝異空間〟などと口にすれば、ただでさえ不機嫌なリカルドの不興を買うのはわかっている。

でも、〝あの場所〟に辿り着くためには、なんらかの条件を満たす必要がある——そんな気がするのだ。

いまはまだ、その条件が揃っていない……のか？

蓮が思考に気を取られて返事をしなかったことが、リカルドの苛立ちを増幅させたようだ。

「おまえ……わざと道がわからないフリをして、俺たちを連れ回しているんじゃないだろうな？」

アルコールで濁った紫《ヴァイオレット》の目が、至近から睨《にら》みつけてくる。

「ち、が……」

蓮は首を横に振った。

「俺たちを疲れさせて隙を見て逃げようっていう魂胆なら、いまこの場で首をへし折るぞ」

脅《おど》しに聞こえず、ぞっとする。

（やりかねない）

この男は、シウヴァの血を引く自分を手にかけたくて仕方がないのだ。

否定しようと口を開きかけた矢先、首許に手が伸びてきて、首輪を掴まれた。

「うわっ」

片手で軽々と蓮を吊り上げた大男が、耳許に「わかっているか？」と吹き込んでくる。

「おまえが言ったんだ。ブルシャの生息地へ案内できるとな」

確かにそのとおりなので、否定できない。

「なのに、このザマだ」

唸るように吐き捨てたリカルドの顔が、怒りに歪んだ。

「明日も今日と同じなら罰を与える。この前の鞭打《むちう》ちは、俺にとってはお遊びだ。ジャングルの奥地で俺たちを振り回したことを、たっぷり後悔させてやるからな」

「…………」

「わかったか？」

「…………」

「返事をしろ！」

宙に浮いた体をがくがくと乱暴に揺さぶられ、首輪に付いている鎖がガチャガチャと耳障《みみざわ》りな音を立てる。気道が狭まり、首の後ろが圧迫されて激痛が走った。

「い……痛っ」

「よせ」

冷静な声が命じて、ぴたりと揺さぶりが止まる。リカルドが首輪から手を放した瞬間、蓮は倒木に崩れ落ちた。ジンジン痛む首に手を当てながら顔を上げると、いつの間にかリカルドの背後にガブリエルが立っている。

「リカルド、きみはいささか呑み過ぎているようだ。明日も早いし、もう休んだほうがいい」

冷ややかな声音で就寝を促されたリカルドが、みるみる渋面《じゅうめん》になった。直後に体を反転し、ガブリエルに向き直る。

「偉そうな口を叩ける立場か？　このガキを信じたおまえも同罪なんだぞ？」

低く凄んだリカルドが、人差し指でガブリエルの胸をとんっと突いた。

「明日もこの調子なら、おまえにも責任を取ってもらうからな」

ふんっと鼻を鳴らして踵《きびす》を返し、大股で立ち去っていく。

砂地をざくざくと踏みしめて部下たちの元へ戻っていく後ろ姿を見送って、ガブリエルが「乱暴な男だ」とひとりごちた。リカルドの背中に据えていた視線を蓮に転じ、「首は大丈夫かい？」と尋ねる。心配そうな眼差しを向けられ、気まずさを覚えた。

（またしてもシウヴァの宿敵に助けられてしまった……）

「……大丈夫」

視線を逸らして答える。

「そうか。背中の疵《きず》はどう？」

重ねて気遣われ、ますますばつが悪くなった。

「……だいぶいい」

リカルドに鞭で打たれた背中の疵は、ガブリエルが定期的に軟膏《なんこう》を塗って包帯を巻き直してくれた甲斐《かい》あって、悪化することなく治癒に向かっていた。痛みを堪《こら》えてジャングルを歩き回るといった、最悪の事態を避けられたのは、目の前の男のおかげだとわかっている。

　今回も助けてもらったのに、どうしても感謝の言葉を口にできない。

　蓮の複雑な心中などお見通しなのか、ガブリエルは疵の話題をそれ以上深追いしなかった。

「それはよかった」

　一言で話を切り上げ、蓮の隣に腰を下ろして川面《かわも》に視線を向ける。

『パラチオ　デ　シウヴァ』襲撃の際はストレッチ素材の衣服に身を包んでいたガブリエルだが、多湿なジャングルでは適さないと判断したのだろう。通気性に優れたシャツとパンツに着替えていた。ただし、迷彩柄ではなく、黒一色のシンプルなミリタリールックだ。足元はやはり黒の編み上げ靴。腰のベルトにガンホルスターを装着し、拳銃を帯びている。猛獣対策用だろうが、これまでのところ、実際に拳銃を抜く姿を見たことはなかった。

　拳銃に気を取られた蓮が、ちらちらと横目で見ていると、しばらく黙っていたガブリエルが不意に「やはり簡単ではないね」と低音を零す。

「ブルシャは手強い」

　ひたすら苛立つばかりのリカルドと異なり、その声音には、そう易々とは近寄らせてくれないブルシャに対する感嘆のニュアンスが潜んでいるように聞こえた。

「…………」

　口に出して同意はしなかったが、男の言葉は、いままさに蓮が抱いている心情を的確に代弁していた。

ブルシャは手強い。

近づけそうで、近づけない。

触れようと伸ばした手の先から、ひらりと身を躱《かわ》して飛び去っていく——。

（そう……モルフォ蝶《ちょう》のように……）

遠い焚き火をぼんやり眺めつつ、左手のエメラルドの指輪に触れる。一度は取り上げられてしまったが、祖父の地下室でライティングデスクの隠し収納を開けた際に戻され、その後はもとどおり、左手の中指に収まっていた。樹木に覆われたジャングルに於いてGPSは用を成さず、〝鍵〟の役目を終えた指輪に、ガブリエルは興味がないらしい。

無意識の所作で指輪に触れながら、ジャングルで幾度となく出会った美しい蝶の軌道を脳内で再生していると、傍らから声が届いた。

「でも、私は信じている」

いつになく真剣な物言いに違和感を覚えて、顔を横に向ける。こちらを見つめていたガブリエルと目が合った。

「きみは必ず、私をあの場所に導いてくれると信じている」

そう告げる青い瞳の奥に、ゆらゆらと立ち上る陽炎《かげろう》のような〝熱〟を感じる。普段のクールなガブリエルは持ち得ないものだ。

「あの場所に辿り着けるのは、シウヴァの末裔《まつえい》のきみだけだ、レン」

「あの……場所？」

「モルフォ蝶が舞う……美しい場所……」

どことなく陶然とした面持ちで、ガブリエルが囁いた。

いまさっき、モルフォ蝶の軌道を思い描いていたばかりなので、奇《く》しくもガブリエルの口からその単語が発せられて驚く。

(確か……祖父の部屋で始祖の日記を読んでいた時も、モルフォ蝶のくだりに反応していた……)

やはり、なにか特別な思い入れがあるのだろうか。

モルフォ蝶は花の蜜よりも腐った果実を好み、光沢のある美しい翅《はね》の裏側に、まだら模様と眼状紋《がんじょうもん》を隠し持つ。

誰もが魅了されるメタリックブルーの表翅とグロテスクな裏翅というギャップが、目の前の男の二面性と重なって見えた。

ガブリエルの青い瞳に、蝶の翅のメタリックブルーをオーバーラップさせていた蓮は、ふと気がつく。

そういえば、今日はモルフォ蝶を見かけなかった。

かつて訪れたブルシャが自生する蓮池には、たくさんのモルフォ蝶が群れていたのに。

あの場所に近づいていたならば、モルフォ蝶を見る機会が増えたっていいはずだ。なのに、一度も遭遇しなかった。

昼だから？　いや、むしろ蝶は、花やパートナーを見つけやすい日中に活動するのが通常で、夜間に活動するほうがイレギュラーだ。

(そうだ……夜)

覚えず、指輪をくるくると回し、指輪と一緒に脳を回転させる。

父のノートによれば、彼がモルフォ蝶に導かれ、ブルシャの生息地に辿り着いたのは夜だった。

自分と鏑木が偶然、ブルシャの生息地に辿り着いたのも夜。

けれど前回の探索で、鏑木たちと夜のジャングルも歩いたが、ブルシャは見つからず、モルフォ蝶にも行き合わなかった。

夜ならいつでもいいわけじゃない。

もしかしたら、夜間にモルフォ蝶が活動するのは特別な夜だけなんじゃないか？

（……特別な夜）

父のノートの記述と、自分と鏑木が偶然ブルシャの生息地に辿り着いた夜とで、条件的に重なっているものはなんだ？

蓮は目を閉じて、父のノートの文面を思い起こした。ブルシャ発見のくだりだ。


イネスは出産後、分娩時の傷が治癒せず、痛みに苦しんでいた。

学は、その痛みを緩和させることができるブルシャを求めて、探索の旅に出る。

カヌアで川を遡上し、まだ足を踏み入れたことのなかった上流の森へと分け入った。

三日間、密林を彷徨《さまよ》い歩いたが、ブルシャを見つけることはできなかった。

最後の夜、ラストチャンスに賭けて、ジャングルへと繰り出す。

夜の森の危険性は承知の上だ。

だが、幸いなことに、その夜は満月だった――。


そこで蓮は、ぱちっと目を開いた。傍らで自分の様子を窺っていたガブリエルから、「レン?」と名前を呼ばれる。

それにはリアクションをせず、顔を仰向けた。

視界いっぱいに広がる夜空には、無数の星が瞬いている。

なかでもひときわ明るく輝くのは、少しも欠けるところのない、まん丸な月だ。

「……フルムーン」

鏑木と一緒にカヌアで川に繰り出したあの夜も、月が満ちていた。

父のノートの記述とジャングル・クルーズの夜で共通しているのは、満月であったこと。

モルフォ蝶は満月の夜に限って、蓮池に集まり、水浴びをする?

(もしそうなら、池に向かうモルフォ蝶を見つけて追いかければ必然的に……)

ブルシャの生息地に辿り着くかもしれない。

導き出した推論に、心臓がトクンッと跳ねた。それをきっかけにして、トク、トク、トクと鼓動が走り出す。

もう一度、夜空を見上げた。

皓々と輝く月に引き寄せられるように、倒木からすっくと立ち上がる。鎖がじゃらっと音を立てた。

（確かめたい）

たったいま導き出した推理が正しいのかどうかを確かめたい。背中がむずむずして、居ても立ってもいられなくなる。

「どうしたんだ？」

問いかけに視線を転じ、ガブリエルを見た。

「いまから森に戻りたい」

蓮の要望に、ガブリエルがじわりと双眸《そうぼう》を細める。真意を探るような表情で、「いまから森に？」とつぶやいた。

「もう九時を過ぎているよ？」

「わかっている」

うなずき、青い目をまっすぐ見据えて訴える。

「でも今夜でなければ意味がないんだ。今夜を逃したら、次にブルシャに近づけるチャンスは一ヶ月後かもしれない」

切迫した蓮の視線をしばし受けとめていたガブリエルが、ややあって「……わかった」と応じた。

「リカルドを説得してくるから、きみはここで待っていてくれ」

「ここまでしてブルシャが見つからなかったらタダじゃおかないぞ」

背後から、リカルドがドスのきいた低音でプレッシャーをかけてくる。もう何度目かわからないほど、森に引き返して以降、同じ台詞を繰り返していた。まだ酒が残っているのか、絡みがしつこい。

「リカルド、だから言っただろう。レンの考えに賛同できないなら、きみたちはテントに残ってくれても構わないと」

見るに見かねたガブリエルが、リカルドを諌《いさ》めた。

「ふざけるな。ここまで来て、おまえたちに抜け駆けされてたまるか」

「だったら難癖をつけずに、大人しくリーダーのレンに従うことだ」

「ふん……誰がリーダーだ。ガキが」

リカルドがペッと唾を吐く。気持ちよく呑んでいたところを邪魔され、夜のジャングルに駆り出されたのが、よほど気に入らないらしい。それでも不承不承ついてきたのは、言葉どおり、ブルシャをガブリエルに独り占めされるのを恐れてのことだろう。

だが蓮自身は、リカルドの脅しも罵りも、もうあまり気にならなかった。

自分の推理が正しいかどうかを、一刻も早く確かめたくて、気持ちが逸《はや》っていたからだ。

フラッシュライトで前方を照らしながら、夕刻に使った道を足早に引き返す。獣道ではあったが、日中の探索で邪魔な蔓や藪や枝葉を取り払ってあったので、進行は比較的スムーズだった。

夜行性の動物にばったり出くわすリスクに備え、リカルドの部下たちに、左右の樹木や茂みを定期的に木の棒で叩いてもらう。あえて物音を立てることによって、動物たちにこちらの存在を知らしめ、無駄なバッティングを回避する作戦だ。

その策が功を奏してか、途中でジャガーやボアと鉢合わせすることもなく、最後の目印である【巨大な板根を持つテトラメレス】まで辿り着いた。テトラメレスの前で足を止めた蓮に、リカルドが「着いたのか⁉」と大声で確かめてくる。

「しっ」

口の前に指を立てて、煩《うるさ》い男を黙らせた。

「ちっ……」

聞こえよがしな舌打ちが響いたが、スルーを決め込む。

蓮は息をひそめ、その場にじっと立ち尽くした。暗視ゴーグルを装着し、バックパックを背負ったガブリエルも、傍らに無言で立つ。リカルドと部下たちは、居心地悪そうに周囲をきょろきょろ見回していた。

その状態で五分ほどが経過しただろうか。

「………」

なにも起こらなかった。虫の音とフクロウの夜鳴きが聞こえるだけだ。

痺れを切らしたリカルドが、「おい！」と蓮を小突いた。

「いつまでここに突っ立っていればいいんだ」

「あと少しだけ、静かにしていてくれ」

堪え性のない男に小声で頼み込み、深呼吸する。こめかみに、じわっと冷たい汗が噴き出した。

推理はハズレ？

満月は単なる偶然で、モルフォ蝶の集会とは関係がなかったのか。

だとしたら、もはや打つ手がない。お手上げだ。

（ブルシャは幻のまま……？）

昂《たかぶ》っていた感情がじわじわと萎《しぼ》み、入れ替わるように失望が広がり始める。落胆に支配され、喉元まで迫り上がってきた嘆息を噛み殺すために、奥歯をぎゅっと食いしばった時だった。

「………っ」

顔の前をなにかが横切る気配を感じた。反射的にフラッシュライトを向けると、メタリックブルーの翅がキラッと反射する。

「あっ」

思わず声が出た。

「モルフォ蝶！」

すぐにガブリエルが反応して、自分のフラッシュライトを翳《かざ》す。

二本のライトに照らし出された蝶が、重なり合った光の輪の中心で、ひらひらと舞い踊る。少しのあいだ、おのれの存在を誇示するかのように光沢のある翅を煌《きら》めかせていたが、ふわっと上昇して光の輪から消えた。

「待ってくれ！」

蓮は飛び去る蝶を追って駆け出したが、数歩も行かずに首がぐっと締まる。首輪を摑んで振り返り、リードの端を持つリカルドに「蝶を追わないと！」と叫んだ。蓮の剣幕に一瞬怯《ひる》んだおのれに苛立つように、ちっと舌打ちしたリカルドが「早く行け！」と檄《げき》を飛ばし、みずからも走り出した。ガブリエルと部下たち三人も後ろからついてくる。

辺り一帯をフラッシュライトで照らしまくり、なんとかモルフォ蝶の姿をいま一度光の輪に捉えることに成功した蓮は、二度と見失わないように全神経をターゲットに集中して、その軌跡を追った。

ふわりふわりと不規則な軌道を描きながら、蝶はさらに森の奥に向かって飛んでいく。

誘導に従い、蓮たちも奥へ奥へと突き進んだ。

頭上をみっしりと樹冠が覆っているせいで月の光が届かず、視界は闇に閉ざされていた。だがジャングルで生まれ育ち、夜目が利《き》く蓮には、暗闇に溶け込んだ周囲の様子がうっすら見える。帰りのことを考え、できるだけ道順を記憶に焼きつけて走った。

「はぁ……はぁ」

落ち葉が重なり合う腐葉土を踏みしめ、林立する樹木の隙間をジグザグと縫うように進むこと数分。

〝美しい場所〟は、唐突に現れた。

暗闇から一転、明るい光に瞳を射られて立ちすくむ。背後のリカルドも足を止め、「くそ……眩しい」と呻《うめ》き声《ごえ》をあげた。

徐々に明るさに慣れてきて、目の前に広がる神秘的な光景を脳が認識する。

開かれた上空から差し込む月の光。月光のシャワーを浴びて、数え切れないほどたくさんのモルフォ蝶が舞い踊っている。

モルフォ蝶の群舞の下には楕円形の池があった。睡蓮《すいれん》の葉が浮かぶ池の周辺に、びっしりと植物が自生している。翅を開いた蝶に似たフォルム。明るい緑の地色に濃いグリーンの縞模様《しまもよう》。

間違いない……！

(ブルシャだ！)

幻じゃなかった。夢じゃなかった。ブルシャの池は存在していた！

やっと——やっと辿り着けた。

ふたたびこの場所に立つことができた興奮で、体がカーッと発熱して、全身が小刻みに震える。

身震いする蓮の傍らに、気がつくとガブリエルが立っていた。暗視ゴーグルを外し、両目を最大限まで見開いている。

「ついに見つけた……」

モルフォ蝶の舞いを食い入るように見つめ、掠《かす》れた声でひとりごちた。

「ついに……〝あの場所〟に辿り着いた」

積年の思いを嚙み締めるような声でつぶやく。溢れ出る歓喜を抑えきれないといった面持ち。白い肌は紅潮し、青い瞳は宝物を見つけた少年のごとくキラキラと輝いている。こんなガブリエルは初めて見た。

まるでここを昔から見知っていたかのような物言いに違和感を覚える。

(〝あの場所〟？)

(そういえばさっきも)

——きみは必ず、私をあの場所に導いてくれると信じている。

——あの場所に辿り着けるのは、シウヴァの末裔のきみだけだ、レン。

——モルフォ蝶が舞う……美しい場所……。

ガブリエルは始祖の日記を読んで、ブルシャの生息地の特徴——モルフォ蝶が舞う池の存在を知っている。だからそう言うのもおかしくないと、さっきは聞き流した。

長い時をかけて追ってきたブルシャと相まみえた感慨から、「ついに」と口走るのもわかる。

（だけど、なんだか……）

一気に時間軸を遡《さかのぼ》り、少年の瞳でモルフォ蝶の群舞を見つめるガブリエルに違和感が拭《ぬぐ》えず、蓮が眉をひそめていると、

「どれがブルシャだ⁉」

背後から大声が発せられた。ガブリエルが、ぴくっと肩を揺らす。現実に引き戻されたみたいに、その顔から歓喜が消え失せ、みるみるいつものポーカーフェイスに戻った。

「どれだ⁉」

リカルドが蓮のリードを後ろに引っ張る。

「答えろ！」

「……い、池の周辺に生えている縞模様の……」

「あれか！　よし、摘めるだけ摘むんだ！」

ボスの命令に反応した部下たちが池に向かって走り出し、ブルシャの群生に次々と飛び込んだ。いきなり押し寄せてきた人間に驚いたのか、モルフォ蝶が一斉に上昇し、集団で池から離れていく。

蝶が飛び去ったあと、夢のように美しかった場所は、欲に目が眩《くら》んだ男たちの草刈り場となった。

無粋な侵略者によって清らかな水辺は踏み荒らされ、美しく生え揃っていたブルシャは乱暴に引きちぎられていく。

「……ひどいものだ」

ガブリエルが不快そうに顔をしかめた。

蓮も胸が痛んだが、拘束されている身ではどうすることもできない。

粗雑に毟《むし》り取《と》られていくブルシャを前に為《な》す術《すべ》もなく、ぎゅっと両手を握り締めていたら、不意にリードを引っ張られた。引き寄せた蓮の肩を、リカルドがぽんぽんと叩く。

「よく辿り着いた。褒《ほ》めてやる」

機嫌のいい声で、偉そうに労ってきた。

「ジャングルにしてはなかなかきれいな場所だ。ここで死ぬのも悪くないだろう」

唇を歪めたリカルドが、耳許でうれしそうに囁く。

「ブルシャが手に入ったいま、もうおまえを生かしておく理由はなくなったからな」

浅黒い顔に嘲笑を浮かべる男を、蓮は横目で睨みつけた。

胸のなかで、自分を利用するだけ利用して用が済んだらさっさと亡き者としようとする男への憤《いきどお》りと、こうなるとわかっていたくせにモルフォ蝶を追いかけた自分への苛立ちが、入り交じって渦を巻く。

ブルシャが見つかれば、リカルドが自分を殺すことはわかっていた。

わかっていても、もう一度〝あの場所〟に辿り着きたいという欲求は強く、さっきまでの自分は抗いがたい衝動に突き動かされていた。

それに、見つけられなければなかったで、それを理由にひどい仕打ちを受けたに決まっている。どのみち自分に選択権はなかった。

そう思ったところで慰めにもならないが……。

「ここまで案内した褒美として選ばせてやる。どんな死に方がいい？　銃で蜂の巣か、ナイフで切り刻まれるか、ちょうど池があるから溺死もありだぞ？」

まずは精神的に揺さぶりをかけてきた男を無視して、蓮はふいっと横を向く。

なにをどう言っても殺されるのなら、まともにリアクションして喜ばせるのは癪《しゃく》だ。

「こら、返事をしろ！」

苛立ったリカルドが、直接首輪を摑んでギリギリと締め上げてくる。喉が圧迫されて呼吸が浅くなった。

「……っ……苦し……っ」

「リカルド、よせ」

低い声が命じる。

「なんだ、また邪魔する気か⁉」

止めに入ったガブリエルを、リカルドが太い眉を吊り上げて威嚇《いかく》した。しかしガブリエルはその挑発に乗ることなく、落ち着いた声音で「冷静になって考えろ」と諭す。

「レンの命をここで絶って、我々だけでどうやってテントまで戻るつもりだ？　きみに帰り道がわかるのか？　猛獣がうろうろしている夜の森をサバイブできるのか？」

痛いところを突かれたリカルドが、ぐっと言葉に詰まった。モルフォ蝶を追いかける蓮のあとを、ただついて来ただけの自分を思い出したのだろう。

「せっかくブルシャの生息地に辿り着いても、生きて戻れなければ意味はない。目先の欲に囚われ、ブルシャの葉を乱獲して絶滅させてしまっては元も子もないのと同様だ。大切なのは、この場所に至るルートをマップ化すること。この暗さでは難しいので、明日の朝改めて再訪し、レンに道順を書き起こしてもらう必要がある。それをベースに地図を作れば、昼夜を問わず、またモルフォ蝶の誘導に頼らずとも、いつでもここに来られるようになる」

眉間《みけん》に皺《しわ》を寄せたまま、リカルドはガブリエルの説明に耳を傾けている。

「今回できるのは地図の作製までだ。次回は植物学者を連れてきて、ブルシャの生態を詳しく調べさせる。研究を重ね、ゆくゆくブルシャの人工栽培技術を確立する。最終的な目標は、プランテーションでブルシャを量産化し、その葉から麻薬成分を効率的に抽出するシステムを構築することだ」

ガブリエルが言葉を切ると、造作の大きな顔が、にやっと笑った。

「悪くない」

「納得したのならば、原資となるブルシャを荒らすのをやめてもらおうか」

ガブリエルの要望に肩をすくめたリカルドが、「撤収だ！」と叫ぶ。

大声の号令に、部下たちがぴたりと動きを止めた。摘み取ったブルシャを各自のバックパックに無造作に詰め込み、駆け足で戻って来る。

「ブルシャ量産化計画は了解した。確かにガキはいつでも始末できるからな。利用し尽くしてからでも遅くはない」

満足そうに言って、リカルドが首輪から手を放した。

「……ぐふっ……げふっ」

塞がれていた気道から酸素が急激に押し寄せてきて咽《む》せる。

(……助かった)

乱れた呼吸を整えながら、蓮は自分を窮地から救った男を上目遣いに見た。

青い瞳は冷たく澄み渡り、どんな感情も映し出してはいない。

先程垣間見《かいまみ》せた少年のような昂りや歓喜は、いまやすっかり鳴りを潜め、いつもどおりの冷徹な美貌がそこにはあった。

また助けられた。

なんらかの意図があって救いの手を差し伸べたのか。

温情か、憐憫《れんびん》か、策略か。

(わからない)

いや……わからなくはない。

ガブリエルの目的はブルシャだ。地図を作るために必要だから、自分を生かしておくに過ぎない。

それ以上でも、以下でもない。

地図が完成し、利用価値がなくなったら——その時は。

(その時こそ……)

ぞくっと背筋が震える。

何度か窮地を救われたからといって気を許してはならない。絶対に。

蓮は強く心に誓った。


セスナの窓から見下ろす密林は、青とピンクとオレンジが入り交じったような複雑な色合いのベールに、ゆっくりと包まれ始めていた。

カーニバルの最中に蓮が忽然《こつぜん》と姿を消してから二回目の日没を迎えようとしている。

三日前――蓮の消息が途絶えた日の深夜――『パラチオ　デ　シウヴァ』の先代の隠し部屋がリカルドとガブリエル率いる親衛隊に襲撃された。

秘密の地下室に下り、シウヴァの始祖の日記を読んだ彼らが、道案内役の蓮を伴ってジャングルに飛んだことを知った鏑木は、あとを追うために隊《パーティ》を編成した。

メンバーは、隊長《リーダー》を務める鏑木を筆頭に、操縦全般を受け持つミゲル、二メートルを超す長身で力自慢のエンゾ、そして蓮のにおいを嗅《か》ぎ分《わ》けることのできるエルバだ。

すぐさまハヴィーナを発ちたかったが、出発に際しての諸般の準備に最短で一日かかった。近くジャングルに飛ぶつもりで準備を進めてはいたが、予定が繰り上がったため、装備も整っていなかった。蓮のことを思えば気が急いたが、準備不足でトラブルを引き寄せるのでは本末転倒だ。蓮の救出という目的を確実なものにするためにも、事前の準備を怠るわけにはいかない。そう自分に言い聞かせ、逸る心と焦燥を押さえつけるしかなかった。

ハヴィーナからの移動手段には、シウヴァ所有のセスナを使うことになった。ヘリコプターではなくセスナを選択したのは、檻《おり》に入ったエルバを運搬するためだ。

待ちわびた出立の朝、これもシウヴァ専有の離発着場から飛び立ったセスナは、給油ポイントを除けばほぼノンストップで熱帯流域《セルバ》まで飛び続け、日没前、ジャングルにシウヴァが設置した滑走路に降り立った。

着陸後、鉄製の檻からエルバを解放した鏑木一行は、各自バックパックを背負い、食料などが入ったクーラーバッグを携え、セスナから降りた。

そこからは滑走路を外れて森に入った。軽やかな足取りで先頭を行くエルバに続き、緑に覆われた一本道を三人で黙々と歩いていくと、ほどなく密林を切り拓いた四角い土地が見えてくる。

蓮が生まれ育ち、現在はシウヴァが管理するジャングルの小屋に辿り着くやいなや、鏑木は敷地内をぐるりと見て回った。

次に、高床式の小屋を観察する。窓はすべての鎧戸《よろいど》が閉まっており、外から室内の様子は窺えない。

「おまえたちはここで待機していてくれ。俺がなかを見てくる」

仲間にそう言い置き、鏑木は丸太の梯子《はしご》を上った。スペアキーを使って出入り口のドアを解錠する。

用心しつつ慎重に足を踏み入れた室内に、人の気配はなかった。リビング、ダイニング、炊事場、パウダールーム、バスルーム、さらに二つの寝室を見て回り、無人であることを確認する。

出入り口から外に出て、梯子を下りた鏑木は、地上で待っていたミゲルとエンゾに報告した。

「ここ数日のあいだに使用した形跡はないようだ」

「やつらは、俺たちとは別のルートでジャングルに入ったってことですか？」

ミゲルが確認してくる。

「そういうことになるな。ともあれ、やつらの狙いはブルシャだ。上流を目指して川を遡ったのは間違いない。そろそろ日が暮れて場所によっては完全な暗闇に包まれる。夜のジャングルは危険が伴うが、おそらく今夜が勝負だ。俺たちも準備が整い次第、カヌアで遡上しよう」

「了解。小屋に食料を置いてきます」

「鍵だ」

鏑木は、ミゲルに向かってスペアキーを投げた。

バックパックを下ろし、クーラーバッグを肩に担いだミゲルとエンゾが、先程鏑木が下りた梯子を上り始める。念のために一週間分用意してきた食料を、小屋の貯蔵庫と冷蔵庫に分散して収納するためだ。夜の森を歩くための装備は最低限に圧縮し、軽装であるに越したことはない。

すでに密林探索の準備が整っていた鏑木は、二人が戻ってくるのを地上で待った。

先程、ミゲルとエンゾに「おそらく今夜が勝負だ」と言ったのには、理由がある。

ジャングル行きの準備に費やした一日を利用して、鏑木は手許にあった甲斐谷学《かいやまなぶ》のノートを再熟読した。

ガブリエルたちを漠然と追いかけたところで、広大なジャングルで彼らに巡り合える確率は限りなく低い。普通に考えれば、先行している彼らに追いつくのはまず不可能だ。

だがその点、鏑木には一つの希望があった。

彼らの最終目的地がわかっていることだ。

たぶん蓮は、一度読んだ父親のノートの記憶を頼りに、ブルシャの生息地へ向かうだろう。

つまり、甲斐谷学が記したルートを辿り、ブルシャの生息地を目指せば、必然的に彼らに遭遇する確率が上がるということだ。

しかし自分には、ジャングルで生まれ育った蓮ほどの土地勘はない。前回の探索で枝に結んだ黄色いリボンと、甲斐谷学のノートの記述がすべてだ。

そう考えた鏑木は、ブルシャの生息地への道順のキーポイントとして記されている植物の名前をインターネットで検索し、それぞれの特徴を脳裏に刻みつけた。ジャングルではなにが起こるかわからないので、アクシデントに備えてノートに記されている文章を丸暗記し、甲斐谷学が描き起こしたスケッチを頭に叩き込んだ。

記述を何度か諳《そら》んじていた過程で、ふと、思い当たったことがあった。

自分と蓮がモルフォ蝶の導きで偶然に〝あの場所〟に辿り着いた夜と、甲斐谷学がモルフォ蝶によって〝あの場所〟へ導かれた夜の共通項。

フルムーン。

それに気がついた刹那、背筋をびりっと電流が貫いた。

もしかしたらモルフォ蝶には、満月の夜に、ブルシャが自生する池に集う習性があるのではないか。前回、蓮と一緒に夜のジャングルを探索した折は、モルフォ蝶を見かけなかった。一般的に蝶は夜間に活動しないことを鑑《かんが》みると、〝あの場所〟に導かれた夜が「特別な夜」であった可能性は高い。

蓮は自分と同じだけの情報を持っている。

みずからの命がかかっている状況下で、知識と考察力をフル稼働させた結果、自分と同じ推論に辿り着いている可能性は高いのではないか。

「満月」というキーワードに気がついた蓮は、モルフォ蝶の誘導を期待して、今夜動くはずだ――。

(……蓮)

鏑木は、いつしか星が瞬き始めていた空を見上げた。ジャングルの黒々とした森と対になる夜空に、皓々と明るい月が浮かんでいる。

月齢が満ちた月――フルムーン。

同じ月を、蓮もジャングルのどこかできっと見ている。

(俺が追いつくまで無事でいてくれ)

どんな手段を使ってでもいい。生き延びてくれ。

「……頼む」

祈るような心持ちでひとりごちた。

いまこの瞬間、自分と蓮を繋ぐ唯一のもの――目を細めて丸い月を見つめていた鏑木は、足元から聞こえてくる「グォルルル……」という唸り声に、小さく肩を揺らす。

視線を向けた足元に、流線型を描くブラックジャガーの背中があった。鏑木たちを小屋まで誘導したのちは、生まれ故郷の仲間に挨拶するためだろう。いったん姿を消していたが――。

「エルバ」

脹《ふく》ら脛《はぎ》に体側をすり寄せてくる〝蓮の弟〟に、鏑木は話しかけた。

「……おまえも蓮が心配だよな」

「グルウ……」

不安な気持ちを少しでも取り除いてやりたくて、身を屈めて艶《つや》やかな毛並みを撫でる。しかしすぐに、自分の手が震えていることに気がつき、撫でるのを止めた。エルバから離した手を、関節が白く浮き出るほど強く握り締める。

心を鎮《しず》めなければならないのは、エルバではなく自分だった。

こんなふうに、おのれでコントロールできないほどの恐怖心を感じるようになったのは、今回の事件からだ。

かつて軍人だったこともあり、一般人よりも危機的状況に追い込まれる機会は多かった。それを乗り越えてきた自負もあったが、そんな経験はなんの役にも立たない。

地下室の定点カメラに映っていた――リカルドが蓮を突き飛ばす映像。銃を突きつけ、「どこから撃たれたい？」と卑劣な脅しをかけている映像。

ことあるごとにそれらが脳内で再生される。何度再生しても、そのたび心臓がひやっとし、不規則な動《どう》悸《き》が止まらなくなった。

この三日間、安眠や休息とは無縁だ。体と脳を休ませたほうが、結果的に効率がいいと頭ではわかっているが、神経が昂っているせいか、眠ることができない。

無理矢理横になって仮眠を摂《と》っても、蓮が殺される夢を見て、十分も経たずに飛び起きる。

悪夢から覚めた時は必ず、全身にびっしょり汗を掻いていた。手のひらで濡れた顔を覆い、そのまま髪を掻き上げる。

……怖い。

蓮を失うのが心の底から恐ろしい。

こうなってみて、自分にとって蓮の存在がどれだけ大きいかを痛感した。

蓮がいない人生に意味はない。

蓮がこの世から消えたら、自分も生きてはいられないだろう……。

それでもまだかろうじて正気を保っていられるのは、やつらにとって蓮がブルシャ案内人としての価値が高いことと、ガブリエルの存在に希望を抱いているからだ。

そもそもの元凶である、一番の宿敵を心の拠り所にするのは、おかしな話だということはわかっている。

だが、今回の件に関してだけは、あいつを信じたい。

ガブリエルは、イネスの息子である蓮の死を望まない。

愛するイネスの血を引く蓮を、みすみす見殺しにはしない。

そう信じたかった。

とはいえ、防波堤としてのガブリエルが、どこまで耐久性があるかはわからない。

ブルシャを手に入れるまでは蓮の案内が必須だが、手に入れてしまえば、その存在は一転して邪魔者と化す。

蓮に裏の顔を見られているリカルドは、このまま捨て置くわけにはいかず、早い段階で始末しようとするだろう。

だからこそ、やつらがブルシャに辿り着く前に、蓮を取り戻す必要があるのだ。

（蓮、待っていろ。俺たちが必ずおまえを救い出す……！）

握《にぎ》り拳《こぶし》にぐっと力を入れ、改めて心に誓う鏑木の頭上から、「少佐！」と声がかかった。

「準備完了しました。いつでも発《た》てます」

小屋から顔を出したミゲルが告げる。

ミゲルのあとからエンゾも姿を現し、順番に丸太の梯子を下りてきた。地上に着いた二人が、ミリタリー仕様のバックパックを背負い直す。鏑木が背負っているのと同じものだ。

「よし、急ごう」

エルバを伴い、三人で川岸の船着き場まで移動した。桟橋に繋がれているカヌアの防水シートを剝がし、鏑木、エンゾ、エルバ、ミゲルの順で乗り込む。先頭の鏑木が舳先にランタンを置き、最後尾にポジションを取ったミゲルがモーターのエンジンをかけた。

ドッ、ドッ、ドッと音を立てて、カヌアが走り出す。目指すは上流、目印はマンチンガの大木だ。

舳先に陣取った鏑木は、暗視スコープを覗き込み、前方を見据えた。過去に一度、蓮と夜間のジャングル・クルーズに繰り出した際に辿ったルートだが、川岸は似たような景色が続くので、うっかり目印を見落とさないように意識を張り巡らす。

ぱしゃっと水面を尾で叩く黒カイマンや、中州からぽちゃんと川に飛び込む亀、「グワー、グワー」と川の淵で奇声をあげるカピバラの親子など、夜のジャングルは賑やかだったが、いまはそれどころではなかった。

鏑木の緊迫が伝わったのか、いつもは口数が多いミゲルも、もともと寡黙《かもく》なエンゾも無言だ。エルバは時折、黄色い光がちらちら揺れる川岸に向かって、「グルウウ……」と威嚇の唸り声をあげていた。モーター音に反応した蛇か、ヤマネコの眼かもしれない。

だいぶ遡上したが、なかなか目印は現れなかった。

前回よりも時間がかかっているような気がして、ひょっとして通り過ぎてしまったかと危惧し始めた頃、暗視スコープに特徴的なマンチンガが映り込む。

鏑木は身を乗り出すようにして「あそこだ！」と目的地を指で示した。

「三十メートルほど先に見える、川に迫り出している大きなシルエットがマンチンガだ。ある程度距離を取って、カヌアを着けてくれ」

「わかりました」

応じたミゲルがモーターのエンジンを切り、そこから先は長い木製のパドルを操って川岸に近づける。手動に切り替えてもミゲルの操舵《そうだ》能力は高く、巧みなパドルさばきで砂州《プラヤ》にぴったりカヌアを横付けした。

砂州に降り立った三人で、カヌアが流されないように引っ張り上げる。

砂地に立った鏑木は、川沿いに長く続く砂州を暗視スコープで観察した。奥のマンチンガの手前に、テントらしきシルエットを認める。月明かりを頼りに、じりじりと近寄った。テントは全部で三つ。マンチンガの根元には大きめのモーターカヌアが横たわっていた。

三つのテントに囲まれたスペースに焚き火の形跡があるが、どのテントからも明かりは漏れておらず、人の気配もない。

「グルゥウウ……」

「……しっ」

低く唸るエルバを黙らせた鏑木は、後続の部下たちにも〝声を出すな〟と合図を送った。ジェスチャーで各自の分担を指示したのちに、一番手前のテントに忍び寄る。透明なウィンドウからなかを覗いたが、テント内はやはり無人。別のテントをそれぞれ当たったミゲルとエンゾも、「誰もいません」と報告してきた。

「だが、やつらのテントであることは間違いない」

集落もない上流まで、わざわざモーターカヌアで遡上してくるのは、なんらかの目的を持った隊《パーティ》だ。現時点で、リカルドとガブリエル率いる隊であると断定して構わないだろう。

「……森に入ったんでしょうかね？」

ミゲルがつぶやいた。

「そのようだな」

部下の問いかけを肯定して、鏑木は焚き火の跡に歩み寄る。砂地に酒の瓶が数本転がり、食べ物の残骸《ざんがい》が放置してあった。しゃがみ込んで、炭化した薪《まき》に触れる。

「まだあたたかい……」

余熱があるということは、森に入ってから、さほど時間が経っていないということだ。少なくとも、追いつけない距離ではない。

（ついに追いついた）

腹の底から込み上げてくる昂りを、意識的に抑えつける。そのあいだに、あちこちのにおいを嗅ぎ回っていたエルバが、砂地に転がっている倒木の周囲をグルグルと回り始めた。

「グオオオォ……」

興奮を抑えきれない様子のエルバに、「どうした？」と声をかける。

「グォッ、グォッ」

長い尻尾《しっぽ》でぱしんぱしんと地面を打ち、砂を撒《ま》き散《ち》らしていたかと思うと、エルバがいきなり森に向かって駆け出した。

なにかを追い求めるかのような、迷いのない疾走にぴんとくる。

おそらく、蓮の残り香を捉えたのだ。

「エルバに続け！」

指示を出すなり、先陣を切って走り出す。エルバを追う鏑木に、ミゲルとエンゾも続いた。

XI

フラッシュライトを携えた蓮《れん》は、ブルシャの生息地である蓮池《はすいけ》からテトラメレスまでの道を、慎重に引き返した。往路はモルフォ蝶《ちょう》を追いかけられたが、復路は蝶のサポートが期待できないので、自力で戻らなければならない。

事前にそうなる可能性を考慮し、モルフォ蝶を追いかけながらも、道順をできるだけ記憶に焼きつけてきたのが功を奏したようだ。途中で何度か迷いはしたものの、いずれも修正がきく範囲であり、どうにかモルフォ蝶と遭遇したポイントまで戻ることができた。

「あった！」

ライトの光に照らされ、【巨大な板根を持つテトラメレス】が浮かび上がった瞬間、心底ほっとして、その場に蹲《うずくま》りそうになる。

（……よかった）

一歩間違えば夜の森で遭難していたし、夜行性の猛獣や毒蛇と遭遇するリスクもゼロではなかったから、大幅にドロップアウトすることなく戻れた安堵は大きかった。

ここまで来ればもう大丈夫だ。テントを張った砂州《プラヤ》までのルートは頭に入っている。

「レン、さすがだ。よくやった」

満面の笑みを浮かべて、ガブリエルが労《ねぎら》ってきた。

「この調子で地図の作製も頼むぜ」

リカルドには調子よく肩を叩かれ、脱力しかけていた体がふたたび緊張を帯びる。

（地図……）

ガブリエルの計画では、明朝、日が昇ってから蓮池を再訪することになっている。

――この暗さでは難しいので、明日の朝改めて再訪し、レンに道順を書き起こしてもらう必要がある。

それをベースに地図を作れば、昼夜を問わず、またモルフォ蝶の誘導に頼らずとも、いつでもここに来られるようになる。

その地図が完成した時が〝終わり〟だ。

自分も、ブルシャも。

自分は消され、ブルシャは悪用される。

ブルシャ・プランテーションの建設のために大勢の人間がジャングルに押し寄せてきて、樹木は伐採され、動物や鳥、虫たちは住《す》み処《か》を失うだろう。

ブルシャの量産化が成功し、葉から麻薬成分を効率的に抽出するシステムが構築された暁《あかつき》には、エストラニオに新たな麻薬カルテルが誕生する。

カルテルは南米各国から犯罪者を引き寄せる。国の治安は悪化し、街には売人とジャンキーが溢れかえる。スラムでは犯罪がこれまで以上に増加する。殺人事件も多発するようになり、結果的にストリートチルドレンが増える……。負の連鎖だ。

シウヴァは長年に亘《わた》り、ストリートチルドレンの救済に取り組んできた。基金を立ち上げ、養護施設を増やし、親のいない子供たちをサポートするといった、これまでの地道な活動も水泡に帰す。

それもこれも自分が、ガブリエルとリカルドをブルシャの生息地に案内したせいだ。

(ばかだ……)

事ここに至り、自分が犯した過ちを自覚して、蓮は青ざめた。

たとえ命を盾に脅《おど》されても、絶対に導くべきではなかったのに。

満月の夜というキーワードに思い当たった時、自分はそれが正しいことを証明したいという誘惑に抗えなかった。

証明してもう一度、あの夢のように〝美しい場所〟に辿り着きたいという欲望を断ち切れなかった。

本来ならばシウヴァの当主として、みずから命を絶ってでも、ブルシャを封印すべきなのに。

それが——始祖から端を発したブルシャの呪いにケリをつける、ただ一つの方法だったのに。

(今更悔いたって遅い)

悔恨に血が滲《にじ》むほど唇を噛んでいた蓮は、ふと視線を感じて顔を上げた。いつからか、自分を見つめていたガブリエルと目が合う。

人間の愚かさを憐《あわ》れむような眼差し。

「………っ」

その瞬間、蓮は覚った。

なにもかも全部……見透かされていたのだ。

犬のように首輪をつけられ、リードに繋がれるストレス。

殺意をちらつかせ、隙あらば自分に手をかけようとする男が常に背後に立つプレッシャー。

ブルシャの生息地に辿り着けない焦り。

自分はブルシャに選ばれた特別な人間なはずだという選民意識。

それを証明したいというエゴイスティックな欲望。

自分でも意識していなかった、心の奥底に潜む様々な感情を、ガブリエルの冷酷な目はすべて見抜いていた。

疵《きず》の手当てを施し、リカルドに死をほのめかされるたびに窮地を救ってくれる男に対して、絶対に気を許さないつもりが、いつしか無意識に心のガードが緩んでいた。

――きみは必ず、私をあの場所に導いてくれると信じている。

――あの場所に辿り着けるのは、シウヴァの末裔《まつえい》のきみだけだ、レン。

自尊心をくすぐられ、巧妙に誘導されて……。

(利用された)

まんまと罠《わな》に嵌《は》まった自分を認めると同時に、腹の底から激しい憤《いきどお》りが込み上げてきて、全身がカーッと熱くなる。蓮は目の前の男に飛びつき、胸倉を摑んだ。

「よくも騙《だま》したなっ」

叫んで揺さぶる。

「このっ……悪魔！」

投げつけた罵声にも、ガブリエルは眉一つ動かさなかった。青い目には先程と同じ、憐憫《れんびん》の情が浮かんでいる。

自分を罠に嵌めた男から憐れみをかけられた蓮は、胸倉から手を離した。怒りに震える手をガブリエルの首に移動させる。両手で首を絞め、ぎゅっと力を入れたが、男は相変わらず微動だにしない。首を絞める蓮をまっすぐ見つめて、無表情のままだ。

おまえと違って死など恐れていないとでも言いたげな、みずからの命の危機にまるで頓着《とんちゃく》しないその様子に、いよいよもって頭に血が上った。

「くそっ……」

首を締め上げる手にいっそう力を込めた時、

「どうした？」

部下と話をしていたリカルドが異変を察して、声をかけてきた。蓮がガブリエルの首を絞めていることに気がつき、「なにをしている！」と怒鳴る。

「やめろ！」

それでも蓮が首から手を離さずにいると、後ろから羽交い締めにしてきた。強引にガブリエルから引き剝がされる。

リカルドに助けられたガブリエルは、感謝するどころか、余計なおせっかいだとでも言いたげに片頬を歪めた。

「放せっ！」

一方の蓮は、上半身を左右に捻《ひね》り、脚をバタつかせて暴れる。

「放せよっ！」

許せなかった。ガブリエルも許せないが、それよりもっと、自分が許せなかった。

鏑木《かぶらぎ》はことあるごとに「ガブリエルに気を許すな」と釘を刺していた。しつこく念押しされて、自分は少し苛ついていた。なんだか信用されていない気がしたからだ。

そんなに心配しなくても大丈夫なのに。そんなヘマはしない。そう思っていた。

でも、違った。ぜんぜん大丈夫じゃなかった。

ばかだ。大ばかだ。本当は締め上げたいのはガブリエルの首じゃない。

思い上がっていた自分の首を絞めてやりたい。

「ちくしょうっ!!」

愚かな自分へ、ガブリエルへ、怒気をぶつけるように叫んだ――刹那《せつな》。

「……………グォ……ォ――ッ」

蓮の絶叫に応じるかのように、遠くから獣の咆吼《ほうこう》が届いた。

「………ッ」

聞き覚えのある吠《ほ》え声《ごえ》に、蓮は息を呑み、耳をそばだてる。リカルドが怪訝《けげん》そうに「なんだ？」とつぶやき、ガブリエルは眉をひそめて、獣の声が聞こえてきた方角を見た。

「……………グォ……オォ――ッ」

いま一度、獣の咆吼が空気を震わせる。距離的にかなり遠いようで、その声は途切れ途切れだ。それでも蓮には充分だった。

間違いない！

姿が見えなくたって、どんなに距離があったって、自分にはわかる。子供の頃から共に暮らす〝弟〟の咆吼を聞き間違えるはずがなかった。

「エルバだ！」

興奮の面持ちで〝弟〟の名を発した蓮に、ガブリエルが鋭く舌打ちをする。

「エルバ！　こっちだ！」

大声で位置を知らせようとする蓮の口を、覆い被さるようにして塞いだ。

「む……ぅ、……うっ」

蓮の口を手で封じた状態で、ガブリエルがリカルドに告げる。

「どうやらヴィクトールが追ってきたようだ」

「なんだと？　ヴィクトールが？　どうやってここを突き止めたんだ」

「あの男のことだ。レンを拉致して『パラチオ　デ　シウヴァ』を襲撃したのが私たちだという解答に辿り着くのも時間の問題だと思っていた。その解答を踏まえて、私たちの目的がブルシャ発見にあり、そのためにはレンを道案内に仕立ててジャングルへ飛ぶはずだという推論を導き出したんだろう」

淡々と答えるガブリエルに、リカルドが「煩《わずら》わしいシウヴァの犬め！」と吐き捨てる。蓮を羽交い締めにしていた腕を解《ほど》いて、ガブリエルに指を突きつけた。

「いいか？　あいつは俺の獲物だ」

紫《ヴァイオレット》の目を憎悪にぎらつかせて宣言する。

「俺が仕留める。おまえたちはここにいろ」

言い置くやいなや太股のレッグホルスターから拳銃を引き抜き、三人の部下に「ついて来い！」と号令を発した。部下たちもそれぞれが武器を構え、先頭を走るリーダーのあとを追う。

男たちはあっという間に漆黒の闇に溶け込んで見えなくなった。残された蓮は、ぶるっと身震いする。

心臓がものすごい勢いで走り出した。

（うそ……本当に？）

鏑木が追ってきたというのは本当だろうか。

エルバ単独ではジャングルに来ることができないので、その可能性は高い。

自分を助けに来てくれたのはうれしい。涙が出るほどうれしいけれど。

そのために、鏑木の命が危険に晒《さら》されてしまう――！

「うっ……うぅっ……ううっ」

鏑木とエルバに、リカルドたちがそっちに向かっていると伝えたかった。

危険が迫っていることを知らせなければ！

「ふっ……む、んっ……」

ガブリエルの腕を摑み、口から剝がそうと必死にもがいていると、不意に手が離れる。ぷはっと空気を吐き出した直後、蓮は叫んだ。

「鏑木！　エルバッ」

「静かに」

冷ややかな声が命じるのと同時に、こめかみにぴたっと銃口を押しつけられる。

「……………っ」

いつガンホルダーから拳銃を抜いたのかわからなかったが、ガブリエルが銃器の取り扱いに慣れているのは所作からわかった。そういえば、過去にスラムでストリートギャングのヘッドを一撃で倒していたのを思い出す。

「騒がないで」

「でも、鏑木がっ……」

「リカルドとヴィクトールには彼らの因縁があるようだ。あっちはあっちで決着をつける。私たちは私たちでケリをつけなければならないことがある」

「ケリ？」

聞き返す蓮の二の腕を、ガブリエルが摑む。

「こっちだ」

腕を引っ張られた蓮は、腰を落として抗った。

「いやだ！　行かない！」

ガブリエルがつと眉をひそめる。

「レン。大人しく言うことを聞くんだ」

「でっ……だ、だって、リカルドもここにいろって」

「彼らとはここでお別れだ」

氷のように冷たい声が告げた。

「……えっ」

驚いて瞠目《どうもく》する蓮を、ガブリエルの青い目がひたりと見据える。

「事によっては、きみともここで別れの挨拶をすることになる」

「………」

「さあ、時間がない。私と一緒に行くか、この場で頭を撃ち抜かれるか、どちらかを選びたまえ」

二択を迫る白い貌《かお》は、過去に幾度となく同じような問いを投げかけてきたことを、暗ににおわせる凄みを帯びていた。背筋がぞくっとおののく。

おそらく、いま目の前にいるガブリエルこそが真の姿。彼の本性。

同行を拒めば、ためらいなくトリガーを引くだろう。

これまで、自分の行く手を阻《はば》む人間を数多《あまた》葬り去ってきたように。

(鏑木……！)

脳裏に、愛するひとの顔が浮かんだ。

我が身の危険を顧みず、エルバを連れてジャングルまで助けに来てくれた——恋人。

生きて……もう一度会いたい。どうしても、会いたい。

(会いたい！)

ごくっと喉を鳴らした蓮は、わななく唇を開いた。舌で唇を湿らす。

「……一緒に……行く」

掠《かす》れた声で、喘《あえ》ぐように言った。

ふたたび鏑木とエルバに会うためには、そう答えるしかなかった。

鏑木とエルバが気になって仕方のない蓮は、しきりに、何度も足を止めては後ろを振り返った。そのたび背後のガブリエルから、背中を拳銃で小突かれる。

(鏑木……エルバ)

——いいか？　あいつは俺の獲物だ。

殺気立ち、いまにも鏑木に襲いかからんばかりに逸《はや》っていたリカルドの様子を思い返すと、心臓を鷲摑《わしづか》みにされたみたいにぎゅうっと苦しくなる。鼓動はずっと速いままで、いっこうに鎮《しず》まる気配はなかった。

冷たい汗が絶え間なく、背中や首筋、腋下《えきか》を濡らし続けている。

リカルドたちはもう、鏑木とエルバのもとに辿り着いただろうか。

今頃、対峙《たいじ》している？

そう思って耳を澄ませてみても、だいぶ距離が開いてしまったせいか、エルバの咆吼も人間の怒号も銃声も聞こえてこなかった。

大丈夫だと信じたい。鏑木は元軍人だしエルバもいる。そんなに簡単にやられたりしない。

でも、リカルドたちは現役の軍人で、それも選び抜かれた精鋭だ。銃器も携帯している。

もしも……鏑木が撃たれたら。

もしも……命を落としてしまったら。

想像しただけで心臓が凍りつきそうになり、蓮はカットソーの胸の辺りをぎゅっと摑んだ。

そんなことが現実になったら、自分も生きてはいけない。

さっきから定期的に襲ってくる不安の波にまたしても呑み込まれ、瞳がじわっと濡れた。脚がぶるぶる震えて先に進めなくなる。

「止まるな」

背後から無情な声が命じ、背中を硬い銃口で押された。

「歩け」

低音で促された蓮は、震える脚を叱咤《しった》して、どうにかこうにか歩き始める。

ここで抗ってガブリエルの不興を買い、身体的なハンデを負うのは得策ではない。

鏑木たちがリカルド一味を制圧して助けに来てくれた際に、足手纏《あしでまと》いになるのは避けたかった。

いまは、リカルドと鏑木の闘いと、ガブリエルと自分の闘いが、同時進行している状況なのだ。

自分にできることは、おのれの闘いに全力を尽くすこと。

(信じるしかない。鏑木とエルバは大丈夫だ。リカルドに打ち勝ち、きっと迎えに来てくれる。そう信じて進むしかない……)

少しでも気を許せば、その場にしゃがみ込んでしまいそうになる自分を、歩け！　と鼓舞する。

蓮がいま進んでいるのは、リカルドたちが向かったのとは真逆の方向だ。従って、テントとカヌアがある砂州《プラヤ》からどんどん遠ざかっている。

見回す限り、周辺一帯は深い闇に閉ざされていた。頭上は鬱蒼《うっそう》と生い茂る樹冠に覆われ、一筋の月光が射し込む隙間もなく、蓮とガブリエルが各自一本ずつ携帯するフラッシュライトだけが頼りだ。

二本のライトで照らしても、浮かび上がるのは似たような樹木や茂み、灌木《かんぼく》ばかりで、夜のジャングルを歩き慣れた蓮にも、ここがどこなのかさっぱり見当がつかない。

不案内なガブリエルはなおさらだろう。さっきから止まることを許さずに「歩け」と急き立ててくるが、具体的な目的地があるように見受けられず、リカルドと鏑木が相まみえる現場から、少しでも距離を取っておきたいという心理に基づいた行動に見えた。

ガブリエルにとって、鏑木とリカルドの衝突は降って湧いた好機。

潰し合ってくれれば一気に邪魔者がいなくなるし、そこまでいかずとも、あの二人が本気でぶつかり合えば、両者共に少なからずダメージを負う。

その間《かん》、密林の奥で身を潜めてやり過ごしつつ、情勢を見極め、漁天の利よろしくブルシャを独占しようという腹か。

だがさっきは、蓮池へのルートを知る自分を殺そうとした。

——事によっては、きみともここで別れの挨拶をすることになる。

あの時の目は本気だった。

ガブリエルは頭のいい男だ。先程の往復で、蓮池に至るルートをある程度把握したのかもしれない。一人だけ暗視ゴーグルを装着していたから、その可能性はある。そうであれば、もう自分の道案内は必要ない。監視の手間を考えれば、いっそ切り捨てようと考えてもおかしくはない。

こちらが問題を起こさない限りは、なにかアクシデントが発生した際の切り札として、生かしておきたいと考えているのかもしれないが……。

いまもまたゴーグルで目を隠しているガブリエルがなにを考えているのかが読めず、推察を巡らせていた蓮は、ぴくりと肩を揺らした。

夜鳴きのフクロウや虫の声に紛れて、かすかな水音を捉えたからだ。足を止めると、背後のガブリエルが「どうした?」と訊《き》く。

「水の音が聞こえる」

「水の音?」

ガブリエルの聴覚では捉えられないほどの小さな水音だが、蓮には思い当たる節があった。

(さっきから少しずつ地面が傾斜している……あの時と同じだ)

前回鏑木たちとブルシャ探索をした折に、偶然、滝に出くわした。アマゾン流域に無数に点在する、アマゾン川から枝分かれした支流の一つが、崖肌を滑り落ちて滝壺を作っていたのだ。

ジャングルのなかにある湖や池は、かつて川の一部だったことが多いが、ブルシャの生息地である蓮池も、蛇行した支流に取り残された水溜まりだったのかもしれない——そう仮説を立てて、滝の周辺を集中的に探したのだが、その時は最後まで蓮池を見つけることができなかった。

「もしかしたら……滝が近いのかも」

「滝？……本当か？」

念を押してくるガブリエルの声は、わずかに興奮を帯びている。その声に違和感を覚えつつ、「前にブルシャを探していて、滝にぶつかったことがある」と答えた。

「その滝に向かおう」

「どうして？」

「いいから滝を目指して進むんだ」

問答無用といった声色で背中を銃でぐいっと押され、渋々と進路を変える。おぼろげな水音を道しるべに、藪《やぶ》を掻き分け、獣道を進んだ。次第に前方から聞こえる水音が、ザーザーと大きくなっていく。さらに歩を進めると、ザーザーからゴーゴーという爆音に変わった。

（もうすぐだ）

確信を持った矢先、頭上を覆っていた樹冠が途切れる。出し抜けに視界が開け、幅十メートル、高さ二十メートルほどの滝が現れた。

勢いよく岩肌を滑り落ちる大量の水が、月明かりにキラキラと反射している。

フラッシュライトで足元を照らしながら、切り立った崖の突端まで進み、下を覗き込んだ。水が大きな渦を巻く滝壺が見える。水しぶきを立てて滝から流れ落ちた水流は、滝壺でいったんスピードを落とし、一本の川筋となって左手に流れていた。

間違いない。あの時の滝だ。前回よりも近いせいか、より迫力を感じた。

「こっちだ」

いきなりガブリエルにリードを引かれた蓮は、崖の淵でたたらを踏む。

「ど、どこへ行くんだ」

答えはなく、絶壁沿いに十メートルほど進んだ地点でガブリエルが足を止めた。

「ここから下りる」

「下りる？」

面食らって聞き返す。断崖絶壁から足元を覗き込むと、急斜面に張り出した岩棚が見えた。厚みや大きさが不均等な岩棚が積み重なって階段状になっている。長い年月をかけて、雨や風の力で切り出された自然の階段だ。

（この階段を下りるということか？）

下りなければならない理由もわからなかったが、それ以上に謎なのは、ここに岩の階段があることを、なぜガブリエルが知っているのかだ。

「きみから先に行け」

「………」

躊躇《ためら》っていたら銃口を向けられ、「早く」とせっつかれた。どうやら下りるほかないようだ。

観念して、岩棚の段差をとんっ、とんっと飛び下り始める。リードから手を離されたが、崖の上でガブリエルが銃を向けているので逃げることはできない。

月明かりとフラッシュライトを頼りに、絶壁を五メートルほど下りたところで、「そこで待て」と命じられた。指示どおりに待っていると、ガブリエルが階段を下りてくる。

合流したガブリエルが、ふたたびリードの端の輪に手をくぐらせ、「こっちだ」と引っ張った。誘導に従い、岩肌に沿った道を滝に向かって歩く。次第に道らしき道がなくなり、どんどん滝が近づいてきて、ついには手を伸ばせば触れられそうな至近まで迫ってきた。

岩肌を滑り落ちる水の勢いがスコールみたいで、跳ね返る水しぶきに思わず顔を背ける。と、突然、ガブリエルが蓮の二の腕を摑んだ。腕を摑んだまま滝の〝なか〟に入っていく。

「え？　ちょっ……待っ……」

抗う間もなく蓮も引っ張り込まれた。

「うわっ……ぷっ……痛っ」

頭からバチバチと滝に打たれて悲鳴をあげる。さらに腕をぐいぐいと引っ張られ——気がつくと蓮はずぶ濡れの状態で、薄暗い空間に立ち尽くしていた。にわかには自分の置かれている状況が理解できず、呆然とつぶやく。

「ここ……？」

「滝の裏側にある洞穴《どうけつ》だ」

やはりずぶ濡れのガブリエルが、顔の水気を手のひらで拭《ぬぐ》って答えた。

「洞穴？」

反覆しながら、自分が立っている周辺をフラッシュライトで照らす。高さ三メートル、奥行き五メートル、幅十メートルほどの岩穴のようだ。

滝を裏側から眺めるという不思議な光景を前にした蓮は、頭に浮かんだ疑問を口にする。

「どうしてここを？」

「何年か前に隊《パーティ》を組んでブルシャを探しに来た時に、たまたま見つけたんだ。さっききみが『滝が近い』と言い出したので、存在を思い出した。朝まで身を隠す場所としては悪くないだろう。夜行性の猛獣もここまでは襲いに来ないはずだ」

「どこに隠れても、エルバは絶対に俺を見つけ出す」

ガブリエルの言う「夜行性の猛獣」に、エルバも含まれているのを感じて、蓮は反論した。強い口調になったのは、心の奥底に不安が燻《くすぶ》っているからだ。

ガブリエルの指摘どおり、さすがのエルバもここまでは追って来られないのではないか。

水流によって、においが掻き消されてしまうのではないか。

いや……そもそも、追ってくる前に、リカルドたちを倒さなければならないわけで……。

考えを巡らせていると、ガブリエルが「確かに、きみの〝弟〟ならできるかもしれないね」と肩をすくめた。

「まあ、生きていればだが」

低い声でつけ加えてから、手許のフラッシュライトを岩の窪《くぼ》みに置く。

「エルバは死んだりしない！」

「きみのライトはそこに置いて」

蓮の主張をスルーしたガブリエルが、自分がライトを設置した窪みとは対角線上にある、岩壁の窪みを指で示した。

あからさまに受け流されてむっとしたが、どのみち明かりは必要なので、指示された窪みにフラッシュライトを置く。二方向からの光に照らされ、洞穴内がぼんやり明るくなった。

「……濡れてしまったな」

暗視ゴーグルを外したガブリエルが、改めて自分の姿を確認してひとりごちる。滝を通り抜けたのは一瞬だったが、それでも頭と上半身はずぶ濡れだった。蓮も髪とカットソーからぽたぽたと雫《しずく》が滴り落ち、足元に水溜まりができている。

ガブリエルが背負っていたバックパックを下ろし、なかからタオルを取り出した。蓮に向かって差し出す。

「拭《ふ》きなさい」

「俺はあとでいい」

なるべく借りを作りたくないという思いから、蓮は申し出を辞退した。ガブリエルがふっと唇の端で笑い、「では遠慮なく」とタオルを使い出す。少し離れた場所に立ち、手持ち無沙汰にガブリエルが濡れた髪を拭く様を眺めていた蓮は、つと眉をひそめた。

ガブリエルの後頭部——左のバックサイドの地肌に、薄赤い痣《あざ》のようなものが見えたからだ。普段は髪に覆われている場所なので、いままで気がつかなかった。

「痣……？」

ガブリエルが手を止めて振り向く。蓮の視線を辿り、「ああ、これか」と腑《ふ》に落ちたふうにうなずいた。

「場所が場所だけに自分で見たことはないんだが……子供の頃、殴られた時の疵痕《きずあと》がまだ残っているんだ」

「殴られた？」

「警察官に警棒でね」

さらりと答えが返ってくる。

「スラムではごく普通のことだ」

ガブリエルはなんでもないことのように付け加えたが、蓮はショックを受けた。

（警察官に警棒で殴られた？）

鏑木から、ガブリエルの不幸な生い立ちや少年時代にストリートチルドレンだったことは聞かされていたし、以前ジンに、スラムでは警察官が小遣い稼ぎに子供を撃ち殺すような非道がまかり通っていることも聞いていた。

知識として知ってはいたけれど、実際に虐待の爪痕を見て気分が悪くなる。

無意識に顔をしかめていたら、ガブリエルがタオルを差し出してきた。

「私は拭き終わった。どうぞ」

渡されたタオルを受け取り、頭と体の水気を拭う。完全に拭き取れたわけではないが、気分的にはだいぶ違った。人心地がついた蓮は、ガブリエルにタオルを返すと、向き合った状態で、じりじりと後ずさる。

とはいえ首輪に繋がるリードの端を持たれているので、距離を取るにも限界があった。

蓮の警戒心をどう思っているのか。相変わらず感情を表に出さずに、ガブリエルはバックパックのサイドポケットからミネラルウォーターのペットボトルを取り出した。「水は?」と尋ねてくる。

「いらない」

「そう」

うなずいて、ペットボトルの水を半分ほど飲んでから、きゅっとキャップを捻った。ペットボトルを片手に、腰を落として背中を岩壁に預ける。バックパックを傍らに据え、銃を手の届く場所に置いた。

「きみも座りたまえ。朝まではまだずいぶん時間がある」

「…………」

鷹揚《おうよう》な促しに、首の後ろにちりっと痺れが走る。

(朝までなんて待っていられない!)

いますぐここを飛び出して、鏑木とエルバのもとへ駆けつけたいくらいなのに。

焦燥に苛立つ蓮とは裏腹に、ガブリエルはバックパックに片肘をつき、すっかりくつろぎモードだ。

その体勢でゴーゴーと流れ落ちる滝に視線を向けていたが、ぽつりとつぶやく。

「……子供の頃から、繰り返し同じ夢を見続けている」

さっきの痣の話の続きだろうか。ガブリエルが自分語りをするめずらしさに、興味を引かれた蓮は、

「夢?」と聞き返した。

「自分の背丈ほどに生い茂る草木や、頭上から垂れ下がる蔦《つた》を掻き分け、闇のように濃い緑のなかを進んでいくと、突然視界が開けて〝そこ〟が現れるんだ」

「そこ?」

「月の光が差し込み、蓮池の上でメタリックブルーの蝶が舞う、美しい場所……」

まるで、青い瞳にその光景が映り込んでいるかのように、うっとりとした声音が囁《ささや》く。

(蓮池の上で蝶が舞うって……ブルシャの生息地？)

驚いた蓮は、ガブリエルの横顔を凝視した。

ガブリエルは、子供の頃からブルシャの生息地の夢を見ていた？

そんなことってあるんだろうか。

(本当のことを言っているのか？)

真意の摑めない男を疑いの眼差しで見つめていた蓮は、やがて舞い降りてきた閃《ひらめ》きに、雷に打たれたがごとく身を震わせた。

さっき見た後頭部の疵痕——一瞬見ただけだが——蝶の形に似ていなかったか？

その疑惑を胸に、もう一度ガブリエルを見たが、すでに乾き始めた髪に覆われて、疵痕は確かめられなかった。

(……気のせい？　見間違い？)

それにガブリエルのアレは後天的なものだから、生まれつきの痣とは違う。

自分やアナの体にあるものとは成り立ちが異なる。

必死に否定しても、胸のざわめきは収まらない。トクトクと早鐘を刻む心臓の音を、滝の音より大きく感じる。

「夢のなかにたびたび現れるその場所は、周囲の状況から鑑《かんが》みて、ジャングルの奥地のように思えた。ジャングルになんか一度も行ったことがないのに、繰り返し夢に見るのは、きっとそこが自分にとって大切な場所だからだと思った」

遠い子供時代の記憶を振り返るような面持ちで、ガブリエルが言葉を継いだ。

「けれど美しい蝶が舞うあの場所は、目が覚めると消えてしまう。だからいつの日か、夢ではなく本当に、あの美しい場所に行きたい。この目で見てみたい。それが……悪夢のような日常を生き延びる唯一のモチベーションだった」

「その……夢に出てくる美しい場所が、さっきのブルシャの生息地だった……ということ？」

「ああ、そうだ」

蓮の確認に、ガブリエルが首肯する。滝を眺める端整な横顔は、長年の野望を達成した虚脱感に支配されているのか、どことなく放心しているようにも見えた。

(そうか。だからあの時……)

――ついに見つけた……。

――ついに……〝あの場所〟に辿り着いた。

まるで昔から見知っていたかのような物言いに違和感を覚えたけれど、実際にガブリエルは子供の頃から〝あの場所〟の夢を見ていたのだ。

(でもそれって、どういうことなんだ?)

頭が激しく混乱する。

シウヴァの直系にのみ現れる蝶の形の痣。蝶の形をしたブルシャ。幻の植物ブルシャと出会い、秘密を封じ込めたシウヴァの始祖。秘められたブルシャをモルフォ蝶の導きで探し当てた甲斐谷学《かいやまなぶ》。父の日記からヒントを得て、自分もふたたびブルシャの生息地に辿り着いた。

一方、幼少時からブルシャの生息地の夢を見続けたガブリエル。そのガブリエルはイネスに救われ、それをきっかけにシウヴァと関わりを持った。ソフィアの婚約者としてシウヴァに入り込み、念願だったブルシャの生息地を踏破し、シウヴァの末裔である自分と共に、いまここにいる。

そして、シウヴァの側近となることを運命づけられて生まれてきた鏑木と、シウヴァに恨みを持つリカルドの因縁。

ただの偶然で片付けてしまうには、符合が多すぎる気がした。

運命という言葉でしか説明がつかない巡り合わせの数々……。

ちりばめられた偶然を一本の糸で繋ぎ合わせると、一つの大きな輪になる？

自分、鏑木、ガブリエル、リカルド——いや、シウヴァとブルシャに関わるすべての人間が、運命の輪に囚われているのか。

「イネスと初めて出会った時、彼女の碧《みどり》の瞳を見て、夢に出てくる美しい場所を思い出した。エメラルドの碧とジャングルの緑がオーバーラップしたんだ」

シウヴァとブルシャを巡るミステリーについて思索に耽《ふけ》っていた蓮は、ガブリエルの口から出た母の名前に、ぴくっと反応する。

「子供の頃、イネスに命を救われたって……聞いた」

ガブリエルが振り返り、「誰に聞いたんだ？」と尋ねてきた。

「……鏑木に」

蓮の答えを聞いて、ガブリエルがふっと笑う。

「さすがヴィクトールだな。なにもかも調査済みというわけだ。私は過ぎたことを後悔しない主義だが、ただ一つの例外は、あの男の息の根を止めておかなかったことだ」

「………っ」

「シウヴァから追い払うだけでなく、この世から排除しておけばよかったと、のちのち後悔したよ。そうすれば、ここまで手こずらされることもなかったのにね」

自虐的な笑みを浮かべる男を、蓮は睨《にら》みつけた。

「……鏑木の実力を認めているってこと？」

ガブリエルが、肩をすくめる。

「違った形で出会っていたなら、私の右腕にスカウトしていただろうね」

「………」

蓮の目から見ても、鏑木とガブリエルは双璧に思えた。

ガブリエルの言葉に乗っかるわけではないが、本当はガブリエルがソフィアと結婚して、鏑木と一緒にシウヴァをもり立ててくれたら、これほど心強いタッグもなかった。

(今更言っても仕方がないことだとわかっているけれど)

蓮の心中を知ってか知らずか、ガブリエルが「話を戻そう」と仕切り直す。

「……そう、イネスは私にとって救世主であり、女神だった。肉親を筆頭にあらゆる人間に裏切られ続けた人生で、初めて出会った信頼できる相手だ」

いつもは本心をはぐらかす男が、赤裸々な心情を吐露したのに驚いた。思えば、さっきの鏑木の件もそうだ。

これまでのガブリエルは、その時々で巧みに仮面《ペルソナ》を使い分け、決して素の自分を見せなかった。

だけど現在《いま》、目の前にいるのは、仮面を外したガブリエル・リベイロ——いや、スラム育ちの孤児ジョゼ——そんな気がする。

「イネスが……好きだった？」

いまならば謎の素顔に迫れる気がして、蓮は問いかけた。ガブリエルは片眉を上げ、少し考えるような素振りを見せてから、「そうだな」と肯定する。

「彼女と釣り合う人間になりたいと願っていた。当時の私はあまりに無力で、不自由で、惨《みじ》めだったから、そのための力が欲しかった」

「それで、マフィアに？」

「それもヴィクトールから聞いたのか？　本当になんでも知っているんだな。……まあ、いい。私もきみたちについては相当詳しいから、おあいこだ」

ガブリエルが片頬を歪める。

「……ところが私が力を蓄えているあいだに、イネスは手が届かない場所に行ってしまった。そうして、そのまま帰ってこなかった。だがイネスは大いなる財宝を遺して逝った。それがきみだ。レン」

不意に名前を呼ばれ、蓮は肩を揺らした。

「数奇な運命の下に生まれた碧の王子――初めてきみと会った夜、きみはエルバと噴水で水遊びをしていた。その様子は何事にも囚われず、とても自由に見えた。あまりに楽しそうで、思わず声をかけた」

――きみはレンだね？

いつかのガブリエルの声が耳に還《かえ》る。

――知っている？　きみの瞳は感情が昂《たかぶ》ると碧に光るんだ。きみのマーイと同じ色にね。

「私の目には、きみがイネスの生まれ変わりに映った」

ガブリエルが「イネス」と発音する時、サファイアブルーの瞳が熱を帯びる。

「あの夜が事実上の初対面だが……私は、きみが自覚しているよりずっと長くきみを見てきた。遠くから、シウヴァときみを観察してきた」

それはたぶん本当だろう。シウヴァの中枢に深く入り込むために、じっくりと時間をかけて周到に準備してきたに違いない。

「きみがイネスの忘れ形見として、忽然《こつぜん》と姿を現した日の衝撃は忘れられない。ジャングルで生まれ育った野生児が、一夜にしてエストラニオ一の名家シウヴァの跡取りとなった。実にドラマティックだ。すぐに思ったよ。きみを手に入れる。いつか必ず自分のものにする、と」

いつになく熱っぽく語り出したガブリエルに戸惑いを覚えつつ、蓮は確認した。

「それは……イネスの身代わりとして？」

「正直に言えば、当時は単なる所有欲だった。いまの自分には『碧の宝石《エメラルド》』を所有できる力がある。自分にはその価値がある。それを証明したかった。トロフィーワイフのような意味合いできみが欲しかったんだ。だけど実際にきみと話をするようになり、きみという人間の本質に触れるにつれて、だんだんとそれだけでは済まなくなっていった」

「………」

「ジャングルで生まれ育ったきみは、野生動物のようにまっすぐで純真だった。無垢なきみを、ヴィクトールとロペスは大切に護《まも》り、育て上げ、きみは汚れを知らぬまま成長した。はじめは、そんなきみに苛立つことも多かった。対人関係に不器用で、人にも物事にも優劣をつけられず、押《お》し並《な》べて平等に取り組んでしまう。シウヴァの当主としては未熟だし、隙がありすぎる。おまけにあろうことか、男の側近に本気で恋をした」

「……っ」

いきなり鏑木の件を持ち出されて、息を呑む。

「報われない想いに身を焦《こ》がし、傷つき、悶《もだ》え苦しみ、心から血を流すきみは、人間らしく愚かで……とても魅力的だった。巨万の富や名誉よりもヴィクトールを選び、一途に彼を恋い慕うきみを見て、もっときみが欲しくなった」

「ガブリエル……」

「さっきの質問に答えよう。イネスの身代わりとしてじゃない。きみだから欲しいんだ」

青い目で蓮をまっすぐに見つめ、揺るぎない口調が断言した。

(これは……告白なのか？)

それすらもわからない。そもそも、どういう意味で自分が欲しいのかがわからない。

恋愛感情なのか。肥大化した所有欲なのか。イネスへの想いをこじらせた執着なのか。

なにもかもが不確かで、どんなリアクションを取っていいのかもわからず、体を硬直させていた蓮は、はっと気がついた。

「もしかして……あの夜、忍び込んできたのは……」

数ヶ月前、視力を失った自分の寝室に忍び込んできて、無理矢理に唇を奪った男。

そうではないかと疑っていたが、やっぱりあの男は。

「あんただったのか？」

ガブリエルは否定も肯定もしなかった。ただ黙って、仄暗《ほのぐら》い笑みを浮かべる。

「なのに、きみは、私のものにならない」

感情の窺《うかが》えない平淡な声を零したかと思うと、ゆらりと立ち上がった。その手が出し抜けにリードをぐっと引く。

「あっ……」

不意討ちで引っ張られ、蓮はバランスを崩した。そのまま強い力で手繰《たぐ》り寄《よ》せられて、気がつくとガブリエルの顔が至近に迫り——。

「イネスもきみも……本当に欲しいものは手に入らない……」

昏《くら》い眼差しで射貫《いぬ》かれれば、虫ピンで縫い止められた蝶みたいに身動きができなくなる。フリーズする蓮の首に、ガブリエルの手がゆっくりと伸びてきた。長い指が首輪のすぐ下に巻きつく。

「長年の夢が叶ったいま——きみと一緒に朽ち果てるのも悪くないかもしれないな」

吐息のような囁きが聞こえた直後、じわじわと首に圧をかけられた。

「イネスが果てた、このジャングルの奥地で……」

「……く、……っ」

これまでも何度かリカルドに首輪で喉を圧迫されたが、直接手で絞められるのとはまるで違った。親指で気道を塞がれる苦しさと、残りの指が首に食い込む痛みが同時に襲いかかってくる。

息苦しさと痛みから逃れたい一心で、蓮はガブリエルの手首を掴み、引き剝がそうと試みた。渾身《こんしん》の力で引っ張り、爪を立てて掻きむしったが、首に絡みつく手はまったく怯《ひる》まない。

「っ……っ」

紗《しゃ》がかかったように目の前が徐々に暗くなる。

遠ざかる意識のなか、眼裏《まなうら》に浮かび上がるのは鏑木の顔。

(ごめん……鏑木……ごめん……)

大好きな恋人に謝りながら、蓮はガブリエルの手首からのろのろと手を離した。

「……どうした?」

抵抗をやめて虚脱した蓮に、ガブリエルが訝《いぶか》しげに問いかける。

「まだ意識を失うほどじゃないはずだ。そこはちゃんと加減している」

答えられずにいると、首に絡みついている指が力を弱めた。圧迫が消えて、呼吸が楽になる。

「ごほっ……ごほっ」

急激に取り込まれた酸素に咽《む》せた蓮は、上目遣いにガブリエルを見た。青い目が冷ややかに見下ろしてくる。

「なぜ抵抗をやめた？」

すぐには答えられなかった。自分でもよくわからなかったからだ。

こんがらがった思考から、なんとか糸口を摑み、答えらしきものを引っ張り出す。

「あんたは目的のためなら平気で人を利用するし、欺く。時には殺人も厭《いと》わない、残虐で冷酷な男だ。なのに……なんでなのかはわからないけれど……俺はあんたを憎めない」

そうだ。

恐ろしいと思ったことは何度もある。けれど、憎んだことは一度もなかった。

虚を衝《つ》かれたように、ガブリエルが目を見開いた。

「俺は……両親の顔も覚えていないけど、養父母や兄のアンドレにたくさん愛してもらった。ジャングルを離れたあとも、鏑木やロペス、エルバが側にいた。いまはソフィアやアナ、ジンもいる。でもあんたには誰もいなかった。ただ一人、救いの手を差し伸べてくれたイネスも遠くに行ってしまった……」

「それで同情を？」

ガブリエルが見開いていた目をじわじわと細める。

「同情で殺されてもいいと思ったのか？」

厳しい声で追及されたが、蓮は首を横に振った。

「同情とかじゃない」

殺されてもいいと思ったわけでもない。ただ——。

「お祖父《じい》さん、ソフィアとアナ、ルシアナ――あんたの彼らへの仕打ちを思えば、こんなふうに思っちゃいけないとわかっている。だけど、あんたが欲しいと思ったものをがむしゃらに追い求める気持ちが……俺にもわかる」

世間一般に許容されないとわかっていても、広範囲にデメリットを及ぼすとわかっていても、鏑木を求め、愛することをどうしてもやめられない自分。

ブルシャを探すにあたって、おのれの推理の正しさを証明したいエゴを飼い慣らせなかった自分。

もう一度ブルシャの生息地を見たいという欲望を抑えられなかった自分。

どの自分も、紛れもなく自分だ。

人間は正しいばかりの存在じゃない。

自分以外の他者を愛して思いやることができる半面、他者に対する嫉妬や独占欲、虚栄心など、エゴイスティックで醜い感情も併せ持っている。

「前に……ルシアナが言っていた。純真《イノセント》じゃない、高潔な人間じゃない自分を、あんたは認めて愛してくれたって。それによって彼女は長年の重圧から解放された。外からは一点の曇りもなく純白に見えたルシアナのなかにも、あんたと共鳴する感情があったんだ」

ルシアナだけじゃない。きっと誰のなかにも、ガブリエルはいる。

ガブリエルは、一歩間違えばそうなっていたかもしれない――もう一人の自分。

だから憎めない。完全に否定することはできない。

そのことを、ガブリエルと密接に過ごしたこの数日間で自覚した。

「俺のなかにも……あんたがいる」

ガブリエルが、小さく息を呑む。

「なるほど……」

やがて、なにかを合点したようにうなずいた。

「そして……私のなかにもきみがいた……というわけか」

続く言葉は地を這うかのごとく低く、かすかで——はっきりと聞き取れなかった蓮は、聞き返そうとしてやめた。ガブリエルが思考の海に深く沈んだのが、その表情から読み取れたからだ。

「…………」

それきりガブリエルが黙り込んでしまったので、洞穴に沈黙が横たわる。聞こえてくるのは、絶え間なく滝が流れ落ちる音だけだ。

ガブリエルは岩壁に凭《もた》れかかり、水の落下を見つめて動かない。激昂《げっこう》から一転、クールダウンして物静かになった男から、蓮はじりじりと離れた。できる限り距離を取り、岩壁を背中にしてしゃがみ込む。

いっときは蓮を道連れにして朽ち果てるなどと口走っていたが、ガブリエルの破滅衝動はいったん鎮火したようだ。

本当にこのままここで朝を迎えるのか？

鏑木とリカルドはどうなったんだろう。エルバは？

確かめたい。ここから出て、彼らのもとへ駆けつけたい。

首の後ろがちりちりと灼《や》けつく。尻がむずむずと落ち着かない。

時が過ぎるにつれて大きくなっていく焦燥感と、いますぐここを飛び出したい欲求をかろうじて押さえつけ、ガブリエルの動向を見守っていた蓮は、遠くから聞こえてきた〝声〟にぴくりと反応した。

（……声？）

いま誰かの声が聞こえた？

全神経を聴覚に集中し、耳を澄ます。

滝の音に紛れて遠い声が聞こえた。

「れーん！」

「………っ」

一瞬、空耳かと思った。だが、呼びかけは途切れることなく続く。

「蓮！　どこだ!?　返事をしろ！」

「グォオオオ……」

もはや間違いなかった。空耳なんかじゃない。鏑木の呼び声とエルバの咆吼だ。

（生きている……！）

鏑木もエルバも生きていてくれた！

生きて、助けに来てくれた！

喜びと安堵がどっと押し寄せてくる。歓喜に背中を押されるように立ち上がった蓮は、岩壁伝いに移動して、滝と岩のわずかな隙間に顔を寄せた。

「鏑木！　エルバ！」

俺はここだ！　そう叫ぼうとした瞬間、後頭部に硬い感触を押しつけられる。

「黙って。それ以上は駄目だ」

目の端で窺うと、いつの間にかガブリエルが背後に立っていた。その手には銃が握られている。

「きみの〝弟〟の嗅覚《きゅうかく》はたいしたものだね」

あまり気乗りしない声音でエルバを褒《ほ》め称《たた》えてから、男は淡々と状況を推察して聞かせた。

「どうやら、リカルドとヴィクトールの因縁の対決に勝敗がついたようだ」

XII

ガブリエルたち一行のテントが張られていた砂州《プラヤ》から、彼らを追って森に分け入った鏑木《かぶらぎ》とミゲル、エンゾは、蓮《れん》のにおいの痕跡を辿るエルバを先頭に狭隘《きょうあい》な獣道を急いだ。

フラッシュライトが照らし出す先で、エルバは時折足を止め、残り香を確かめるような素振りを見せた。藪《やぶ》に鼻先を突っ込んでクンクンにおいを嗅《か》ぎ、空を見上げて髭《ひげ》をぴくぴく動かしていたかと思うと、ふたたび走り出す。

鏑木たちのために、あえて立ち止まることもあった。後ろを振り返って後続が追いつくのを待ち、追いついたのを確認しては前を向いて駆け出す——という動作を繰り返す。そもそも、ブラックジャガーの本気のスピードに人間が追いつけるわけがないので、これでもかなりペースダウンしているのだろう。全速力で森を駆け抜けたいのを、自分たちのためにセーブしてくれている。

とはいえ、人間にとっては、トライアスロンに匹敵するほどのハードな追走だ。

満月ではあったが、夜間の視野は日中に比べて圧倒的に狭い。しかも足元は不安定な獣道。整備された道の倍はエネルギーを消耗する。なおのこと各自の装備もある。

五分も経たずに息が上がり、頭のてっぺんから足の裏まで汗だくになった。一番重い荷物を背負っているエンゾは自身のウェイトも相まって、とりわけ苦戦している。

それでも誰一人弱音を吐かず、黙々と走り続けた。

エルバについていけば、いつか必ず蓮に辿り着くという希望が、一同の背中を後押ししていた。

（……蓮）

カーニバルの夜に忽然《こつぜん》と姿を消してから、その消息を追い求め続けてきた。

事件か、事故か、あるいは失踪《しっそう》か。

安否を含め、消えた理由すらもわからないジレンマは、塗炭《とたん》の苦しみを鏑木にもたらした。まさしく泥に塗《まみ》れ、火に焼かれるような苦しみだ。

その後、『パラチオ　デ　シウヴァ』の翁《おう》の部屋に仕掛けてあった定点カメラの映像によって、蓮の消息不明が事件であることがわかった。同時に拉致監禁事件の黒幕がガブリエルであったこと、思わぬ伏兵としてリカルドの存在も明らかになり、さらに彼らの目的と行き先が判明した。

目的はブルシャ。行き先はジャングル。

蓮を救い出すためにジャングルに飛んだ鏑木たち後続部隊は、満月の夜にカヌアで遡上《そじょう》し、マンチカンの巨木が目印の砂州《プラヤ》にて、ガブリエルたち先行部隊のテントとカヌアを発見した。焚《た》き火《び》の炭はまだ熱を持っており、燻《くすぶ》る熾火《おきび》は、先行部隊が森に入ってからそう時間が経っていないことを物語っていた。

蓮の残り香を嗅ぎ取ったエルバが駆け出し、そのあとを追って森を走ること、約三十分。

ここまでの道筋は、獣道のわりに大きな障害物がなく、比較的スムーズだった。先行するリカルドの部隊が邪魔な蔓《つる》や枝葉を排除してくれたおかげだろう。それはとりもなおさず、いま行く道を彼らが使用した証《あかし》だ。

このルートで間違いない。確実に蓮に近づいている。そんな予感があった。

やっと背中が見えてきた。あと少し。もう少しで追いつく。

(待っていてくれ、蓮)

いまに追いつく。おまえをやつらから取り戻す。必ず助け出す。

額から流れ落ちる汗を手の甲で拭《ぬぐ》い、疲労を訴える脹《ふく》ら脛《はぎ》とギシギシ軋《きし》む関節にもう一踏ん張りだと発破をかけ、みずからを奮い立たせた——その時。

先陣を切っていたエルバが突然「グゥウ……」と唸《うな》り声《ごえ》をあげた。

「エルバ?」

足を止めてフラッシュライトを向ける。エルバはしばらく興奮気味に周辺をうろつき回っていたが、不意に口を大きく開けて「…………グォ……ォ——ッ」と吠《ほ》えた。

闇を切り裂くブラックジャガーの咆吼《ほうこう》に、頭上の鳥が慌ただしくバタバタと飛び立ち、サルがキーキーと騒ぎ立てる。

「少佐、どうしたんですか?」

「しっ」

ミゲルの問いかけを遮り、鏑木はエルバの動きを注視した。

エルバがフーフーと荒い息を吐き、長い尻尾《しっぽ》で枯れ葉の積もった地面をぱしっ、ぱしっと叩く。二つの黄色い眼は、獲物を前にした肉食獣さながら、爛々《らんらん》と輝いていた。明らかに先程までとは違うエルバの様子に、鏑木の鼓動も速まる。

どうやら蓮を〝見つけた〟らしい。ここまではにおいの痕跡を追ってきたが、ついにターゲットを射程距離内に捕らえたということだろう。

「……グォ……オォ――ッ」

ふたたび満月に向かって咆吼をあげたエルバが、ダッと駆け出す。

「追うぞ！」

叫んで鏑木も走り出した。さっきよりもエルバが速い。興奮して後続の存在を忘れてしまったようだ。鏑木も懸命にスピードを上げたが、ほどなく見失ってしまう。もはや目で姿を追うことは叶わず、ガサガサと叢《くさむら》が揺れる音を追いかけたが、その音も途絶えた。

（しまった！）

音も聞こえないほど引き離されたか。

完全に見失う前になんとかしなければと焦る。エルバを呼ぼうとして開いた口を、鏑木は声を発することなく閉じる。

左手前方から「グゥウウ……」という唸り声が届いたからだ。

「少佐」

「あっちだ！」

追いついたミゲルとエンゾに方角を示し、エルバが唸り声を発したポイントに向かって走る。だが、向かっている先から聞こえてきた「ジャガーだ！」という叫び声に急ブレーキをかけた。

「ブラックジャガーが出たぞ！」

恐怖と衝撃があらわな、聞き慣れぬ男の声。

「グォオオオ……」

呼応するような、エルバの威嚇《いかく》の咆吼。

衝突現場と思《おぼ》しき場所に、足音を忍ばせて近づいた鏑木は、自分の背丈ほどある葉の陰から状況を窺《うかが》った。

歯を剝いて唸るエルバと、ミリタリールックに身を包んだ男たちが対峙《たいじ》している。ライフルや拳銃で武装した男たちは全部で四人。そのうちの一人は、鏑木のよく知っている男だった。

撫でつけた黒髪に浅黒い肌、太い眉、紫の瞳、肉感的な唇。

(リカルド！)

「……くそ野郎が……」

背後でミゲルが低く吐き捨て、エンゾも鼻息を荒くする。いずれも、自分たちをいびり倒した元上官の顔をひさしぶりに目の当《ま》たり《あ》にし、当時の悪夢が蘇ったようだ。

鏑木はジェスチャーで二人に、〝銃を抜け〟と指示を与える。

首肯したミゲルとエンゾが、各自のホルスターから拳銃を引き抜いた。

「撃て！　黒い獣を撃ち殺せ！」

リカルドが部下に命じる。リーダーの命令を受け、あわててライフルを構えた一人の軍人に、エルバが飛びかかった。ライフルを前肢で弾き飛ばし、そのまま襲いかかる。

「うわぁあっ」

エルバにのし掛かられ、仰向けに押し倒された男の絶叫が森に響き渡った。いかに軍人としての教育を十二分に受けていたとしても、猛獣に押し倒されるのは初めての経験だろう。「グアーッ」と赤い口を開けて牙を剝かれた男が、恐怖に顔を歪め、「ひーっ」と悲鳴をあげた。

「た、……助けてくれーっ」

その悲鳴ではっと我に返った二人の軍人がライフルを構える。エルバに向けて銃口を定めた二人の肩と肘を、ミゲルとエンゾがそれぞれパンッ、パンッと撃ち抜いた。

「うあっ」

「ぎゃっ」

撃たれた男たちがライフルを手放す。

「いまだ！」

鏑木の号令で、ミゲルとエンゾが叢から飛び出した。すぐに鏑木も続く。

軍人の一人は肩から血を流してへたり込み、もう一人は撃たれた肘を反対側の手で庇って立ちすくんでいたが、突然現れた三人を見て反射的に応戦の構えを取った。

しかし構えた甲斐もなく、肩を撃たれた男は、怒濤《どとう》のごとく突っ込んできたエンゾにエルボーを食らって吹っ飛ぶ。もう一人の男もミゲルと殴り合いになったが、片方の手しか使えないので明らかに劣勢だ。

三人目の、エルバに鋭い爪で喉と胸を押さえつけられた男は、完全に戦意を喪失していた。

「くそっ」

形勢不利と見てとるやいなや、リーダーのリカルドは部下を置き去りにして逃走する。

「待て！」

森に逃げ込む背中に叫ぶと、鏑木は追走の邪魔になるバックパックのショルダーを肩から外した。装備を投げ捨てて身軽になるなり、茂みを掻き分け、逃げるリカルドのあとを追う。

五十メートルほど追走して追いつき、右肩をむんずと摑んだ。ちっと舌を打ち、リカルドが肘鉄を繰り出してくる。その攻撃を躱《かわ》して、逆に男の脚を薙《な》ぎ払《はら》った。足をすくわれたリカルドがバランスを崩して前のめりに倒れる。スライディングして倒れ込んだリカルドの前方に回り込み、鏑木は胸倉を摑んだ。

「蓮はどこだ？」

低音の問いかけに、リカルドが唇の片端を上げる。

質問には答えず、不遜な笑みを浮かべる男を、鏑木はさらに吊り上げた。

「蓮はどこだ？」

凄むように繰り返すと、リカルドは「さあな」としらばっくれる。

（……ガブリエルと一緒か？）

エルバの咆吼を聞いて、自分たちが追ってきたことを知り、二手に分かれたのか。リカルドと三人の部下は自分たちを迎え撃つために引き返し、ガブリエルは蓮を連れてどこかに身を隠したのかもしれない。

鏑木はリカルドの体を揺すった。

「言え！　蓮はどこにいる!!」

前後に揺さぶって恫喝《どうかつ》しても、リカルドは下卑た笑いを引っ込めなかった。それどころか、にやにやと笑いながら、とんでもない発言を口にする。

「シウヴァのプリンスならもう死んだ」

「なんだと？」

衝撃に、揺さぶっていた腕の動きが止まった。

「俺が息の根を止めてやった」

嘯《うそぶ》く男を、鏑木は睨《にら》みつける。

「……嘘をつけ」

そんなはずがない。蓮はブルシャ生息地への案内人だ。人質としても、その身柄は重要。

簡単に殺すはずがない。

そう自分に言い聞かせる鏑木に揺さぶりをかける魂胆か、リカルドが「嘘じゃない」とつぶやく。

「俺はずっとチャンスを狙っていた。俺の父親はグスタヴォに追い詰められて自死した。シウヴァに殺されたんだ。俺は復讐《ふくしゅう》を誓い、時が満ちるのを待っていた。長くかかったが、ついにチャンスが訪れ、グスタヴォの心臓に鉛玉を撃ち込むことができた」

「……やはりおまえが襲撃犯だったのか」

リカルドの告白に、鏑木は喉の奥からしゃがれた声を押し出した。

翁を襲撃して死に至らしめた犯人は、推測どおり、リカルドだった。

これまで動機が不明だったが、いまの話から、父親の自死を翁のせいだと逆恨みした上での復讐劇であったことがわかった。

「二発だ。二発撃ち込んでやった」

自慢げにリカルドが言い添える。

「だがグスタヴォが死んでも、まだガキが二人残っている。シウヴァ一族を根絶やしにするのが俺の使命だ」

「それで……蓮を？」

確かめる声が無意識に掠《かす》れる。

にわかには信じ難い。そんなわけがない。蓮がもう生きていないなんて……。

懸命に否定する側から、脳裏に定点カメラの映像がフラッシュバックする。

リカルドが蓮に銃を突きつけ、突き飛ばしている映像だ。

……やりかねない。この男ならやりかねない。翁のみならず、オスカーのことも死に追い込んだ、根っからのサディストだ。

血の気が引いた一瞬後、硬い感触が胸に当たる。

「………っ」

目の前の浅黒い顔から視線を下げて、自分の心臓に押しつけられた拳銃を認めた。

(くそ……やられた)

眉間《みけん》に深い筋を刻み、ぐっと奥歯を噛み締める。

蓮を失ったかもしれないという衝撃に放心して、リカルドにレッグホルスターから銃を抜く隙を与えてしまった。

「おまえがここまで動揺するとは……よほどあのガキが大切らしいな、ヴィクトール」

唇を歪めて当てこすったリカルドが、「立て」と命じる。不承不承リカルドのシャツから手を離し、鏑木は立ち上がった。

「両手を挙げて後ろを向け」

命令に従い、両手を挙げて回転する。

「親衛隊時代、この俺がせっかく目をかけてやったのに、おまえは副官の誘いを拒んだ」

背後に立ったリカルドが、憎々しげに吐き捨てた。

「いまからその選択を後悔させてやる」

不穏な低音が耳に吹き込まれた直後、ガツッと後頭部に衝撃を受ける。拳銃で殴られたのだと気づくのと、膝が折れるのはほぼ同時だった。地面に両手をつき、四つん這いになった鏑木の背後で、リカルドがハハハッと高笑いする。

「ざまあみろ！　後悔に塗れて死ね！」

唾棄した男が銃を構える気配を察して、鏑木は四つん這いのまま、後ろ足でリカルドを蹴りつけた。

「うおっ」

不意を衝かれた男がよろめく。体勢を立て直す前に素早く体を反転させ、脚にタックルして引き倒した。どしんっと大きな音を立ててリカルドが地面に倒れ、反動で拳銃が手から弾き飛ぶ。鏑木はすかさず倒れたリカルドに馬乗りになり、左頬を殴りつけた。手応《てごた》えを感じたが、殴られたリカルドはさほどダメージを受けていないようだ。不快そうに顔を歪め、ぺっと血を吐くと、物足りないぞと言いたげに「ふん」と鼻を鳴らす。直後、いきなり下から頭突きをかましてきた。額と額がぶつかって眼裏《まなうら》で火花が散る。鏑木がくらっとした一瞬の隙を逃さず、先程のお返しとばかりにアッパーカットを決められた。

「く、あっ……」

仰《の》け反《ぞ》った鏑木を乱暴に押しのけ、リカルドが起き上がる。頭を振って、鏑木も立ち上がった。距離を取って睨み合い、どちらからともなくファイティングポーズを取る。

「うおおぉっ！」

怒声を張り上げてリカルドが殴りかかってきた。腕のガードとスウェーで攻撃を防ぎつつ、鏑木も拳《こぶし》を繰り出す。

そこからは激しい殴り合いが続いた。互いに一歩も引かず、パンチと蹴りの応酬となる。ヘビー級同士の重いパンチに、顔や首の皮膚が切れ、二人分の血がぴっ、ぴっと飛ぶ。

「はっ」

「ふっ」

「はぁっ！」

しばらくは互角だったが、徐々にリカルドが押され気味になり、じりじりと後退し始めた。ついには、すぐ後ろに樹木を背負い、もう一歩も下がれないポジションまで追い詰められたリカルドが、側にあった木の枝を摑んで折る。長さが一メートル五十センチほど、根元の直径は三センチ余りで、先に行くほど細くなっている枝だ。

その枝を剣に見立て、ひゅんひゅんと振り回して反撃してきた。

鏑木は左右の体重移動で攻撃を避《よ》けたが、フェンシングの心得のあるリカルドの突きは的確だった。躱《かわ》しきれず、肩口に一撃を食らう。

「くっ……」

鋭い痛みが走り、足がよろめいた。立て続けに胸を二カ所突かれ、体のバランスを崩したところを狙い澄ましたかのように、枝のごつごつした硬い部分でビシッと打たれた。

「ぐ……うっ」

腹を力いっぱい打たれ、息が止まった。続けて両肩にバシッ、バシッと枝の鞭《むち》を打ち込まれる。シャツが破れて血が噴き出した。だらりと両手を下げ、体を二つに折る。

その様子を見てか、とどめを刺すために、リカルドが踏み込んできた。

「はあっ」

頭上でぶんっと風が唸る。

「……………っ」

とっさに体を斜めにして、脳天直撃をなんとか避けた。

振りかぶった勢いでたたらを踏んだリカルドが、数歩で踏みとどまり、くるりと反転する。

枝を握った両手を振り上げ、鬼の形相で突進してきた。

「死ねっ！」

振り下ろされた枝をスウェーでギリギリ躱すと、ガードが空いていたリカルドの腹部に拳を叩き込む。

「うっ……」

リカルドが息を止めてフリーズした。半身ごと右腕を大きく後ろに引いた鏑木は、反動を使って、みぞおちに渾身の一撃を打ち込んだ。

「ぐ、はっ……」

リカルドは勢いよく後ろに吹っ飛び、そのまま樹木に激突した。

「ぐあぁぁあ……！」

断末魔の叫びが空気を切り裂く。

鏑木が駆け寄ると、リカルドはカッと目を見開き、全身をぴくぴく痙攣《けいれん》させていた。みぞおちのあたりから、血塗れの枝の先端がぬっと突き出ている。どうやら樹木に衝突した際に尖《とが》った枝が貫通し、串刺しになったようだ。もしかしたら、さっきみずからの手で折った枝の根元かもしれない。

やがて半開きの口からごふっと血の泡が溢れ、口の端から滴り落ちた。

「………」

男の特徴であった紫の目が徐々に精気を失っていき、濁ったガラス玉のようになにも映さなくなったのを見届けてから、鏑木は静かに踵《きびす》を返す。

図らずも、かつて上司であったオスカーとグスタヴォ翁の仇《かたき》を討つ結果となったが、心は少しも晴れなかった。

たとえ相手がどれほど卑劣な罪人であっても、こちらが正当防衛であろうとも、一人の人間の生を終わらせるのが重たい行為であることに変わりはない。

だが、いつまでもリカルドの死に囚われている場合ではなかった。

頭を切り換えて、蓮を捜さなければ。

リカルドの悪意に満ちた言葉に一瞬惑わされたが、いまは蓮が生きていると信じている。

もし、蓮の命が尽きているならば、自分はなにかを感じるはずだ。

潰《つい》えたその瞬間に、なにかを感じたはずだ。

自分たちは、運命の輪で繋がっているのだから――。

感じなかったからには、蓮はいまも生きている。

自分に強く言い聞かせながら、来た道を急いで引き返し、仲間の元に戻った。

「少佐！」

鏑木を目敏く見つけて駆け寄ってきたミゲルの目許は、赤く腫《は》れ上《あ》がり、口の端が切れている。

自分同様あちこち負傷した鏑木を見て、ミゲルは顔を曇らせたが、大事に至る傷はないと判断したようだ。ほっと表情を緩める。

「ご無事でよかったです。リカルドは？」

「……死んだ」

鏑木の返答に瞠目《どうもく》したミゲルが、少ししてからふっと息を吐き、「ついに天罰が下りましたね」と低い声で言った。

「……そっちは？」

「こちらも決着がつきました」

ミゲルが視線で示した場所には、三人の男たちが手足を縛られ、転がされている。

鏑木がこの場を離れた時点では、彼らが圧倒的に不利に思えたが、さすがは親衛隊の精鋭だけあって、その後は互角に戦ったらしい。激闘を物語るように満身創痍《まんしんそうい》の男たちを、エンゾが仁王立ちで見張っている。

もう一人——いや一頭の戦士の姿が見当たらなかったので、鏑木は声に出してその名を呼んだ。

「エルバ！」

「グォルルル……」

叢から返事があり、草を割って黒い流線型のシルエットが現れる。動きを見る限り、怪我《けが》などはしていないようだ。

エルバの傍《かたわ》らにしゃがみ込んだ鏑木は、黄色く光る眼を見つめて話しかけた。

「エルバ、おまえだけが頼りなんだ。蓮を捜してくれ。蓮はガブリエルと一緒にいるはずだ。においを辿れるか？」

エルバが長い尾をぱしんっと地面に叩きつける。しばらく周辺をクンクン嗅ぎ回っていたエルバの二つの耳と髭が、ある場所でぴくぴくと蠢《うごめ》いた。鏑木のほうを見て、「グォウ」と唸る。

「においの尻尾を捕らえたようだ」

リカルド追走の際に投げ捨てたバックパックを担ぎ直し、「行こう」と移動を促す鏑木に、ミゲルが「あいつらはどうします？」と尋ねた。

「手足を縛られた状態で逃げ出すことは不可能だろう。ひとまずここに置いていき、のちほど回収する」

「了解です」

ミゲルが合図を送り、エンゾが男たちを置いて駆け戻ってくる。三人が揃うのを待ち構えていたかのように、エルバが走り出した。

ふたたび、耐久マラソンが始まる。闘いの疲れを微塵《みじん》も感じさせないエルバの走りに、三人で懸命に食らいついた。

（………ん？）

ほどなくして異変に気がつく。いつからか地面が傾斜して、なだらかな坂道になっていた。

さらにフクロウの鳴き声に紛れ、水音が聞こえてくる。

かすかに聞こえる水音には覚えがあった。

（あの時と同じだ……）

そう思った次の瞬間、先頭のエルバが突如「グォオッ」と興奮した吠え声をあげ、それをきっかけにしてスピードが上がる。置いて行かれないよう、伸び放題の草を掻き分け、必死に追った。進むにつれて、ザーザーという水の音が大きくなってくる。その音がいつしかゴーゴーという爆音に変わった。

エルバを夢中で追いかけていた鏑木たち一行は、彼が急ブレーキをかけるのに合わせて足を止める。頭上を覆っていた樹冠がそこで途切れ、一気に視界が開けた。

「滝だ！」

ミゲルが叫ぶ。

すごい速さで水が流れ落ちる大きな滝だ。

地面が途切れている数メートル先まで行って滝を見ると、急峻な落下を滝壺が受け止め、水が渦を巻いていた。そこでいったん勢いを緩めた水は、一筋の川となって、鏑木たちが立つ断崖絶壁の下を流れていく。

「ここって、前に一度レン様と来た場所ですよね」

ミゲルが確認してくる。

「ああ、そうだ」

前回ブルシャを探索した際に、蓮が水の音を聞きつけ、音を辿ってこの滝に出た。あの時は、結局ブルシャの生息地に辿り着けず、蓮はいたく意気消沈してしたが——。

「グルゥウウ……」

水場に差し掛かって蓮のにおいが消えてしまったらしく、エルバは崖の手前をうろうろしている。落ち着きなく動き回るエルバを、鏑木は焦燥を帯びた眼差しで見つめた。

もしも、蓮とガブリエルがなんらかの手段を使って川を下ったのならば、エルバの嗅覚に頼ったこれ以上の捜索は難しいだろう。

(ここで……行き止まりか?)

不穏な予感に鼓動が乱れる。鏑木はきつく拳を握り締めた。

(エルバ、頼む！　手がかりを見つけてくれ！)

鏑木の懇願が届いたのかもしれない。根気強く周辺を嗅ぎ回っていたエルバが、くるりと方向転換した。確信を得たように走り出す。

「追うぞ！」

絶壁沿いを走り出したエルバを、鏑木たちも追った。

　そのエルバが不意に止まった――かと思うと、たんっと崖からジャンプする。

「エルバ⁉」

　鏑木はあわてて、エルバが消えた崖の下にフラッシュライトを向けた。ライトの明かりに階段状の岩棚が浮かび上がる。段差のある岩棚を、黒い影がぴょんぴょんと飛び下りていくのが見えた。

「俺たちも下りよう」

「はい」

　月明かりとフラッシュライトを頼りに、三人で順番に岩棚の階段を下りた。鏑木たちを待っていたエルバが、滝に向かって駆け出す。走りながら「グォッ、グォッ」と咆吼をあげた。鏑木も「れーん！」と声を張る。

　エルバの様子からしても、きっとこの近くにいるはずだ。

「蓮！　どこだ⁉　返事をしろ！」

「グォオオオ……」

　エルバも呼応して吠える。

　交互に声を出しつつ、滝に迫った。

「鏑木！　エルバ！」

　どこかから、蓮の声が聞こえたような気がして足を止める。耳を澄ましたが、聞こえるのは水が滝壺に流れ落ちる音だけだ。

（空耳か？）

いや、確かに蓮の声だった。自分とエルバを呼んでいた。聞き間違えるはずがない。

だが、視界に映るのは滝だけだ。

エルバが足を止めた。どうやら蓮のにおいを見失ったらしい。

「………」

鏑木は、ザーザーと音を立てて流れ落ちる水を睨《ね》めつけた。どんな小さなヒントも逃すまいと、五感を極限まで研ぎ澄ませて滝を睨みつけているうちに、脳裏にとある可能性が閃《ひらめ》く。

滝の……奥か？

滝の裏側に、たとえば洞穴《どうけつ》のような、身を隠せる空間がある可能性は？

（……ゼロじゃない）

そこに、ガブリエルと蓮が身を潜めているのだとしたら……？

導き出した推論の正誤を確かめるために、鏑木は滝に向かって歩き出した。

「少佐？」

ミゲルが後方から訝《いぶか》しげな声で呼ぶ。

「そっちは滝ですよ？」

呼びかけにも足を止めず、さらに歩を進めた時だった。

まさに〝滝のなか〟から、二つの人影が現れる。長身と細身のシルエット。長身の男の濡れ髪が、月の光を浴びて煌《きら》めいた。

（ガブリエル！）

もう一人は、シルエットで蓮だとわかった。

後ろに立ったガブリエルが、蓮のこめかみに銃を押し当てている。蓮の首には首輪が嵌《は》まっており、首輪から下がるリードの端は、ガブリエルのもう片方の手に握られていた。

鏑木と目が合った瞬間、蓮がくしゃっと顔を歪める。黒い瞳がみるみる潤み、唇はわななき、いまにも泣き出しそうだ。

（……蓮！）

この数日間、夜を日に継いで捜し続けてきた恋人。夢にまで見た再会。

恋人の無事を、ようやく自分の目で確認することができた感慨に、鏑木の胸も熱く震えた。

生きていてくれた。この距離から目視でわかる範囲に限って、大きな怪我《けが》もない。

生きて……無事だ。

（よかった……！）

生存を信じていたが、それでも、膝から崩れ落ちそうな安堵に包まれる。

いや、しかし……まだだ。まだまだ、この手で蓮を抱き締めるまでは楽観できない。

むしろ、勝負はここからだ。

腹筋にぐっと力を入れて気を引き締め直した鏑木は、蓮の目をまっすぐ見つめ、安心させるようにうなずきかけてから、〝必ず助けるからな〟と視線で伝えた。

一方の蓮も、食い入るような眼差しで鏑木を見つめていたが、ついに我慢できなくなったのか、感情を爆発させて「鏑木！」と叫ぶ。

「蓮！」

反射的に駆け寄ろうとすると、「動くな！」と鋭い声で制された。

「動けば、きみの大事な王子様の命はないよ」

ガブリエルの脅し文句に、くっと眉間に縦筋を刻み、一歩踏み出していた足をもとの位置に戻す。

ミゲルとエンゾを背後に従え、エルバを足元に配した鏑木は、ガブリエルの白い貌《かお》を揺るぎなく見据えた。

「俺にはおまえが蓮を殺せるとは思えない」

「さあ、それはどうだろう。どうせ自分のものにならないのなら、この手で命を絶つのも一興だ」

口調は軽いが、顔は笑っていない。目も据わっている。

男特有の余裕が感じられない。

(本気だ)

初めて見るようなガブリエルを前にして、そう感じた。それだけ追い詰められているのだ。

「グゥウウ……」

足元から唸り声が聞こえる。牙を剝いてガブリエルへの敵意を剝き出しにするエルバに、鏑木は「エルバ、しばらく静かにしていてくれ」と頼んだ。

「ヘタに動くと蓮が危ない。ここは俺に任せて欲しい」

エルバが静かになるのを待ち、「ガブリエル」と呼びかける。

「リカルドは死んだ」

「…………」

〝仲間〟の死を知らされても、ガブリエルはまるで反応しなかった。眉一つ動かさない。言われる前からリカルドの死を予見していたかのように、無表情のままだ。

「リカルドの部下三名も拘束済みだ。残ったのはおまえ一人。対して、こちらは三人とエルバ。おまえに勝ち目はない」

現時点に於《お》けるガブリエルの立場と境遇を、できるだけ冷静な物言いで指摘したのち、言い含めるような声音で告げる。

「観念して蓮を解放しろ」

鏑木の説得に、ガブリエルは「観念？」と顔の半分で嗤《わら》った。

「さっきの私の話を聞いていなかったのか？　自分のものにならないのなら、この手でレンの命を絶つと言った。それでもきみの勝ち？」

荒んだ笑みを浮かべる男に、背筋がひやっとする。

ガブリエルは自分の不利を覚っている。覚った上で、どうせ勝機がないならば、蓮を死出の道連れにするつもりなのだ。ブルシャを手にするという野望が潰えたことで、自暴自棄になっているのかもしれない。

交渉事《こうしょうごと》の場面で、最大の切り札は命だ。

(命に執着しないとなると……厄介だ)

焦燥を覚えた鏑木は、自分とガブリエルのやりとりを聞いている蓮の様子をちらっと窺った。

その表情は張り詰め、心なしか青ざめている。そろそろ肉体的にも精神的にも限界なのだろう。それも当然だ。突然の拉致監禁を皮切りに、リカルドに痛めつけられ、ブルシャの案内役を強いられて、何日間も心身の極限状態にあるのだから――。

一刻も早く、蓮を自由の身にしてやりたい。

切実な思いに駆られた鏑木は、真剣な面持ちで「ガブリエル」と切り出した。

「俺が身代わりになる。だから蓮を解放してくれないか」

鏑木の申し出に、ガブリエルが初めて反応する。片方の眉を上げて「へえ」と声を出した。

「きみが一緒に逝ってくれるのか？　行き先は天国じゃないけど構わない？」

「そんなの駄目だっ！」

蓮が大声を出したが、取り合わずに一歩前に出る。

「行き先が地獄だろうが構わない。俺を代わりに連れて行ってくれ」

そう懇願し、さらにもう一歩踏み出す前に、ガブリエルに「止まれ！」と制止されてしまった。

「みずからの命まで差し出そうとするきみの殉教者精神には感服したし、せっかくの申し出なのに残念だけど、その提案は受け入れられない。きみを人質にしても、こちらのリスクが増えるだけだからね」

「ガブリエル……決して騙《だま》し討《う》ちのようなことはしないと誓う。信用してくれ」

言い募る鏑木を、ガブリエルは黙って見つめる。深海のごとく底の見えない青い瞳に必死に訴えた。

「蓮は疲れきっている。そろそろ心身共に限界だ。倒れれば人質どころか足手纏《あしでまと》いになる。おまえだって困るだろう」

「勘違いしないで欲しいな。主導権は私にある」

それに対するガブリエルの回答は冷ややかだった。

「王子様を解放するのは、我々がハヴィーナに到着したあとだ」

有無を言わせぬ物言いで断じると、気を取り直したように尋ねてくる。

「きみたちはジャングルまでどうやって移動してきた？　セスナ？」

ガブリエルの思惑を探りつつ、鏑木が「……セスナだ」と答えると、「操縦者は？」と畳みかけてきた。

ミゲルを振り返る。ミゲルの目が〝どうします？〟と尋ねてきた。

「………」

少なくともガブリエルは、蓮の身柄を盾に駆け引きを再開してきた。

自分が生き残るというルートを諦《あきら》めたわけではなさそうだ。ブルシャは手に入らなくとも、命さえあればやり直しがきくと考え直したのか。もしかしたら、自分と会話を交わすなかで、ライバル意識に火が点いたのかもしれなかった。

どちらにせよ、鏑木にとっては明るい材料と言えた。命のカードを手放して、自暴自棄になられるよりは何倍もいい。

（希望が見えてきた）

となれば、ここはひとまず敵の出方を見るべきだろう。

鏑木がうなずくと、ミゲルが片手を挙げる。

「俺です」

名乗り出たミゲルに、ガブリエルが「金髪のきみか」とつぶやいた。

「よし、きみは私たちと一緒に来たまえ。セスナの離発着場まで案内するんだ」

「……行け」

鏑木の促しに応じてミゲルが歩き出そうとした時、ガブリエルが「おっと、その前に」とストップをかける。

「お仲間を拘束してからだ。――拘束するなにか……ヒモかロープは持っている？」

問われたミゲルが、「ロープがある」と答えた。

「いいね。そのロープで二人を縛って」

ミゲルがちらっと鏑木を見る。目と目を合わせた状態で鏑木が首肯すると、バックパックを下ろし、なかからロープを取り出した。リカルドの部下を縛るのに使った残りだ。まずはエンゾの背後に立ち、バックパックを下ろさせてから、後ろに回した手首を縛る。次に鏑木の背後に移動してきた。同じくバックパックを下ろさせ、背中に回した手首にロープを巻きつけて結ぶ。

「二人とも結び目を見せろ」

頃合いを見計らってか、ガブリエルが命じた。鏑木とエンゾが後ろを向く。

「両手を左右に引っ張ってみせて」

指示どおりに、縛られた両手を引っ張った。

「ちゃんと結ばれているようだね。では金髪くん、こっちに来たまえ」

呼ばれたミゲルが鏑木の横を擦り抜け、ガブリエルと蓮に向かって歩き出す。

ミゲルの後ろ姿を見送りながら、鏑木はこの先の展開を模索した。

こちらは数的には有利だが、蓮を人質に取られている。先程の様子から推しはかるに、ガブリエルは蓮の命を奪うのを躊躇《ためら》わないだろう。

この場で強硬手段に打って出た結果、蓮の身にもしものことがあったら……悔やんでも悔やみきれない。かといって、このままセスナでジャングルを発《た》たれてしまった場合、操縦者と移動手段を持たない自分たちはあとを追うことができない。なおのこと、ガブリエルが空の上で蓮の命を奪う可能性もある。盾の意味合いを失った蓮は、ガブリエルにとって無用の長物と化すかもしれないからだ。

悪事のすべてを知られていることを考えれば、無用どころか邪魔者だ……。

(やはり、いまここで決着をつけるべきか)

自分の決断いかんで蓮の命運が左右されるかと思うと、過去覚えのない大きさのプレッシャーを感じ、毛穴という毛穴から冷たい汗がじわっと噴き出す。

悶々《もんもん》と葛藤しているあいだに、ミゲルがガブリエルと蓮まで辿り着いた。

「ようこそ。ナビゲーターをよろしく頼むよ」

ミゲルを迎え入れたガブリエルが、「身につけている武器は全部そこに置いて」と指示を出す。ミゲルは言われたとおりに、ライフルと拳銃、サバイバルナイフを足元に置いた。

「これで準備は完了だ。そろそろ移動しようか」

ガブリエルの台詞《せりふ》を聞いて、首の後ろがちりりっと痺れる。

もはや時間がない。行動を起こすなら、いまだ。

ガブリエルたち三人が立つ岩場まで、それなりに距離がある。やるならスピード勝負だが、幸いなことに、こちらにはエルバがいる。自分たちが仕掛ければ、ミゲルもすぐに呼応するはずだ。

頭のなかに蓮奪還までのプロセスを思い描いた鏑木は、横に並び立つエンゾに〝やるぞ〟とアイコンタクトを送った。エンゾがうなずく。足元のエルバにも「頼むぞ」と囁いた。

「グルゥウウ」

唸り声が返る。

それを合図に、後ろで結ばれた手を動かし、ロープの端を摑んで引っ張った。するりと結び目が解《ほど》ける。軍隊で習う特殊な結び方だ。こうしろとミゲルに言葉で指示したわけではないが、以心伝心は長いつきあいならでは。心得ているエンゾも自分でロープを解いた。二本のロープがぱさりと落ちる。

「GO！」

自由の身になったエンゾとエルバに声をかけ、滝に向かって走り出した——直後だった。

「ヴィクトール！」

思いがけない方角から太い声で名前を呼ばれ、びくっと足がすくむ。エンゾも止まった。エルバもぴたりと制止する。

声が聞こえた方角——右斜め後方を、ばっと仰ぎ見た鏑木は、絶壁の際に立つ一人の男のシルエットを視界に捉えた。月明かりのせいで逆光だが、かなり大柄で長身だ。

目を細めて男の顔を確かめ、その後じわじわと瞠目する。

「嘘……だろう？」

すぐには、自分の網膜に映し出されたものが信じられなかった。半開きになった口から、驚愕《きょうがく》の声が零れ落ちる。

「……リカルド？」

崖の上に仁王立ちしているのは、絶命したはずのリカルドだった。

最後に見た時、男は串刺しになって死んでいた。いや……いま、ここにいるということは、死んでいなかったのかもしれないが、少なくとも瀕死《ひんし》ではあったはずだ。

あの状態で、どうやってここまで来たのか。

いまもみぞおちから大量の血を流し続けているリカルドが、だらりと下げていた右手をゆっくりと持ち上げる。血だらけの手には拳銃が握られていた。

向けられた銃口にフリーズする鏑木に、リカルドが唇の片端を上げてにやりと笑う。土気色の顔に悪鬼のごとく歪んだ笑みを浮かべた男が、不意に拳銃の向きを変えた。蓮とガブリエルの方向だ。

ドクンッ。

心臓が跳ねた。

リカルドは、自分にとってなにが最大の苦痛かを知っている。憎きシウヴァの当主と鏑木に、同時に復讐を果たす方法。

目の前で蓮を撃ち、その死を自分に見せつけ——ある意味、みずからの死よりも苦しい責め苦を味わわせるつもりなのだ。

男の意図を覚った瞬間、鏑木は滝に向かって猛然とダッシュをかけた。

「伏せろーっ！」

走りながら声を張り上げ、リカルドの登場に気がついていない彼らに危険を知らせる。

蓮とミゲルを移動するように拳銃で促していたガブリエルが、こちらを見た。青い瞳と目が合う。

蓮を連れて逃げろ！

叫んだつもりだったが、実際には声になっていなかった。

足元は暗く、ごつごつした岩場だ。思ったよりスピードが出なくて気持ちばかりが焦る。残り数メートルの時点で、蓮に向かって手を伸ばしたが届かず、むなしく空を摑む。

「蓮！」

やっと出た声に蓮が振り向いた。せっかく会えた自分とふたたび引き離される無念に、暗く沈んでいた蓮の顔が、鏑木の姿を間近に認めて引き攣る。直後、首を振って「来るな！」と叫んだ。

「危ない！　こっちに来るな！」

「蓮、伏せろーっ」

鏑木の絶叫と、パンッと乾いた銃声が重なった。

「………!!」

その音で絶望の幕が切って落とされたかのように、目の前が暗くなる。

間に合わなかった。

(終わった……すべてが……)

紗《しゃ》がかかった視界に、蓮が崩れ落ちる映像が映り込むのを覚悟した——が。

「………え？」

予期していた展開とは異なる光景を捉え、鏑木は目を瞬《しばた》かせた。

いつの間にかガブリエルが蓮の前に立っており、その左胸から血が噴き上がっている。

被弾した男の体が斜めに傾き、立っていた岩場から足が離れた。

風になびく銀の髪が、月の光に反射する。青白い光に照らされ、一瞬だけ浮かび上がった横顔は、満ち足りたような笑みを浮かべていた。

微笑んだガブリエルが、頭から滝壺に落ちていくのを、鏑木は呆然と見つめる。

(蓮を……庇った?)

スローモーションの美しい映像を観ているような心境で、落下していく男を眺めていた鏑木は、「うわああっ」という蓮の悲鳴で我に返った。ガブリエルとリードで繋がっている蓮が、岩場でバランスを崩している。

「蓮っ!」

なんとか持ちこたえようと足掻《あが》いていたが、堪《こら》えきれず、ガブリエルに続いて落下した。

バシャーン!　バシャーン!

間隔を置いて二連続の派手な水しぶきが上がった数秒後、渦を巻く水面に黒い頭が浮かぶ。頭は一つだけで、ガブリエルらしき人影は見当たらない。

「グウォッ」

すかさずエルバが飛び込み、渦に呑み込まれてアップアップしている蓮に向かって泳ぎ出した。エンゾも滝壺にダイブする。鏑木も飛び込もうとしたが、それを阻止するかのように、パンッ、パンッと銃声が響いた。

絶壁を振り仰ぐと、リカルドが滝壺に向かって発砲している。

（このままでは蓮に当たる！）

そう判断した鏑木は、腰からナイフを抜き、リカルドに向かって投げた。月光に白刃を煌めかせたナイフが、崖の上の男の胸にトスッと突き刺さる。

「うっ……」

呻《うめ》き声《ごえ》をあげたリカルドが、前屈みになって倒れていき、絶壁から落ちた。ザパーン！　と大きな水音を立てて川に落下し、ずぶずぶと水没していく。

男の最期を見届けるなり、鏑木も滝壺に飛び込んだ。

水面に顔を出すと、エルバと蓮が渦の中心にいるのが見える。

「蓮！」

声をかけても反応がなかった。落下のショックで気を失っているのか。それとも溺れて意識を失っているのか。

いずれにしても、一刻も早く陸に上げなければ――！

流れに逆らい、蓮に向かって泳ぎ出す。

エルバはぐったりした蓮を背中に乗せて、流れの速い場所から連れ出そうとしているが、意識のない蓮がずるずると滑り落ちてしまうので悪戦苦闘しているようだ。そのうち先行のエンゾがエルバのところまで泳ぎ着き、蓮の体を支えた。鏑木も追いついて、エンゾの反対側に回る。

蓮の首筋に手を当てた。脈を感じ取り、生きていることにほっとしたが、溺水している可能性も残っている。

蓮を上向きにし、二人と一頭で支えつつ、どうにか滝壺から脱出した。そのまま川岸まで移動して、広めの岩棚がある場所を探す。適したポイントを見つけ、先にエンゾが川から上がった。上から両腕を引っ張るエンゾと、下から体を押し上げる鏑木とで、力を合わせて蓮を岩棚に上げる。

濡れた体をすぐに横たえた。

「蓮」

呼びかけたが、相変わらず反応はない。

目を閉じたままの口許に耳を寄せた。……呼吸をしていない！

ざーっと血の気が引く。様々な感情が荒波のように押し寄せてくるのを撥《は》ね除《の》け、鏑木は濡れた体に覆い被さった。鼻を摘み、気道を確保してから、口を唇で覆う。息をふーっと吹き込んだ。

（蓮。……蓮。……目を開けてくれ、蓮！）

人工呼吸をしながら、胸のなかで名前を呼び続ける。

マウス・トゥ・マウスを十回ほど繰り返しているうちに、蓮の肺が少しずつ膨らんでくるのを感じた。口から唇を離して、もう一度呼びかける。

「蓮！」

蓮がふっと目を開き、次の瞬間、うっと呻いて、ごぼっと水を吐き出した。あわてて体を横向けさせる。

「ごほっ……ごほっ」

肺のなかの水を吐き出したあとも、激しく咳き込む蓮の背中を鏑木はさすった。

「大丈夫か？」

ようやく咳の発作が収まった蓮が、顔を上げる。まだどこか現実感が乏しいような、少しぼーっとした表情で、「おれ……？」とつぶやいた。

「落下するガブリエルに引き摺られて、おまえも滝壺に落ちたんだ。溺れて意識を失っていたところを俺たちで助けた」

鏑木の説明を聞いて、徐々に状況が呑み込めてきたらしい。両目をじわじわと見開き、唇をわななかせた。

「かぶら……ぎ」

「蓮……よかった」

込み上げてくる熱いものをぐっと堪え、鏑木は蓮の濡れた髪を指で掻き上げる。とたん、目の前の顔がくしゃっと歪み、眦《まなじり》からぽろっと涙が零れた。

「鏑木っ」

喘《あえ》ぐように名を呼んでしがみついてきた愛しい恋人を、ぎゅっと抱き締める。

まだ体は冷たいし、小刻みに震えている。けれど。

（……生きている）

生きて、戻って来た。取り戻せた。

やっと——この腕に。

万感の思いを込めて、耳許で「がんばったな」と囁《ささや》いた。

「……本当によくがんばった」

蓮が、うん、うんと首を縦に振る。

「もう、大丈夫だ」

「グルルルル……」

エルバが体を擦り寄せてきて、蓮の首筋の涙をぺろりと舐《な》め取《と》った。

「……くすぐったい」

「おまえもがんばったな、エルバ。よくやった」

鏑木の労《ねぎら》いに、エルバがグルグルと満足げに喉を鳴らす。ずぶ濡れのエンゾにも、鏑木は「ありがとう」と礼を言った。みんなの協力がなければ、蓮を救うことはできなかっただろう。

「レン様、大丈夫ですか⁉」

そこにミゲルが駆け寄ってきた。この場で一人だけ、装備を身につけている男に頼む。

「ブランケットをくれ」

「了解っす」

鏑木の要求に応じて、ミゲルがバックパックを下ろし、なかからブランケットを取り出した。受け取ったブランケットで蓮の体を包む。

さらに鏑木は、蓮の首から首輪を外してやった。首輪の拘束から解放された蓮が、ほっと息を吐く。人心地ついた様子で、自分を取り囲むメンバーを見回した。

「……ガブリエルは？」

「わからない」

その問いかけに首を横に振った鏑木は、外した首輪と繋がるリードに視線を向ける。最後に見た時は、このリードの端を握っていたが、落下の衝撃で手から離れたのか……。

「俺たちはおまえを救うだけで精一杯だった」

そう答えると、ミゲルが口を挟んできた。

「自分は川岸を走ってガブリエルとリカルドの行方を追ったんですが、どちらも見つかりませんでした。川の流れが思いのほか速いので、あっという間に流されてしまったのかもしれません」

「……そうか」

蓮が神妙な面持ちで、ミゲルの報告にうなずく。

自分の盾になって死んだ男について、蓮がどう思っているのか——訊《き》いてみたいと思ったが、いまはまだその時ではないと思い直した。訊くにしても、もう少し落ち着いてからだ。

そもそもリカルドとガブリエルが本当に死んだかどうかは、遺体が発見できていない現時点では、確定的なことは言えない。

ただ、リカルドは厳しいだろう。あそこまでの致命傷を負ってなお、自分をここまで追ってきたこと自体が、男の妄執《もうしゅう》が引き起こした一種の奇跡だった。

一方のガブリエルだが、こちらも心臓を撃ち抜かれていた。仮に即死でなかったとしても、瀕死の状態であったのは間違いない。その体で滝壺に落ちて流されて、自力で川岸まで泳ぎ着けるとは思えない。

無論、どんなことにも〝絶対〟はない以上、彼らの死も〝絶対〟ではないが——。

正直に言えば、リカルドに関しては、自分の手でとどめを刺したことに悔いはない。

だがガブリエルは、最後の最後で、身を挺《てい》して蓮の命を救った。

あれは偶然なんかじゃない。撃たれる前にガブリエルと目が合った。だからわかる。

ガブリエルはみずからの意思で、蓮を庇って死んだのだ。

滝壺に落ちていくガブリエルは微笑んでいた。

最後に、イネスの息子の盾となれた自分に、満足しているかのように。

それでいてリードを手放さなかったのは、心の奥底に潜む、蓮を道連れにしたいという昏《くら》い欲望ゆえか。

月の光に反射して煌めく銀の髪は、蓮池《はすいけ》にダイブするモルフォ蝶《ちょう》の翅《はね》を思わせ……美しかった。

たくさんの人間を欺き、苦しめ、死に至らしめた男を、そんなふうに思うのは、いささか感傷的にすぎるのかもしれない。

かすかな後ろめたさと、漠たる予感を抱く。

網膜に焼きついた彼の最期の姿は、生涯褪《あ》せることなく、自分の記憶に留まるだろう。

蓮の恩人に対する自分なりの弔いを胸に刻んだ鏑木は、少しずつ赤みを取り戻していく恋人の顔を愛おしく見つめた。


「蓮、本当にいいのか？」

鏑木の確認に、真剣な顔つきで三十秒ほど熟考したあとで、蓮が「うん」と首肯する。

「わかった。――頼む」

鏑木が声をかけると、小型の灯油缶をそれぞれ手にしたミゲルとエンゾが、楕円形の蓮池に向かって歩き出した。二つの灯油缶は、エンゾがバックパックに入れて、ここまでずっと背負ってきたものだ。

池の畔《ほとり》に辿り着いたミゲルとエンゾが、二手に分かれ、ブルシャに満遍なく灯油を振りかけ始めた。

その様子を、蓮と並んで眺めながら、鏑木はここまでの道程を振り返る。

いまから一時間ほど前のことだ。岩棚で火を熾《おこ》して濡れた衣類を乾かし、蓮が歩けるくらいに回復するのを待って、一行はブルシャの生息地へと向かった。

案内役の蓮は、迷いのない足取りで獣道を進んだ。鏑木には目印となる樹木を見つけることができなかったし、今回はモルフォ蝶の導きもなかったが、先頭を行く蓮には蓮池に通じる道筋がはっきりと見えているようだった。

鬱蒼《うっそう》と暗い森を抜けた先に、ブルシャの生息地が出現した瞬間、月の光の眩しさとモルファ蝶の群舞の神々しいほどの美しさに、一同は息を呑んで立ち尽くした。

鏑木はそれでも二度目だが、ミゲルやエンゾは初到達なので、なおのこと衝撃が大きかったようだ。

「すごいですね！」

ミゲルが感嘆の声をあげ、いつもは無口なエンゾも「きれいだ」とつぶやき、モルフォ蝶の神秘的な舞いに見入っていた。無数の蝶を見たエルバも興奮気味に、「グウゥゥ……」と唸り声をあげている。考えてみたら、前回のジャングル・クルーズの夜はエルバを同行していなかったので、彼もここに来るのは初めてなのだ。

「水辺にびっしり生えているのがブルシャですか」

ミゲルの問いかけに、蓮が「そうだ」と答える。

「確かに翅を開いた蝶みたいな形《フォルム》をしていますね」

「……グルゥウウ」

気がつけば、エルバが密集したブルシャに鼻先を突っ込んで、においを嗅いでいた。

「エルバ、食うなよ」

以前、ブルシャの葉を齧《かじ》ったエルバがおかしくなったのを思い出し、鏑木は注意した。エルバが首を引っ込めたのを確認してから、水辺に歩み寄って片膝をつく。改めて、明るい緑の地色に濃い緑の縞模様《しまもよう》が入った葉を感慨深く見つめた。

この幻の植物のために、何人もの……いや何十人もの人間が人生を狂わされ、命を落としたのだ。

ブルシャに罪はなく、私欲のために利用しようとした人間が悪いのだが、罪深い存在であることに変わりがない。

岩棚で衣類を乾かしているあいだに、四人で今後の対応を話し合った。

喫緊《きっきん》の課題は、ブルシャをどうするかだ。

話し合いの結果、ガブリエルとリカルドの生死がはっきりしない以上は、ブルシャの生息地を封印するほかないという結論が出た。

どうせやるならば、なるべく早いほうがいい。

みんなの意見が一致したので、衣類が乾き次第に出発して、四名と一頭で生息地へと向かったのだ。

「撒《ま》き終《お》わりました！」

ミゲルが灯油の缶を逆さに振って伝えてくる。鏑木は、撤収のジェスチャーで二人を呼んだ。

ミゲルとエンゾが戻って来るのを待って、ミリタリーベストのポケットからウォータープルーフマッチのケースを取り出す。ケースからマッチを一本摘み出し、「点けるぞ」と、傍らの蓮に念を押した。

ここまでしつこく確認してしまうのは、やはり自分のなかに、これほどまでに美しい場所を消滅させることに対する罪悪感や逡巡があるのだと思う。

「この場所がある限り、いつの日か、第二、第三のガブリエルが現れる」

視線を上空のモルフォ蝶に向けたまま、蓮が口を開く。

「きっとここを封印することが、俺に託された運命だったんだ……」

シウヴァの当主の証《あかし》である、左手のエメラルドの指輪に触れながらつぶやいた。

「……そうだな」

みずからに言って聞かせるような声音に、鏑木も同意する。

そして、宿命を背負った蓮をサポートすることが、自分に託された使命だったのだろう。

幻の植物に纏《まつ》わる不思議な縁に思いを馳せつつ、マッチを擦って点火した。火の点いたマッチを密生したブルシャに投げ込む。ぶわっと燃え上がったブルシャのなかには、リカルドの部下たちから回収したものも含まれていた。

灯油という燃料を呑み込んだ炎の勢いはすさまじく、たちまち蓮池の周辺は火の海と化す。

舞い上がる火の粉に驚いたモルフォ蝶が、池の上からひらひらと逃げ出した。

「……遊び場を奪っちゃって……ごめん」

蓮が小さな声で謝る。

その後は自然と沈黙が横たわり、池の水面まで赤く染まった幻想的な光景を四人で黙って見つめた。

あらかじめ池の水を汲《く》んで周囲に撒いておいたので、ブルシャが燃え尽きてしまえば、火の手がそれ以上に広がることはないはずだ。

「そうだ、蓮。これを――」

大切なことを思い出した鏑木は、自分のバックパックから一冊のノートを取り出して蓮に渡した。

甲斐谷学《かいやまなぶ》のノート二冊のうち、ブルシャについて記された一冊だ。

蓮は少しのあいだ父のノートに視線を落としていたが、ほどなくそれを持って一歩前に出た。

火の海に、フリスビーを投げるようにして放り込むと、ノートは瞬《また》く間《ま》に炎に呑み込まれる。

シウヴァの末裔《まつえい》の手により、ブルシャが完全に封印された瞬間だった。

「――行こう」

紅《くれない》の炎を映して赤く染まった横顔に、鏑木は声をかける。

「帰ろう」

「うん」

大役を果たした蓮が、どこかすっきりとした表情でうなずいた。

「帰ろう……『パラチオ　デ　シウヴァ』に」

XIII

ブルシャを焼いたのち、蓮《れん》たち一行はリカルドの部下三人をピックアップして、マンチンガの砂州《プラヤ》に戻った。そこからは二手に分かれ、エンゾとリカルドの部下三人が大型のモーターカヌアに、蓮、鏑木《かぶらぎ》、エルバ、ミゲルがもう一艘《いっそう》のカヌアに、それぞれ分乗して川を下る。

下りは川の流れに乗ったこともあり、遡上時《そじょうじ》よりも明らかにカヌアのスピードが速かった。

目的地の桟橋に着くと、上陸後は二列の隊を作り、森のなかの獣道を歩く。先頭にエルバ、二番手に蓮と鏑木、三番手にミゲルとリカルドの部下一人、四番手にリカルドの部下二人、しんがりがエンゾだ。途中で、ふいっとエルバが道を逸れ、そのまま姿を消した。「蓮奪還」というミッションを果たし、安心して縄張りを見回りに行ったのだろう。

ほどなくして頭上を覆う樹冠が途切れ、切《き》り拓《ひら》かれた四角い土地が見えてきた。

「ジャングルの家だ！」

蓮は思わず足を止め、弾んだ声を出す。

「……ああ、帰ってきたな」

隣を歩く鏑木も足を止め、感慨深げにつぶやいた。その声から鏑木の安堵と喜びが伝わってきて、蓮の心にじわじわと染《し》み入《い》る。

この数日間は過酷な状況下で、予期せぬ展開と試練の連続だった。

途中何度も死を覚悟した。実際、命の危機が幾度もあった。最後は溺れて呼吸が止まった。

それらの危機を乗り越え、こうしてジャングルの家に戻って来られたことに、胸がいっぱいになる。

改めて、よかったと思った。帰って来ることができて、本当によかった。

「……行こう」

鏑木にぽんと肩を叩かれ、歩き出す。

背後のリカルドの部下たちは、上官の最期を知ってか——はたまた、この先に待ち受けている処分を思ってか——終始俯《うつむ》き加減《かげん》で大人しかった。後ろ手に縛られているので抗うこともできず、意気消沈して、とぼとぼとついてくる。

高床式の小屋に近づき、まずは蓮が丸太の梯子《はしご》を使った。続いて鏑木、ミゲル、リカルドの部下たち、エンゾの順で梯子を上る。

鏑木に解鍵してもらい、ドアを開けてジャングルの家に入った蓮は、懐《なつ》かしいにおいをすーっと吸い込んだ。建物自体は新築のようにリフォームされており、昔の面影はもはや残っていないが、それでもそこはかとなく子供時代に暮らした小屋のにおいを感じる。

本当に帰ってきたんだと万感胸に迫っていると、後ろからミゲルの声が聞こえてきた。

「少佐、こいつらはどうします？」

こいつらというのは、リカルドの部下たちのことだ。明るい場所でよくよく見れば、どの顔も目蓋《まぶた》が腫《は》れ上《あ》がり、鼻血がこびりついている。頭から靴まで全身泥だらけで、精鋭部隊の面影はどこにもなかった。

「そうだな。三人まとめて、二つあるうちのどちらかの寝室に拘留しておこう」

「了解です。――ほら、こっちだ。来い！」

ミゲルとエンゾが男たちを寝室に引っ立てていく。

彼らを見送る蓮の傍らで、鏑木が背中のバックパックを下ろし、衛星電話を取り出した。

「誰にかけるんだ？」

「ロペスだ。そろそろ夜が明ける。ロペスのことだから、もう起きているだろう」

蓮にとっても、一番に安心させたい相手はロペスだったので、納得の面持ちでうなずく。

電話をかけると、予想より早く繋がった。その早さから察するに、ロペスは携帯電話を肌身離さず持ち歩き、一日千秋《いちじつせんしゅう》の思いで鏑木からの連絡を待っていたのではないかと思われた。

胸が詰まる。年老いたロペスに、相応な心労をかけてしまった。

「――ああ、無事だ。……そうだ。いま俺の横にいる」

電話口でロペスに事のあらましを説明していた鏑木が、衛星電話をこちらに渡してくる。

「声を聞かせてやれ」

受け取った蓮は、「ロペス？」と話しかけた。

『レン様！』

それきりロペスが泣き出してしまい、会話が成立しなくなる。何度も泣き止もうとしては失敗し、嗚咽《おえつ》を漏らし続けるロペスに、蓮も思わずもらい泣きした。どうやら、ずっと気を張っていた反動で、感情の調節機能が壊れてしまっているようだ。

「とにかく……もう大丈夫だから」

洟《はな》を啜《すす》り上《あ》げながらロペスに伝える。

「……うん、元気。どこも怪我《けが》はしてない」

ついさっき溺死しかけたし、背中には鞭《むち》の疵痕《きずあと》がくっきりと残っている。まったく無傷というのは偽りだったが、ここは嘘も方便と割り切った。これ以上ロペスにストレスはかけられない。それこそ彼の健康が損なわれてしまう。

「鏑木もエルバもミゲルもエンゾも、幸いなことに誰も負傷していない。なるべく早く『パラチオ　デ　シウヴァ』に帰るよ。ジンやアナ、ソフィアにも、俺は元気だって伝えてくれ」

アナとソフィアには、いずれガブリエルの件を話さなければならないが——とりあえず、自分が無事であると聞けば、心配事が一つ減るはずだ。

そこで鏑木が電話を替わった。

「ロペス、大丈夫か?……どうやって帰るかについてはこれから検討するが、可能な限り最短でハヴィーナに戻るつもりだ。『パラチオ　デ　シウヴァ』に到着する時刻がわかったら、また連絡を入れる」

ロペスとの通話を終えると、鏑木は引き続き、彼の幼なじみであり、ハヴィーナ・セントロ署の警察官でもあるナオミに連絡を入れた。ナオミはタイミングよく当直だったらしい。すぐ電話に出てくれた。

まずは「蓮を無事に保護した」と第一声で伝え、現在ジャングルの家にいること、シウヴァ家当主誘拐事件の主犯がガブリエルとリカルドであったことを報告する。あわせて、蓮を救出するまでの経緯をざっくりと説明し、川に流された主犯格二名の消息と生死は不明だが、現場の状況から判断して、生存の確率は極めて低いと思わざるを得ないという見解も伝えた。また、リカルドの部下三名の身柄を拘束しており、ハヴィーナに戻り次第、彼らをセントロ署に引き渡す旨を約束して通話を切った。

「さて、これでひとまず報告しなければならない相手には連絡を入れた。シウヴァの幹部会には、ハヴィーナに戻ってから経緯を説明するつもりだ」

そう告げた鏑木が、「一息つこう。珈琲《コーヒー》を淹《い》れてくる」と言って炊事場に立つ。蓮も「手伝うよ」と、あとを追った。

炊事場で二人きりになったとたん、蓮は鏑木の背中に抱きついた。

まるでそれを待っていたかのように、鏑木が蓮の手を掴み、くるりと体を回転する。向き合うと同時に、掻き抱くように抱き締められた。

「……蓮……っ」

「鏑木……っ」

お互いの名前を呼んだきり、続きが声にならない。言いたいことはいろいろあるのに、言葉にならなかった。

この数日間、どれだけこの瞬間を待ちわびただろう。

ふたたび恋人の逞《たくま》しい腕に抱き締められる瞬間が訪れることを——ひたすら信じて、待って、待ち続けて。

（やっと……）

願いが叶った歓喜を噛み締め、自分より少し高い体温と確かな心音に酔いしれる。

やがて鏑木がじわじわと抱擁《ほうよう》の力を緩め、蓮の体を離した。適度な距離ができて目と目が合う。灰褐色の瞳に、自分が映っている。

たったそれだけのことが、こんなにもうれしい。

以前は当たり前だと思っていたことが、いまは奇跡みたいに感じられる。

鏑木がふっと微笑んだ。

「前もこんなことがあったな」

「……うん」

蓮も同じことを考えていた。以前もミゲルとエンゾの目を盗んで、ここでキスをした。

あの時みたいにキスしたい。

（キス……したい）

でもキスをしたら、絶対に続きを求めてしまう。キスだけで終われる自信がまったくない。

鏑木も同じように思ったらしい。キスをしかけてくることはなく、代わりに手のひらで蓮の首筋にそっと触れた。つと、痛ましげに眉をひそめる鏑木を見て、思い当たる。

きっと首輪の痕がついているのだ。首輪自体は鏑木に外してもらったが、長く嵌《は》めていたせいで、皮膚が擦れて赤くなっているのだろう。

「……ひどいことをする」

リカルドに対する怒りが蘇ってきたのか、鏑木が憤怒《ふんぬ》の滲《にじ》んだ声音を漏らした。

確かに、首輪を嵌められたり、鞭で打たれたり、乱暴に揺さぶられたり、首を絞められたりと、リカルドとガブリエルには、散々ひどい目に遭わされた。

だけどもう、そんなことはどうでもいい。過ぎ去ったことはもういい。

(こうして鏑木のもとに戻れたんだから)

歓喜に目を潤ませ、首に添えられた大きな手を摑み、みずから頰をすり寄せた。硬い手のひらに顔を擦りつけながら、鏑木の目をじっと見つめる。

「……お願いがあるんだ」

「なんだ?」

「ジャングルからハヴィーナに戻ったあとで、二人の時間が欲しい」

鏑木の双眸《そうぼう》が見開かれる。

「蓮、それは……」

「お願いだ。『パラチオ　デ　シウヴァ』には次の日の朝一番で帰るから。……このチャンスを逃したら、次はいつ二人きりになれるかわからない」

二人の時間が持てるかどうかは、蓮にとって切実な問題だった。

もちろん、抱き合いたいという欲求が一番にある。抱き合って、フィジカルな意味合いでお互いの存在を確かめ合いたい。

でも、それだけじゃない。

たぶん、この事件を機に、シウヴァを取り巻く環境は変わっていく。

ガブリエルの消息がわからない以上、これまでと同じというわけにはいかない。ソフィアとアナに真実を告げなければならないし、そうなれば必然的に、シウヴァも変わらざるを得ない。

当主として、シウヴァの今後についても、鏑木ときちんと話をしておきたかった。

口に出して言わずとも、蓮の表情からそれらを読み取ったのだろう。

しばらく思案するような面持ちで蓮を見つめていた鏑木が、ふっと息を吐いた。

「わかった。なんとかしよう」

「鏑木！」

顔がぱあっと明るくなったのが自分でもわかる。

飛びつくようにして、蓮はもう一度鏑木に抱きついた。

「うれしい！　ありがとう……！」

感謝を口にする蓮をぎゅっと抱き締め返して、鏑木が耳殻《じかく》に囁《ささや》く。

「同じだよ」

「え？」

聞き返した蓮の顔を覗き込み、鏑木が微笑んだ。

「一刻も早く二人の時間が欲しいのは、俺も同じだ」


その後、鏑木がドリップした珈琲を飲みながら、四人で帰りのルートについて話し合った。

セスナは最大で五名のキャパシティで、全員をいっぺんには運べない。

そこで二つのグループに分かれることにした。

第一グループは、蓮と鏑木だ。

この第一グループを、ミゲルがセスナで最寄りの町まで運ぶ。その町で鏑木がヘリコプターと操縦者をチャーターし、蓮と一緒にハヴィーナまで飛ぶことになった。

ミゲルはセスナでジャングルの家に引き返し、第二グループのエンゾ、檻《おり》に入ったエルバ、リカルドの部下たちをピックアップしてハヴィーナへ向かう。飛行時間の目処《めど》がついたら機内からナオミとロペスに連絡を入れ、到着予定時刻に『パラチオ　デ　シウヴァ』で待機していてもらう。到着後は、リカルドの部下の身柄を警察官であるナオミに引き渡す。エルバはロペスに預ける。

段取りが決まったあとは、各自、出立の準備をした。蓮と鏑木は町に立ち寄るので、ジャングル仕様のミリタリールックから、タウンでも通用する衣服に着替えて荷物をまとめる。

準備ができた第一グループの蓮と鏑木、ミゲルが、まずは出立した。

ファーストステップとして、蓮がガブリエルたち一行とジャングルに入る前に立ち寄った河口の町まで、セスナで飛ぶ。その町で一番大きな航空会社を三人で訪れ、ヘリコプターと操縦者をチャーターした。乗り物全般に詳しいミゲルが、航空会社が所有している機種のなかからベストコンディションのヘリコプターを選び、操縦者と話してフライトルートを決めてくれた。

「かなりのベテランパイロットでフライト経験も豊富ですし、彼ならハヴィーナまで安全に運んでくれると思います」

「ありがとう、ミゲル」

蓮が感謝の気持ちを伝え、鏑木は「あとのことはよろしく頼む」と部下に後事を託す。

「お任せください。エルバは無事に屋敷まで送り届けますし、男たちも警察に引き渡します。少佐とレン様も道中お気をつけて」

そう請け合うと、ミゲルは飛行場からセスナでジャングルに引き返していった。

蓮と鏑木はチャーターしたヘリコプターに乗り込み、ハヴィーナに向けて飛び立つ。

上空にいたほとんどの時間、蓮は眠っていた。長いあいだ細切れの睡眠しか摂《と》っていなかったコンディションもあったと思うが、これでもう家に帰れると安心したせいか、急激な睡魔が押し寄せてきて——どうにも抗えなかったのだ。

「遠慮しないで寄りかかれ。着いたら起こしてやるから」

恋人のやさしい言葉に甘えて、がっしりとした肩を枕にして眠り続けた。途中の給油ポイントで一度トイレに行って水分軽食を補給した以外は、夢も見ずに昏々《こんこん》と眠った。

おかげで、鏑木に「そろそろ着くぞ」と起こされ、ぱちっと目を開けた時には、頭がずいぶんすっきりしていた。全体的に重くて怠《だる》かった体も、軽くなっているのを感じる。

ヘリコプターの窓から見下ろす首都ハヴィーナの街は、すでに日没を迎え、燃えるような夕焼けに覆われていた。真っ赤に染まったビルを見て、ふと、ブルシャを焼き尽くした炎を思い起こす。

あれからまだ半日とちょっとしか経っていないなんて、なんだか信じられない……。

もう遠い昔の出来事のようだ。

ヘリコプターが、シウヴァが所有するビルの屋上ヘリポートに着陸する。ヘリコプターから降りると、蓮は鏑木から携帯を借りて、ジンに連絡を入れた。自分の携帯は、リカルドに拉致された際に取り上げられたまま、どこにあるのかわからなかったからだ。おそらく今後、出てくることもないだろう。

「もしもし、ジン？」

『って、レン？』

電話の向こうから、虚を衝《っ》かれたような声が確かめてくる。

「うん、俺。たったいまハヴィーナに着いたところで、鏑木に借りた携帯でかけている」

『もうハヴィーナにいるのか？……よかった。今朝、ロペスさんから無事だって話は聞いてたけど、やっぱ声聞くとほっとする』

言葉どおり、ジンの声音には安堵が滲んでいた。

「心配かけてごめん」

『馬鹿、おまえが謝る必要ないじゃん。おまえはどこも悪くねーし。つか、どう考えても被害者だろ？』

「うん、でも……みんなに心配かけちゃったし」

『まー、確かに心配はしたけどさ。けど俺は、カブラギサンが必ず捜し当てて救出してくれるって信じてたから。——そういや少し前に、ミゲルとエンゾが『パラチオ　デ　シウヴァ』に着いたぜ。そんで、待機してたナオミが三人の軍人っぽい男を連行していった。あと、エルバは元気。檻から出て、いまはおまえの部屋でくつろいでる』

ジンの報告で、ミゲルたち一行も無事ハヴィーナに到着したことを知った。携帯を顔から少し離して、鏑木に「ミゲルたち、着いたって」と伝える。

「リカルドの部下はナオミが連行していって、エルバも元気だって」

「そうか。よかった」

うなずく鏑木の傍《かたわ》らで、ふたたび携帯を持ち直した蓮は、「それで、実は頼みがあるんだけど」と切り出した。

『頼み？』

「今日これから、鏑木のアパートに行くことになっていて」

『ああ、ダウンタウンの？　おまえ、行ったことなかったんだっけ』

「ない。——それで……その……」

どう切り出したらいいかわからずに言《い》い淀《よど》んでいると、電話の向こうのジンが『あー、ハイハイ』と訳知り声を出す。

『カブラギサンちにお泊まりしたいって話？』

察しのいい男に図星を指された蓮は、返す言葉もなく、「あ、うん」と認めた。

「それで申し訳ないんだけど……そのことを、ジンからロペスに上手く伝えてもらえないかな。俺が直接電話すると、なにかあったのかって必要以上に心配させちゃいそうで……」

本来は自分から説明するのが筋だとわかっているのだが、朝の電話でロペスに泣かれてしまったことで、なんとなく言い出しづらくなってしまい——。

「いいぜ」

あっさり了承され、「本当に⁉」と高い声を発した。

『適当に理由作って伝えといてやるよ。その代わり、明日は早いうちに戻って来いよ？　ロペスさんも顔見て安心したいだろうからさ』

「それはもちろん……明日は朝一番で『パラチオ　デ　シウヴァ』に戻る。……ありがとう」

『どういたしまして。っていうか俺は、これくらいのご褒美《ほうび》、当然だと思うぜ？　おまえ、散々な目に遭ったんだし』

「……ジン」

『明日から警察の事情聴取とかもあって忙しくなるだろうから、今日の夜くらい水入らずでゆっくりしてこいよ』

気遣ってくれる親友の言葉に、胸の奥がじわっと熱くなる。

「うん……ありがとう」

感謝の言葉を繰り返すと、ジンは『俺にできることなんて、これくらいしかないからさ』とつぶやいた。

『今夜は存分にカブラギサンに甘やかしてもらって、明日、シウヴァの当主として胸張って戻ってこい。みんなで待ってるから。な？』


「……ここ？」

問いかける蓮に、鏑木が「そうだ」とうなずく。

ハヴィーナの下町《ダウンタウン》地区の一角に建つ古びたアパート——その一室の前に二人は立っていた。

鏑木がボトムのポケットからキーチェーンを取り出し、ドアの鍵穴に鍵を差し込む。解錠してドアを開けると、「入ってくれ」と蓮に入室を促した。

突如、心臓がトクントクンと存在を主張し始める。

これまでは、鏑木が『パラチオ　デ　シウヴァ』の蓮の部屋に来るのが基本で、逆は一度だけ。イレギュラーは、鏑木の突然の辞意を知った蓮が真意を問い質《ただ》すために、鏑木の家を訪れた時のみだ。

でもあの時通されたのは応接間だったし、非常事態でそれどころじゃなくて……。

つまり、鏑木のプライベート空間に立ち入るのは、これが初めて。

「お……邪魔します」

緊張の面持ちで、蓮は室内に足を踏み入れた。アパートの外観は、かなり築年数が経っているように見えたが、室内は思いのほかきれいだった。壁は新品同様に塗り直されているし、床もぴかぴかに磨かれていて、全体的に清潔だ。

(ここが……鏑木の部屋)

主室と寝室らしき個室、キッチン、あとはパウダールームとバスルームとトイレという、シンプルな間取り。『パラチオ　デ　シウヴァ』は無論のこと、鏑木の自宅と比べても……いや、比較対象として成り立たないほどに狭い。家財や調度品も、必要最低限のものしか置いていないようだ。

それでも、不思議なことに居心地は悪くなかった。むしろ落ち着く。

（鏑木のにおいがするから？）

初めて足を踏み入れた恋人の部屋に軽く興奮して、もっとよく見て回ろうとした刹那《せつな》、出し抜けに腕を摑まれた。振り返った蓮は、背後に立つ鏑木の、思い詰めたような表情に驚く。

「……かぶら……っ」

名前をすべて言い終わる前に引き寄せられ、唇を塞がれた。

「……っ」

不意を衝かれてフリーズしているあいだに、覆い被さってきた鏑木の唇が蓮の唇にむしゃぶりついてくる。上唇、下唇と激しく吸われ、隙間にねっとりと舌を這わされた。

突然のキスに硬直していた体が、恋人から伝わる熱に溶かされ、徐々に緩んでくる。

鏑木の……キス。

ずっと欲しかったくちづけ。

いまようやく与えられた——恋人の……熱。

胸が熱く震える。

蓮は性急な求めに応じて口を開き、熱く猛った舌を迎え入れた。この瞬間を待ちわびていたとばかりに、荒々しく押し入ってくる舌に舌を絡め、夢中で唇に吸いつく。

自分のなかに鏑木を取り入れると同時に、自分も彼のなかに入っていく。

最後にキスしたのは、ダウンタウンの駐車場だった。

——蓮、愛してる。

――俺も……愛してる。

言葉でもお互いの想いを確かめ合って……あの時の自分は幸せだった。

まさかそれきり、鏑木と引き離されてしまうとはゆめゆめ思わずに。

リカルドに拉致され、ジャングルに連れていかれて、何度か死を覚悟した。自分が生き延びるために、ブルシャの生息地にガブリエルとリカルドを導いたことは、シウヴァのトップとして許されることではなかったかもしれない。

それでも、どうしても鏑木ともう一度会いたくて。

なにがなんでも、彼のもとに戻りたくて。

戻る。絶対に生きて戻る。鏑木のもとに戻って、キスをして抱き合う。

その一念が、幾度となく折れかかった心を支えてくれた。

いまこの瞬間、願いが叶ったことに、涙が溢れ、頬を伝う。

「……ふっ……んっ……ンッ……っ」

肉厚の舌で、激しく、濃厚に――口のなかを掻き混ぜられているうちに、口腔内で発した熱が体全体に広がっていく。

ジャングルで感じた、一度くちづけ合ったらもっと、もっとと、欲望が走り出して止められなくなるという予感は正しかった。

だけど、もういいのだ。我慢する必要はない。もう誰に気兼ねすることもなく抱き合える。好きなだけ抱き合っていいのだ。

それがうれしかった。

「……蓮」

唾液の糸を引いて口接を解いた鏑木が、蓮の顔を両手で挟み込んで、切なげに名前を呼ぶ。

「蓮……蓮……」

じっと目を見つめ、嚙み締めるように名前を繰り返されて、たまらない気持ちになった。

いま自分の腕のなかにいる存在が、幻じゃないことを確かめるような——恋人のそんな仕種に胸が搔き乱される。

抱き合って、キスをしても足りない。まだぜんぜん鏑木が足りない。飢え切った体が「もっと」「早く」と叫んでいる。

欲しい。……いますぐ抱いて欲しい。

だけど、その要望を口にする前に、熱い囁きが耳殻を震わせた。

「蓮……欲しい」

蓮はゆるゆると両目を見開く。こんなふうに、鏑木から求めてくれることが、過去あまりなかったからだ。

見開いた視界に映り込む恋人は、灰褐色の瞳に猛々しい欲望を宿らせている。剝き出しの欲情に煽《あお》られ、ぞくっと背筋が震えた。

「おまえが欲しい……」

熱の籠《こ》もった声で繰り返しながら、鏑木の唇が頰に触れる。耳朶《みみたぶ》に熱い息がかかり、さらに下にスライドして首筋にも触れた。首の側面から前面にかけてを舌先で辿られて、うなじが粟立つ。熱っぽい唇が、喉に吸いつき、執拗《しつよう》に肌を這う。されるがままに首を仰《の》け反《ぞ》らせた蓮は、さっきから恋人が執着しているラインになにがあるのか考えた。

首輪の痕だ。

思い至った瞬間、きゅうっとひときわ強く吸われて、びくんっとおののく。

やばい！　いまので完全に火が点いてしまった。

カーッと上昇した体温を、首から感じ取ったのか。唇を離した鏑木が、蓮の腕を摑んだ。少し乱暴に引っ張り、ソファへと導く。

蓮をソファの座面に座らせて、自分はその前に跪《ひざまず》き、蓮のボトムに手をかけた。ボトムと下着を性急に剝ぎ取り、床に投げる。必要最低限ということなのか、カットソーには手をつけず、立ち上がって自分のボトムのボタンを外し、ファスナーを下ろした。下着のなかから雄《オス》を取り出す。それはすでに半勃《はんだ》ちだった。

自分の前に立つ鏑木の、生々しい欲望の証《あかし》に、ごくっと喉が鳴る。気がつくと蓮は、吸い寄せられるように前屈《まえかが》みになり、両手を伸ばしていた。

半勃ちでも充分なボリュームを誇るそれを手で包み込み、愛撫し始める。

上目遣いに見上げて、仁王立ちの恋人と目が合った。鏑木はなにも言わない。ただ、やりたいならやってみろと鷹揚《おうよう》に促すように、黙って見下ろしてくるだけだ。

蓮は鏑木のTシャツの裾を捲《まく》り上《あ》げ、引き締まった腹部に顔を寄せた。美しく割れた腹筋やシャープな腹斜筋、臍《へそ》の周りなどにキスしながら、左右の手をそれぞれ動かす。シャフトを扱《しご》き、カリの下のくびれを指先で辿り、亀頭を手のひらでマッサージした。さほど時を要さず、鏑木の雄は、蓮の手の支えがなくとも自力で勃つようになった。

「……ふっ……」

鏑木が熱い息を吐き、蓮の頭に手を伸ばしてくる。指を髪のなかに潜らせて、狂おしく掻き混ぜた。地肌をマッサージされて首筋がぞくぞくする。

欲情に濡れた灰褐色の瞳に熱く見つめられ、滴るような雄のフェロモンに、喉が浅ましくひくついた。

（……早く）

早く繋がりたい。一つになって鏑木を感じたい。

抑えきれない衝動に駆られた蓮はソファから立ち上がった。入れ替わりに鏑木をソファに座らせ、向かい合う体勢でソファに乗り上げて座面に膝立ちになる。自分が育て上げた欲望を片手で摑むと、みずからの股間に当てがった。

「蓮」

蓮の意図に気がついた鏑木が、「よせ」と制止する。

その声を無視して腰を落とした。なんとか先端を含ませたが、それ以上はまったく入っていかない。焦って無理矢理に押し入れようとしたら、ぴりっと裂けるような痛みが走った。

「痛……っ」

顔をしかめた蓮の腰を摑み、鏑木が軽々と持ち上げる。

「気持ちはわかるが……急には無理だ」

そう言い聞かせる声は、言葉とは裏腹に焦燥に掠《かす》れていた。

鏑木だってすぐに欲しいのは同じ。でも、無理矢理に繋がって流血沙汰になったら、行為そのものを続けることができなくなってしまう。頭ではわかっていたが、焦《じ》れったかった。それなりの手順を踏まなければ、恋人を受け入れられない自分の体が、今日は疎《うと》ましい。

「少し腰を浮かせろ」

急いた声で命じられ、さっきと同じように、ソファの座面に膝立ちになった。準備が少しでも早く済ませられるなら、どんな協力だってする。

浮かせた蓮の股間に、鏑木が片手を差し込んできた。窄《すぼ》まりを指でつつかれ、内股がぴくぴく痙攣《けいれん》する。あわいの周辺を探るようなタッチでつついていた指が、頃合いを見計らって、つぷりと入り込んできた。

「……っ……」

反射的に締めつけてしまう粘膜を宥《なだ》め賺《すか》すように、長い指が出入りする。蓮は恋人が指を動かしやすいよう、微妙に腰の位置を調整した。

それによって動きがスムーズになった指が、グラインドしながら、硬く収斂《しゅうれん》した襞《ひだ》を解《ほぐ》しにかかる。

鏑木がもう片方の手を、カットソーのなかに潜り込ませて乳首を弄《いじ》った。きゅっと引っ張られて、「んっ」と鼻にかかった声が漏れる。鏑木の愛撫に馴染《なじ》んだ乳首は、わずかな刺激でもたちまち痼《しこ》るのだ。触られていないほうの乳首も、一緒に硬くなった。

さらには、〝なか〟の指の刺激に連動して、ペニスもゆるゆると勃ち上がり始める。

「あ、うっ」

やがて鏑木の指先が前立腺をかすめ、ピリッと電流が走ったような衝撃に、思わず前屈みになった。その動きとは裏腹に欲望は反り返り、先端からじわっとカウパーが溢れる。蓮は鏑木に凭《もた》れかかった状態で、恋人の両手が同時に紡《つむ》ぎ出《だ》す快感を追った。

片方の手の指は乳首にリズミカルな愛撫を与え、もう片方の手の指は体内を縦横無尽に動き回る。二つの異なる刺激に反応したペニスから、先走りが溢れ、とろとろと軸を伝い、鏑木の腹部を濡らした。

「だいぶ柔らかくなってきたな」

手応《てごた》えを感じたらしい鏑木が指を引き抜く。不意に訪れた喪失感に、ひくひく収斂するアナルに、濡れた先端を当てがわれた。

（……熱い！）

さっき自分で含んだ時よりも、数倍の熱を孕《はら》んで、硬度も増している。

蓮の腰に両手を添えた鏑木が、耳許で「入れるぞ？」と囁き、蓮の返事を待たずにぐぐっと圧力をかけてきた。

「あ……ひっ」

灼熱の杭《くい》を打ち込まれる圧迫感に悲鳴が出る。

（あ……入って……くる！）

じわじわと剛直を含まされるプレッシャーに仰け反りつつ、蓮はぱくぱくと口を開閉して苦しさを紛らわした。

じりじりと、少しずつ押し込められて、ぱんっという音と共に、ついにすべてが体内に収まる。

「はぁ……はぁ」

圧倒的なしたたかさに瞳を潤ませ、蓮は天を仰いだ。全身がしっとりと汗ばみ、心臓は早鐘を打ち、瞳には涙の膜が張っている。しかしそれは、恋人とふたたび繋がれたという実感を伴う——幸せな涙でもあった。

ジャングルで何度も夢見て、待ち望んでいた瞬間だ。

(ようやく……やっと……一つになれた)

「……蓮っ」

荒い息に紛れて、恋人が呼ぶ。蓮が下を向くと唇を重ねてきた。押しつけられた唇を、蓮はちゅくっと吸った。そのあとで口を開き、舌を受け入れる。

「……ふ……んっ」

舌を深く絡ませ合いながら、鏑木が下から突き上げてきた。我慢も限界に達していたのか、タガが外れたみたいに、いきなり激しい。

「ああっ」

唇が離れ、甲高い声が響く。浮き上がった蓮の体を、鏑木が両手でがっちりと支えた。

串刺しの状態で立て続けにがんがん突き上げられ、「あっ、あっ、あっ」と嬌声《きょうせい》が零れる。

快感の源をぐりっと抉《えぐ》るように腰を入れられて、蓮はぶるっと身震いした。

一挿しごとに官能が深くなり、ピストンも加速する。蓮の体は恋人の上で小刻みにバウンドした。自分の尻と鏑木の腰骨がぶつかり、ぱちんっ、ぱちんっと破裂音が響く。蓮を貫く恋人の雄は、もはや凶器のように固く、火で炙《あぶ》った鉄棒のごとく熱かった。

「ふっ、あっ、アッ」

ずんっ、ずんっと力強い抽挿《ちゅうそう》に押し上げられていく。

脳内に、上昇して白い雲を突き抜けるイメージが広がった。

さらに、上へ。上へ。頂上へ。

苛烈な追い上げに振り落とされないよう、鏑木の肩を夢中で摑んだ刹那——眼裏《まなうら》が白く光り、〝なか〟が激しく痙攣した。

「く……うっ」

鏑木が低く呻《うめ》き、蓮は大きく身を反らす。吹き上げる恋人の放埒《ほうらつ》を浴びて、みずからも絶頂に達する。

「……はっ……ぁうッ」

そのまま後ろに倒れそうになる蓮の腕を鏑木が摑んで、引き寄せてくれた。声もなくぐったりと、鏑木に凭れかかる。はぁはぁと胸を喘《あえ》がせる蓮の後ろ髪を、鏑木がやさしく撫でた。首筋に唇を押しつけ、宥めるように何度もキスをする。

お互いの呼吸が落ち着いてから、鏑木が蓮を離して顔を覗き込んだ。

「蓮……すごくよかった」

「俺も……俺も……すごくよかった」

いまだ興奮冷めやらぬ面持ちで、蓮も同意する。

「だが」

「だが？」

否定形に不安になって問い返すと、鏑木が唇の端で笑った。めずらしい、いたずらっ子みたいな笑みだ。

「まだぜんぜん足りない」

そう言われてうれしくなる。蓮は鏑木の首に抱きついた。

「俺も！」

「次はちゃんとベッドでしよう」

「うん」

うなずいて膝から下りようとしたが、鏑木に止められる。

「なかに出してしまったから歩くと零れる。ちょっと待っていろ」

鏑木が蓮の腰を摑んで自身を抜き、ソファから立ち上がった。パウダールームに消えてほどなく、バスタオルを手に戻って来る。そのタオルで蓮の下半身を包み込んで、横抱きにして抱え上げた。

新婚初夜の花嫁みたいな気分を味わいながら、寝室へ移動する。室内に入った鏑木が、蓮をベッドに下ろした。

生まれて初めて横たわる鏑木のベッドに、蓮は興奮した。部屋に入った時も興奮したけど、こっちのほうがもっとレア度が高い。俯《うつぶ》せになって枕に顔を埋《うず》め、くんくんと嗅《か》ぐ。

（鏑木のにおいがする……）

このにおいのなかでセックスするんだと思うと、それだけで発情してきた。

蓮がテンションを上げているあいだに、ベッドに腰掛けた鏑木は衣類を脱ぎ始める。編み上げ靴を脱いで床に投げ、ライダースジャケットを脱ぎ、黒のTシャツを頭から抜き取り、下着と一緒にボトムを下ろして、足から脱ぎ取った。

その様子を横目に、蓮も最後まで残っていたカットソーを頭から抜き取る。

と、不意に「それは？」と訊《き》かれた。

振り返った蓮は、鏑木の険しい表情に面食らう。恋人の視線は、蓮の背中の肩甲骨付近に向けられていた。

「ああ……」

（疵《きず》のことか？）

リカルドにつけられた鞭の疵は、ガブリエルの当座の処置がよかったのか、膿むようなこともなく快方に向かっている。もうほとんど痛みもないのだが、鏑木は初見だから驚いたのだろう。

「リカルドに鞭で打たれたんだ」

「鞭で？」

鏑木の顔が、ますます険を孕《はら》む。

「リカルドはシウヴァをものすごく恨んでいたから……殺されなかっただけマシだよ」

「マシとかマシじゃないとか、そういう話じゃない」

意識的に憤怒を押し殺しているような、しゃがれた声で鏑木が吐き出した。

「でも……鏑木がリベンジしてくれたし」

せっかくの二人の時間を、リカルドなんかに邪魔されたくない。そう思って口にした言葉をスルーして、鏑木はベッドの上に乗り上げてきた。蓮の後ろに膝立ちになり、背中に顔を近づける。

「痛みはないのか？」

「もう大丈夫」

「そうか」

ほっとしたようにつぶやき、続けて痛ましげな声音を紡いだ。

「蝶の翅《はね》が……ちぎれている」

ふと、似たようなことを、ガブリエルが言っていたのを思い出す。確か、疵の手当てをしてくれた時だ。

――鞭の疵で翅が裂けてしまっている……。

「……飛べなくなってしまったな」

とても残念そうに、鏑木が切ない声音を落とした。低音の囁きにガブリエルの声が重なる。

――残念だ。

――私がもう少し早く着いていれば、美しい翅を傷つけることもなかったのに。

あの時、ガブリエルも残念がっていた。

しかし蓮自身は、自分では見えないせいか、痣《あざ》の形にそれほど思い入れがない。リカルドによって背中の翅は傷つけられてしまったが、自分は元気だし、鏑木が側にいる。

蓮にとっては、それがなによりも大切なことだ。

「………っ」

ふーっと背中に息がかかり、ややあって、熱い感触が左の肩甲骨の下に触れた。鏑木の唇だ。

これまでも何度も、鏑木はここにくちづけてきた。

今回は、まるで疵を癒そうとするかのように、何度も、何度もくちづけてくる。ほどなく疵がジンジンと痺れ出し、恋人の唇から伝わった熱が、体じゅうにじわじわと伝播《でんぱ》していく。

気がつくと、手足の先まで痺れるように熱くなって、全身にうっすら汗を掻いていた。

汗ばんだ肌から鏑木が唇を離し、覆い被さってくる。蓮は自然とベッドに四つん這いになった。

鏑木の広い胸が、背中にぴったりと密着する。大きな体にすっぽり包み込まれる感覚が心地よくて、うっとりと目を閉じた。

（気持ちいい……）

初めて会った時から、鏑木は心も体もなにもかもが大きくて、いつかは追い越したいと野望を抱いていたけれど、結局いまも追い越せないままだ。

でも、しばらくはこのままでいい。もう少しだけ、その包容力に甘えさせてもらおう。

支えてもらいながら、少しずつ成長して、そうしていつの日か鏑木のほうが支えを必要とした時、一番初めに手を差し伸べられる存在になりたい——。

この先の展望を思い描いているうちに、蓮を抱き締めていた鏑木の手がいつしか尻に移動して、スリットに指を忍び込ませてきた。指の腹で窄まりを押されてぴくっと震える。ついさっき恋人を受け入れたばかりのそこは、まだ熱く潤んでおり、指の侵入をすんなり許した。

「あっ……」

くぷくぷと指を出し入れされ、さっき鏑木が放った精液が流れ出る感触に声が漏れる。とろっと伝い落ちたそれが、太股の内側を濡らす。

「大丈夫そうだな」

背後で囁いた鏑木が屹立《きつりつ》を押しつけてきた。剛直がスリットをぬるぬると行き交う生々しさに、背筋がぞくぞくする。

射精してからまださほど時間が経っていないのに、恋人の欲望は完全復活していた。さっきより大きいくらいだ。それだけ自分を欲しがってくれているのだと思ったら、胸の奥が甘苦しく疼《うず》いた。

下腹部もずくっと疼いて、ふたたび欲望が張り詰めていくのを意識した瞬間、ぐっと圧力がかかり、先端を含まされる。

反射的に逃げを打つ腰を、鏑木が摑んで引き寄せた。

「ひ、あっ」

めりめりと体を割られる衝撃に、生理的な涙が膜を張る。一度受け入れたとはいえ、恋人は生半可な大きさではない。

蓮は手許のベッドリネンをぎゅっと握り締めた。鏑木の手が前に回ってきて、衝撃に萎えた蓮の欲望を愛撫し始める。あやすように扱かれた場所から、快感がとろとろと滲み出てきた。

「ふ……ん……ん」

性器への愛撫で蓮の気を逸らせておいて、鏑木はゆっくりと、しかし着実に侵入してくる。ずっ、ずっと押し込むようにして狭い肉を押し広げられ、喉の奥から「……ふっ、うっ」と獣みたいな唸《うな》り声《ごえ》が漏れた。

　後ろの圧迫と前の快感がごちゃ混ぜになり――苦しいのか、気持ちいいのか、自分でも混沌としてきた頃、鏑木が腰を揺すり上げるようにして根元まで剛直をねじ込んでくる。ぱんっと肉と骨がぶつかる音が響いた。

（……入った）

〝なか〟の恋人がドクドクと脈打ち、荒い息が首筋にかかる。

　蓮が結合に馴染《なじ》むのを待たず、鏑木はすぐに動き始めた。腰を片手で固定し、ずん、ずんと、奥に響くようなヘビーな抽挿を送り込んでくる。

「んっ……ふぅんっ」

　パンパンと腰を入れると同時に、先走りに濡れた勃起を擦り、首輪の痕にねっとりと舌を這わせてきた。赤くなった肌に吸いつき、尖《とが》った乳首を指先で弄《もてあそ》ぶ。同時多発の巧みな愛撫に、体のあちこちで官能の芽が膨らんでいく。

「……ンッ……あ、……」

　ギリギリまで引き抜いた楔《くさび》を、窄まりかけた肉を抉るように突き入れられて、蓮は仰け反った。達したばかりの前立腺を硬い切っ先で抉られ、媚肉が収斂する。鏑木が「くっ」と息を呑んだ。

「……すごいな……」

　艶《つや》めいた声にも感じて、なおのこと〝なか〟がうねる。

　体内の雄をきゅうきゅうと締めつけることで、みずからの快感がさらに増幅していき――限界まで高まった射精感に、蓮は全身をぴくぴくと震わせた。

「あっ……い、……い、きそう……っ」

「我慢しなくていい。——達《い》け」

言うやいなや、鏑木が急ピッチで動き始める。射精を促すような激しい抽挿に、ふたたび頂上へと押し上げられた。

「あぁっ————っ」

一度目よりもさらに高みで達して、急速に脱力し、枕に突っ伏す。後ろからずるっと抜け出た鏑木が、ぐったり弛緩した蓮の体を裏返しにした。

仰向けになったとたんに、視界に飛び込んできた映像に両目を見開く。

（………あ）

膝立ちした鏑木の股間に、まだ達していない屹立が、雄々しく天を仰いでいた。

先端を光らせた怒張の猛々しさに圧倒されつつも、弾けたばかりの欲望がぴくんと反応する。

（……え？）

自分で自分に驚いた。

「……嘘……まだ？」

まだ満足していないのか。

（どうかしてる）

二度イッても、満足できないなんて。

「……変だ。こんな……」

喘ぐように呻くと、鏑木がふっと片頬で笑った。

「いくらでもつき合ってやる……」

言うなり膝を摑まれ、脚を割り開かれる。あらわになった窄まりに、張り詰めた亀頭を押し込まれた。

「アッ……」

今度は正常位で入ってきた恋人に、逞しいものでずぶずぶと貫かれ、喉を大きく反らせる。

「あぁ――ッ……」

長大な自身を一息に呑み込ませた鏑木が、間髪容《かんはつい》れずに動き始めた。今度も最初から容赦がない。

「あぁっ……あぁっ」

貪るように抜き差しされ、情熱的に揺さぶられて、開きっぱなしの口から嬌声がひっきりなしに零れる。

結合部からも、じゅぷじゅぷと激しい水音が立った。

野性的で強靭《きょうじん》な腰遣いに、蓮は翻弄され、耽溺《たんでき》した。

「んっ……はぁっ……」

「いいか?」

「いいっ……いいっ」

自分が感じている快感を素直に口に出す。

「熱くて……気持ちいいっ」

鏑木が、ふぅっと息を吐いた。

「すごいな。欲しがって……うねって……絡みついてくる」

自分でも、鏑木をよりいっそう深く味わおうと、内襞が引き絞るように蠢《うごめ》き、纏《まと》わりついているのがわかった。貪欲で淫らな動きだと知りつつも止められない。

「だって……だ……っ」

「構わない……好きなだけ欲しがれ」

低く命じた男が腰を抱え上げ、より深い結合を強いた。

「ふっ……うっ……あぅっ……」

激しい抽挿に視界がぶれる。背中がリネンに擦れる痛みすら、快感を煽るスパイスとなった。これ以上ないほどに張り詰めた充溢《じゅういつ》で肉壁を掻き混ぜられ、脳が白く眩《くら》む。舌を噛みそうな勢いで揺さぶられて、蓮は甘くすすり泣いた。

「……そこっ……そこが、い、いっ……」

熱くて、苦しくて、気持ちよくて……。

「あっ……いくっ……また、いく……ぅっんっ……そこ……もっと……突いてっ」

きゅうっと収斂した場所を硬い切っ先で突かれ、溜まっていた熱が弾ける。快感が粒になって全身に散らばった。

「は、あ……かぶら……ぎ……」

蓮は硬い首にしがみつき、逞しい胴に脚を絡める。「好きっ」と叫んだ直後、ひときわ強く腰を打ちつけられた。脳天までびりびりと電流が貫く。

「あああ——っっ」

大きく上半身をしならせ、蓮が絶頂を迎えるのと前後して、体内の鏑木も弾ける。

射精したあとも、鏑木は腰を前後に動かし、何度かに分けて〝なか〟を濡らす。最奥《さいおう》にたっぷり熱い飛《ひ》沫《まつ》を浴びた蓮は、ぶるっと全身を震わせた。

欲望の証をすべて注ぎ終わった恋人が、ゆっくりと覆い被さってくる。

「……蓮……愛してる……蓮」

掠れた睦言に微笑み、蓮は重なってきた唇に唇を押しつけた。


お互いを貪り合い、欲望をすべて吐き出したあと——蓮は鏑木の胸に顔を埋めて、事後の心地よい疲労感に浸った。

こうして恋人と触れ合えるひとときが、いまの自分には、世界中のどんな財宝よりも価値があるものに感じられる。

（この幸せを……二度と手放したくない）

切実な想いに背中を押された蓮は、鏑木の胸から顔を離した。そのまま半身を起こすと、鏑木が「……蓮？」と呼ぶ。

「どうした？」

訝《いぶか》しげな鏑木を見下ろし、「少し……話をしていいか？」と切り出した。

蓮の改まった様子に一瞬眉をひそめた鏑木が、しかしすぐに「ああ」とうなずき、体を起こす。

本当は、きちんと話をしてから抱き合うべきだったのに、順番が逆になってしまったが、その時間すら待てない気持ちは蓮も同じだったので、鏑木が部屋に入るなり求めてくれてうれしかった。

立て続けに抱き合ったことで、ひとまず体の欲求は落ち着いた。となれば次は、今後についての話し合いだ。

そう思った蓮は、神妙な声音で切り出す。

「このところずっと、俺たちはブルシャとガブリエルに囚われていたが、その二つの憂いが……やっとなくなった」

「ガブリエルに関しては、まだ確定とは言えないがな」

鏑木に訂正され、「そうだけど……でも区切りがついたのは確かだろう？」と返した。

「まあな」

「一つのステージが終わって、俺たちは新しいターンに入る」

心持ち居住まいを正し、鏑木の目をまっすぐ見つめる。心臓の鼓動の速さを意識しながら、蓮は強ばった唇を開いた。思い切って告げる。

「シウヴァに戻って来てくれ」

「……蓮」

鏑木がわずかに目を見開いた。

「もう一度側近に戻って、俺を……シウヴァを支えて欲しい」

「…………」

蓮の懇願にただちに返答はなく、鏑木は、なにかを考え込むように眉間《みけん》に皺《しわ》を寄せる。

その表情を見て、背中がひんやり冷たくなった。

(やっぱり……いやなのか？)

あの時——鏑木がシウヴァを辞めたことを知り、初めて恋人の家を訪問した際に、鏑木の口から出た言葉。

——俺の人生は、鏑木家の跡継ぎとしてこの世に生を享《う》けた瞬間から道筋が定まっていた。

——言ってみれば、シウヴァという巨大な運命に縛られた人生だ。

——これが鏑木家の長子に生まれた自分の宿命だと受け入れて、最善を尽くしてきたつもりだ。だが心の片隅には拭いがたく、自分の意思で人生を選び取っていない違和感があった。このままではいつの日か行き詰まり、破綻するのではないか。そんな危惧を抱いていたところに、おまえとの新たな関係が始まり
——一緒に過ごした三ヶ月で、折に触れて考えるようになった。一度、おまえやシウヴァから離れ、自分を見つめ直す必要があるのではないか、と。

それでも、鏑木は自分のもとに戻ってきてくれたし、ああ言わざるを得なかった事情も説明してくれた。

(だけど)

いまでも自分は、全部が全部、偽りの言葉だったとは思っていない。あの言葉のなかには、鏑木の本心も潜んでいたのではないか。

その証拠に、シウヴァの側近の座を離れ、自由になってからの鏑木のほうが生き生きしている。

この世に生を享けた瞬間から、鏑木はシウヴァという枷《かせ》に囚われていた。十歳までは自由だった自分よりもずっと長く、囚われてきた。

それが、ようやく解き放たれたのだ。

いまやっと、鏑木は自分の意思で、みずからの人生を生きているのかもしれない。

なのに、またシウヴァに戻って来て欲しいと願うのは虫がよすぎるとわかっている。

自分よりなにもかも優れている鏑木に、補佐をしろと望むのは……。

「俺のエゴだってわかっている……。鏑木には鏑木の人生があるのに……」

「蓮……」

「だけど俺はもう、鏑木のいない人生は考えられない。わがままだってわかっているけど、恋人としてだけじゃ足りない。シウヴァの当主の座に就いているからこその喜びや悲しみ、苦悩、葛藤、すべての感情をシェアしたい。人生そのものを共有したいんだ」

気がつくと、心のなかに溜め込んでいた感情が口から溢れ出ていた。

「そのために、ソフィアとアナにも鏑木を愛していることを打ち明ける。包み隠さずなにもかもを詳《つまび》らかにして、この先もずっと鏑木と一緒に生きていきたいと告げる」

「蓮、本気なのか」

険しい表情で問い質す鏑木に、「本気だ」と即答する。

「これ以上、俺たち二人のことで誰にも嘘をつきたくない。少なくとも身内には真実を話したい。それによって、自分が傷つくことも、相手が傷つくこともあるかもしれない。たとえそうであっても、逃げるのはもう止めたいんだ。俺は十歳から鏑木に護《まも》られてきたけど、これからは変わる。護られているばかりじゃなくて、俺も鏑木を護れるように変わる。がんばって変わる。成長する。足手纏いにはならない。だから……お願いだからっ」

「蓮！」

なにかに取《と》り憑《つ》かれたかのように言葉を紡いでいた蓮は、不意に二の腕を摑まれて、びくっと震えた。ぱちぱちと両目を瞬《しばたた》かせる。鏑木が宥めるように腕を叩き、「落ち着け」と言った。

「一人で先走るな。俺にも話をさせろ。二人のことだろう？」

低い声で諫《いさ》められる。

「……ごめん」

変わると宣言した舌の根も乾かぬうちに、未熟さをさらけ出してしまった自分に、しゅんとなった。

へこんでいる蓮から手を離した鏑木が、どこから話そうかと思案するような顔つきで三十秒ほど沈黙したのちに、口火を切る。

「今回の拉致事件のさなか、俺は何度か絶望に足をすくわれ、おまえを失ったかもしれないと思い詰めたことがあった。おまえがもうこの世にいないのではないかと思うたびに、恐ろしくて、体の震えが止まらなくなった」

当時の苦しみを思い出したのか、苦渋の面持ちで語り出した鏑木に、蓮は驚いた。

「あそこまでの恐怖心に囚われたのは、生まれて初めてだった。もしもこのままおまえが戻ってこなかったら……俺も生きてはいられないと思った」

「鏑木……」

びっくりして口が開きっぱなしになる。

鏑木がそんなふうに思い詰めていたなんて……自分を失うことをそこまで恐れていたなんて。

逆のパターンはあっても、そっちは想像していなかったので、なんだかぴんと来ない。

ぼんやりしていると、鏑木が蓮の手を握った。

「蓮、おまえは俺の運命だ。俺のすべてだ。人生そのものだ」

蓮の顔を覗き込み、畳みかけるように言葉を重ねてくる。

「おまえが言うように、二人で生きていくのは簡単じゃない。俺たちが意志を貫き通すことによって、誰かを傷つけることもあるだろう。傷つけられることもあるだろう」

どことなく苦しそうに告げてから、鏑木は蓮の指先にくちづけた。

「だがもう、おまえのいない人生は考えられない。……俺のほうこそ頼む」

まっすぐ蓮を見つめて懇願する。

「これからもずっと一緒にいてくれ」

唇が触れている箇所から、恋人の真摯《しんし》な想いが伝わってきた。緊張で冷え切っていた手が、じわじわと熱を帯びていく。

「あ……」

そうなってもまだ頭が混乱しているせいで、まともなリアクションが取れない蓮に、鏑木が宣言する。

「俺はシウヴァに戻る」

「……え？」

「おまえの側で、この先もずっとおまえとシウヴァを支える」

「………っ」

「それが、俺が自分で選び取った人生だ」

真剣な眼差しと迷いのない声。

自分の意志で、蓮の側にいることを選び取ったのだ、と。

それこそが紛れもなく、おのれの人生なのだ、と。

気負いもなく、悲愴感《ひそうかん》もなく、ただ凛《りん》とした覚悟と矜持《きょうじ》を眼差しと声に込めて——。

刹那、感情の堤防が決壊した。びっくりするぐらいの速度で涙がぶわーっと盛り上がってきて、たちどころに瞳が水分で覆われ、鏑木の顔が見えなくなる。

ついに涙の表面張力が弾けた。次から次へと溢れ、とめどなく頬を濡らし続ける涙を、鏑木が唇ですくい取る。そのまま目蓋にくちづけた。熱を帯びた耳に指でやさしく触れる。

「……蓮、愛している」

「か……ぶ、らぎっ」

かろうじて、やっとその名前を口にして、蓮は恋人に抱きついた。

逞しい首に両手を回し、愛おしい男に捧げる。

精一杯の、愛の言葉を。

「俺も……俺も……愛してる」

その想いに応えるように、鏑木が強い力でぎゅっと抱き返してくれた。

「ずっと一緒だ、蓮」

まるでプロポーズみたいな、誓いの言葉。

それを聞いたら、余計に涙が止まらなくなる。

「どこまでも一緒にいよう」

囁いて、涙で濡れた唇に唇が覆い被さってくる。涙の味がするキスに、蓮はしばし酔いしれ、浸った。


「……ガブリエルのことだが」

泣き疲れた蓮が、幸せな気分でベッドに横たわっていると、傍らに寄り添う鏑木が不意につぶやいた。

（ガブリエル？）

なぜいま急に、その名前を出してきたのか。

様子を窺《うかが》う視線の先で、鏑木はしばらく天井を見つめていたが、ふたたび口を開く。

「改めて考えてみたんだが……あいつにとって、おまえという存在は特別だったのだと思う」

「……特別……」

蓮はぼんやりとリフレインした。

「現時点では本当にあいつが死んだかどうかはわからないが、もし万が一生きていたとしても、致命傷を負ったはずだ。……自分を犠牲にしてまで、あいつはおまえを庇った」

まだ考えがしっかりまとまっていないのか、言葉を選ぶように、ゆっくりと口にする。

「これまで散々、ゲーム感覚でひとの人生を弄んできたあいつが、最期は自分の生よりも、おまえの命を優先した」

いったんそこで言葉を切ると、首を捻《ひね》ってこちらを見た。灰褐色の瞳がまっすぐ見つめてくる。

「おまえはどう思った？」

問いかけられた蓮は、たったいまこの瞬間まで、ガブリエルについて考えないようにしていた自分に気がついた。

（わざと、そこに思考の照準を合わせるのを避けていた？）

自分の盾になって死んだ——いや、死んだとは限らないが——男に関して深く掘り下げたら、心が乱れるとわかっていたからだろう。いまだって名前を聞いただけで、胸がざわざわしている。

なぜ、自分を庇ったのか。

（なぜ？）

洞穴《どうけつ》のなかで、ガブリエルは自分を殺そうとした。

——長年の夢が叶ったいま——きみと一緒に朽ち果てるのも悪くないかもしれないな。

そう言って首を絞めた。

なのに、その後、自分を庇って被弾して……滝壺に落ちた。

（……わからない。なぜだ？）

この数日間、出会ってからこれまでで一番、ガブリエルという存在が身近にあった。

近くにいたせいか、折に触れ、これまではミステリアスな仮面の下に隠していた素顔を垣間見《かいまみ》る機会があった。

ブルシャの生息地に辿り着いた際の、少年のような高揚。

〝聖地〟を踏み荒らすリカルドたちへの、純粋な怒り。

洞穴のなかでイネスについて語った、熱を帯びた声。

蓮が「俺はあんたを憎めない」と告げた瞬間の、虚を衝《つ》かれたような表情。

ブルシャの生息地に辿り着き、長年の野望を達成して以降のガブリエルは、生への執着と死の誘惑のあいだを、どっちつかずに行ったり来たりしているように見えた。

空中をたゆたうモルフォ蝶《ちょう》のように、ゆらゆら、ふらふらと。

（そうだ。モルフォ蝶……）

ガブリエルの後頭部にあった疵痕——自分には蝶のフォルムに見えたが——一瞬だから見間違いかもしれないし、ガブリエル自身も、それが蝶の形だとは気がついていないようだった。

第一、あれは後天的な疵だ。生まれつきの痣とは違う。

だけど、偶然にしては妙な符合だ。

まさか……ガブリエルはシウヴァの血を引いていた？

だから、子供の頃からブルシャの生息地の夢を見ていたのか？

そんな夢物語みたいな話、現実に起こりうるんだろうか。

（もしも……仮に、もしそうだとしても）

いまとなっては確かめようがない。

結局のところ、あの男はなに一つ、自分から核心に触れなかった。

祖父の死への関与、ソフィアを誘惑してシウヴァに入り込んだこと、アナの誘拐事件への関与、鏑木を脅してシウヴァから排除したこと、ルシアナを利用して罠《トラップ》を仕掛けたこと、リカルドを唆《そその》かして自分を拉致させたこと——いずれも、ガブリエルの罪を証明できるような物的証拠は残っていない。

なにも語らず、疑惑と謎だけを残して、あっさり消えてしまった。

いまとなっては、あの男の存在自体が幻だったんじゃないかと思えるほどに——あっさりと。

「——蓮……蓮——蓮！」

遠かった声がだんだん近づいてきて、ついには耳許で名前を呼ばれてはっとする。

「あ……」

自分を斜め上から見下ろしている鏑木に気がつき、蓮は狼狽《うろた》えた。眉間に縦筋を刻んだ男に、険しい視線で射貫《いぬ》かれて、「な、なに？」と上擦った声で聞き返す。

「俺の話を聞いていたか？」

明らかに不機嫌モードの鏑木が追及してきた。

思考があちこちに飛んで、そもそもなんの話をしていたのか、もはやわからなくなってしまっていたが、そうは言えない。

「え……あ、うん。聞いていたよ」

うやむやにして受け流そうとしたが、鏑木は誤魔化されてくれなかった。

「嘘をつけ。——いま、誰のことを考えていた？」

「誰って……」

脳裏にふっと、銀の髪と青い瞳が浮かぶ。

「誰だ？」

「…………」

なんとなく、ガブリエルだと言ってはいけない気がした。

かといって嘘もつけず、どう答えようかと迷っているあいだに、鏑木の顔がさらに険しさを増す。二の腕をきつく摑まれた——と思った次の瞬間、蓮は組み敷かれていた。

「かぶら……ぎ？」

どうも怒っているようだが、理由がわからない。戸惑っていると、突然唇を奪われた。

「んっ……むぅっ」

唇をこじ開け、ねじ込むように舌が侵入してくる。反射的に抗おうとしたが、そのささやかな抵抗は、強い腕の力にあっけなくねじ伏せられた。

「ンッ……んっ……ン……」

熱く獰猛《どうもう》な舌が、苛立ちをぶつけるように荒々しく口のなかを動き回る。

「……っ……ふっ……」

蓮の舌を散々もみくちゃにしてから、ようやく解放した鏑木が、上空から威圧するような眼差しで睨《ね》めつけてきた。

「同じベッドにいて別の男のことを考えるような不届き者には」

押し殺したような低音で凄まれ、少しドキドキして「不届き者には？」と続きを促す。

「……お仕置きだ」

どうやら無意識のうちに、恋人のスイッチを入れてしまったようだ。

でもそれは、蓮にとって悪い展開ではなかった。

恋人のことはいくらだって欲しいし、新たに発生した「お仕置き」というワードには、淫靡《いんび》なときめきを感じる。時間だって、朝までまだたっぷりある。

「口を開けろ」

傲慢《ごうまん》な声音で命じてきた鏑木の要求に応じ、蓮は素直に口を開いた。

「……んっ」

新しいラウンドの開始を知らせる、ゴングみたいなキスにうっとりする。

口腔内に侵入してきた熱い舌に、積極的に舌を絡めていきながら、蓮は自分の欲望のスイッチにも、何度目かの火が点くのを感じていた。

XIV

鏑木《かぶらぎ》をリーダーとする隊《パーティ》に救出された蓮《れん》が、ジャングルから『パラチオ　デ　シウヴァ』に戻って、ひと月が過ぎた。

その間《かん》、様々な環境の変化があったが、蓮にとって一番インパクトが大きかったのは、なんといっても鏑木のシウヴァ復帰だろう。

蓮との約束どおりに、側近の任に復職したのだ。

鏑木の復職の意向を、シウヴァの幹部会は全員一致で承認した。

側近代理であったガブリエルが行方不明となったことで、側近の座が空席になってしまうという事情もあるだろうが、なにより、鏑木の復帰をシウヴァに関わる誰もが待ち望んでいたという心情的なものが大きかったのではないかと思う。

もちろん、一番喜んだのは蓮だ。

個人的に約束を取りつけてあったとはいえ、復職希望がすんなり通るかどうかはわからなかったので、全員一致の承認と聞いて、心から安堵した。結果を伝えに来た秘書と、手を取り合って喜んだほどだ。

もうこれで安心だと枕を高くして眠ったにもかかわらず、まだどこかに不安の種が残っていたらしい。

業務再スタートの朝、スーツ姿で迎えに来た鏑木に、「おはよう、蓮」と挨拶をされた瞬間、思いがけず感極まってしまった。

なんとか涙は堪《こら》えたものの、赤くなった目と鼻声を誤魔化さなければならなかった。

「おはようございます、ヴィクトール様……お戻りになられてよかったです」

ロペスは涙を隠すことなく、ハンカチで目許を押さえていたが——。

その後の鏑木はブランクを一切感じさせることなく、落ち着いた立ち居振る舞いで側近としてのタスクを完璧にこなし、周囲を安堵させた。

シウヴァと蓮に降りかかったトラブルは公になっていなかったが、内部事情を知る者は事件の後遺症を案じていただろうから、さぞやほっとしたに違いない。

そこに存在しているだけで、皆の精神《こころ》を安定させる包容力はさすがだ。

かねて鏑木がシウヴァの精神的支柱であったことが、改めてよくわかる。

蓮自身も、鏑木が傍《かたわ》らにいると安心するせいか、表情が穏やかになっているのが自分でもわかった。このところは秘書の顔つきも明るい。

それともう一つ、蓮にとって明るいニュースがあった。

ジンが正式にシウヴァのスタッフになったのだ。

これは鏑木の要請によるもので、みずからの復帰に伴ってジンをスタッフに加えたいと申請し、幹部会の承諾を得た。待遇はミゲルやエンゾと同格で、シウヴァ・グループに所属はするが、かなりフレキシブルな雇用スタイルになるようだ。

鏑木は、ジンの情報収集能力を高く評価しており、また、蓮の同年代の友人としての彼の存在感にも一目置いている。自分のシウヴァ復帰を機に、これまでのような「蓮の友人で居候《いそうろう》」という曖昧《あいまい》な立場ではなく、ジンにもきちんとしたポジションを与えたいと考えたらしい。

ジンをスカウトするという話を鏑木から聞いた蓮は、自由人の友は組織に属することを厭《いと》うのではないかと思った。鏑木のオファーに対して、「少し考えさせてくれ」と返答を保留したと聞き、やはりそうかと、残念な思いを抱きつつも納得していたのだが、二日後にジンが出した答えは意外にも「ＯＫ」だった。

「組織に入るのとか、いやなんじゃないのか？」

「ただの組織ならナシだけど、ま、ほかならぬシウヴァだしな。おまえがトップで、カブラギサンが上司なら、クルーになるのも悪くねーかって思ってさ」

そんなふうに言ってもらえてうれしかった。その選択をジンに後悔させないためにも、シウヴァという船の船頭としてがんばろうと気合いが入る。

鏑木が無事に復職し、新たな戦力としてジンも加わり、シウヴァが新しいスタートを切る一方で、ソフィアとアナは、ガブリエルを失ったショックから立ち直れずにいた。

とりわけ、ソフィアの落ち込みは激しかった。

ガブリエルが行方不明になったことだけでも大きなショックを受けていたところに、追い打ちをかけるように婚約者の正体と、彼が裏で行っていた悪事を知り、傷心のあまり寝込んでしまったのだ。

ガブリエルの正体を明かす件については、鏑木と蓮で何度も話し合った。

蓮は当初、ソフィアとアナに話すべきではないと主張していた。

ガブリエルの真の姿は、彼を婚約者として愛し、将来の義理の父と慕っていた二人にとって、衝撃が大きすぎる。そこは伏せておくべきではないのか。

蓮の拉致を知ったガブリエルは、蓮を捜す鏑木たちのチームに合流してジャングルに赴き、そこで不慮の事故によって川に転落し、行方がわからなくなった——。

というのが、蓮の考えた筋書きだ。

彼女たちの衝撃度を緩和するためならば、多少の脚色も仕方がない。

対する鏑木の主張は、すべてを包み隠さずに話すべきだというものだった。

変に美談に仕立て上げれば、彼女たちのなかにガブリエルが美しい思い出となって焼きついてしまう。それではいつまでもガブリエルを忘れられず、二人の今後にマイナスの影響を及ぼす。また蓮の心にもソフィアとアナを偽っているという負い目が残り、その罪悪感は、二人がガブリエルの名前を出すごとに強くなっていくだろう。結果として、三人の仲がぎくしゃくしてしまう可能性がある。

「俺たちは、身内を欺き続ける苦しみを充分に味わった。だからこそ、俺たちの関係についても、ソフィアとアナに本当のことを話すと決めた。だったらこの件も同じだ。一時的な痛みは伴うが、長い目で見れば絶対に真実を話したほうがいい」

鏑木の言葉には説得力があり、話し合いを重ねるうちに、蓮の考えも変わっていった。

本当のことを話せば二人は——とりわけソフィアは深く傷つくだろう。しかし、ソフィアは芯の強い女性だ。もともとそうだったというより、蓮が知る限りはニコラスの死後、徐々に変わった気がする。蓮の視覚障害の時も、当主の代役を快諾して、重責をきちんと担《にな》ってくれた。

ニコラスの死やグスタヴォの死、アナの誘拐といった数々のアクシデントを乗り越えるなかで、自分もシウヴァの一員なのだという自覚が芽生え、本来持っていた強さが開花したのかもしれない。

ソフィアを信じてみよう。信じて、本当のことを話そう。

そう決意した蓮は、鏑木と共に別館に赴いた。四人で対話の場を持ち、ガブリエルがマフィアのボスであったこと、彼がシウヴァに近づいた真の狙いがジャングルの奥地に自生するブルシャという麻薬の原料にあったことを明らかにした。さらには過去に遡《さかのぼ》り、順を追って、グスタヴォの襲撃にも関わっていたこと、アナの誘拐を仕組んだこと、鏑木を罠《わな》に嵌《は》めてシウヴァから追い出したこと、ルシアナを利用して蓮から指輪を奪おうとしたこと、先般の蓮の拉致事件に関わっていたことを話した。

なるべく平淡な声音で、私情を交えず、事実だけを淡々と語り聞かせたつもりだった。だがそうはいっても、母娘が受けた衝撃は大きかった。

とりわけソフィアは真実を受け止めきれずに錯乱し、「嘘よ！　そんなの嘘！」と叫んだ。

私はガブリエルに利用されていただけなの？

彼の言葉はすべて嘘だったの？

彼が私に与えた愛は全部幻だったの？

取り乱した様子で問い詰めてくるソフィアに、蓮はなにも言い返すことができなかった。それはガブリエルにしか答えられない質問だったからだ。

「いやよ……いやあああ……」

アナは静かにはらはらと涙を流しながら、号泣する母親を抱《ま》き《あ》締めている。

覚悟の上で明らかにしたとはいえ、傷ついた母と娘を目の当たりにして、蓮は胸を錐《きり》で抉《えぐ》られるような疼痛《とうつう》を覚えた。愛するひとたちが悲しんでいる姿は、見ているほうも辛かった。

だからといって、ここで逃げ出すわけにはいかない。

ソフィアとアナは、自分にとって唯一の家族だ。

苦しい時に痛みを分かち合ってこそ、本物の家族のはず。

そう思った蓮は、ソフィアが泣き疲れてぐったりするまで、二人の側にいた。鏑木も蓮の傍らに寄り添い、黙って支えてくれた。

だが結局、その日を境に、ソフィアは自室に閉《と》じ籠《こ》もるようになった。

寝台から起き上がる気力が湧かないらしく、食事もまともに摂《と》らずに、日に日に痩《や》せ衰えていく。

蓮は鏑木と共に、時間が許す限り別館に足を運んだが、寝台で泣いてばかりいるソフィアと、まともな会話は成り立たなかった。憔悴《しょうすい》しきったソフィアと元気のないアナを見るにつけ、やはり言わないほうがよかったのだろうかと、自責の念に囚われてしまう。

泣き言を口にするたび、鏑木に「一度決断して実行したことを思い悩むな。おまえがぶれれば、それが向こうにも伝わる」と叱咤《しった》された。

「いまは試練の時だ。けれど気持ちを強く持って待ち続ければ、いつか必ず光が差し込む。ソフィアを信じよう。信じて待とう」

鏑木に励まされ、苦しい時間を耐え忍んで、二週間ほどが過ぎた。

日曜日の昼過ぎ——蓮と鏑木は、連れ立って別館を訪ねた。二人を出迎えたアナが、「お兄ちゃま、ごめんなさい。マーイは今日も起きてこないの」と申し訳なさそうに謝った。

内心の失望は表に出さず、「わかった」と応じる。

「アナ、気にしないで。ちょっと顔を見に寄っただけだから。これ、よかったら寝室に飾ってくれ」

蓮は見舞いの花をアナに手渡した。今朝、敷地内のコンサバトリーで蓮が摘み取った草花で作った花束だ。

受け取ったアナが「きれいね」とつぶやき、顔を上げる。碧《みどり》の澄んだ瞳で、じっと蓮を見つめた。

「マーイに会っていって。お願い」

アナも憧《あこが》れていた「王子様」の正体を知って、当然のことながら落ち込んでいたが、母親より若い分、立ち直りは早かった。蓮の説明から一週間が過ぎた時点で、だいぶ心の整理がついたらしい。最近はむしろ、いっこうに改善の気配を見せない母親のメンタルが心配のようだ。

アナに懇願された蓮と鏑木は、ソフィアの寝室に足を向けた。

案内された部屋はカーテンを閉め切っているせいで薄暗く、天蓋《てんがい》付《つ》きの寝台に伏せているソフィアは、アナが「レンお兄ちゃまとヴィクトールがお見舞いに来てくれたわ。きれいなお花を持ってきてくれたのよ」と話しかけても、背中を向けたままだった。

いつも美しく結い上げていた金の髪を下ろし、ネグリジェの肩をすっぽり覆うようにストールで包んで、横になっている。その背中は明らかに以前より痩せていた。

返事をしない母に小さくため息を吐いたアナが、「マーイ、聞いて」と呼びかける。

「私……考えたの。ガブリエルは、私やマーイに見せない、もう一つの顔を持っていて、悪い人だったのかもしれない」

後ろ姿のソフィアがぴくっと震えた。

ガブリエルの話をし始めたアナに、蓮はドキッとする。ソフィアのメンタルが不安定になってから、その名前を出すのはタブーだったからだ。ちらっと横目で窺《うかが》うと、こちらを向いた鏑木と目が合う。

鏑木が〝しばらく様子をみてみよう〟というふうに首肯した。

「だけど、一緒に過ごした時間の全部が嘘だったとは、私は思わない」

「…………」

ソフィアがのろのろとこちらを向く。化粧気のない白い顔は血色が悪く、目の下の隈《くま》が目立った。

「いまとなってはなにが真実だったのか、本当のことは誰にもわからないのだから、他の人がどう思おうと私たちは私たちの自由に考えていいんじゃない?」

娘の大人びた物言いに、ソフィアが唇を震わせて、「……でも」と反論する。

「彼は……ひどいことを……」

泣き声や嗚咽《おえつ》以外でソフィアの声を聞いたのは、すごくひさしぶりだ。

「そうね。そこからは目を逸らしちゃいけないわよね。けれどそうやって、ガブリエルが犯した罪をきちんと受け止めた上でなら、彼と過ごした時間を、どういった思い出にするかは自由だと思うの。少なくとも私にとって、彼と一緒に過ごした日々は楽しくて充実していた。彼からたくさんのことを教わったし、顔が広い彼にいろいろな場所に連れていってもらったり、人を紹介してもらったりしたおかげで成長できたと思う。だから、彼と出会わなければよかったとは思わないわ」

アナのポジティブな考え方に、蓮は心のなかで感心した。自分が誘拐されたのもガブリエルの企みだったと知って、ショックを受けなかったはずはない。それでも理性的に、これはこれ、それはそれ、と切り離して考えられるアナは強い。

ソフィアも同じように思ったのだろう。いつの間にか成長していた娘を、じわじわと目を細めて見た。

「でも私は……あなたみたいには、すぐには頭を切り替えられないわ……」

「それでいいと思うわ。マーイはマーイのペースでいいのよ。ここにいるみんなは、マーイの気持ちをわかっているし、急かしたりしない。気持ちの整理がつくまで、ずっと待っていてくれるわ。ね？　レンお兄ちゃま」

振り向いたアナに同意を求められ、蓮は「アナの言うとおりだ」と肯定する。

「ソフィア、焦る必要はまったくないよ。俺たちはいつまでも待つから」

請け合ってから、傍らの鏑木に「そうだよな？」と賛同を促した。鏑木がうなずく。

「アナは気持ちを整理して、アナなりの結論を出したようだが、きみにはきみの考えがあっていいし、ペースもひとそれぞれだ。答えを出すのに一年かかったって、十年かかったっていいんだ」

鏑木の真摯《しんし》な語りかけに、ソフィアの顔の強ばりが少し緩んだ。

「それと、これだけは言っておきたいんだが……」

そう切り出した鏑木が寝台に近づき、ソフィアを真剣な顔つきで見下ろす。

「ガブリエルは謎が多い男だったし、彼の言葉は偽りに満ちていた。俺もガブリエルが本当は何者だったのか、いまだに明確な答えを得ていない。だが、滝壺に落ちる直前に彼が蓮の盾になったのを、俺はこの目で見た。それについては、ガブリエルに心から感謝している」

「ソフィア、本当だ。俺はガブリエルに命を救われた。それだけは嘘偽りのない真実だ」

鏑木の言葉を裏付けるために蓮が証言すると、ソフィアが両目をゆっくりと瞬《しばた》かせた。そのあとで、ふっと息を吐き、「……そうね」とひとりごちる。

「まだあのひとを愛しているのに、自分を責めなくてもいいのよね……自分の心を無理に殺さなくても……」

みずからに言い聞かせるように低くつぶやいてから、蓮と鏑木を交互に見た。

「……ありがとう」

感謝の言葉を紡ぐソフィアの表情が、ここしばらく見ることができなかった穏やかさを湛《たた》えていて、蓮はほっとした。

同じく母の心境の変化を感じ取ったアナが、「カーテンを開けてもいい？」と尋ねる。

「……いいわ」

ソフィアの承諾にうれしそうに微笑んで、アナは窓に歩み寄った。カーテンを開けると、日が差し込んできて、部屋が一気に明るくなる。ソフィアは眩しそうに目を細めたが、文句は言わなかった。

「とってもいいお天気だわ。着替えて、お茶かランチをしない？」

娘のアプローチに、ソフィアが「いいわね」と同意する。

「……なんだか喉が渇いたわ」

アナがくるっと振り返った。輝くような笑顔で「お兄ちゃまたちも一緒にお茶をしましょう！」と誘いをかけてくる。

「私はマーイの着替えを手伝うから、『パーム・ガーデン』で待っていてくれない？」

「わかった」

「了解」

蓮と鏑木はほぼ同時に応じた。

「ロペスにお茶の準備を頼んでおくよ」


さらに二週間が過ぎた。

あの日をきっかけに、ソフィアは毎朝寝台から起き上がれるようになり、食事も三度きちんと摂って、アナとロペスを喜ばせた。まだ『パラチオ　デ　シウヴァ』の敷地内限定だが、毎日アナと一緒に散歩もしているようだ。

蓮もたまに散歩途中のソフィアと鉢合わせすることがあるが、顔色がかなりよくなって、従来の穏やかな表情を取り戻しつつあるように見えた。

ソフィアの調子がかなり上向いて安定してきたので、日曜日の昼に、みんなでランチをしようという企画が持ち上がる。

場所は『パーム・ガーデン』。メンバーは蓮、鏑木、アナ、ソフィア、ジン、そしてエルバ。

この顔ぶれが一堂に会するのはずいぶんとひさしぶりだ。そもそも鏑木が長期に亘《わた》ってシウヴァを離れていたし、戻ってきた彼と入れ替わりに、今度はソフィアが寝込んでいたからだ。

それもあってか、ロペスの張り切りようは大変なものだった。料理長と話し合ってメニューを決めたようで、ランチだというのに、次から次へと豪華な料理が運ばれてくる。

若くて食欲旺盛なジンと、量を食べられる鏑木の二名を以《もっ》てしても、そのボリュームは「もう充分だ。チーズはいい」と白旗を掲げさせるほどだった。蓮はもともとそれほど食べられるほうではないので、すぐにおなかがいっぱいになってしまい、もっぱらマテ茶を飲んでいた。蓮の足元では、特別なご馳走を与えられたエルバが、骨付き肉にかぶりついている。

女性陣のお目当ては例のごとくデセールで、デザートプレートが運ばれてくるやいなや、目がキラキラと輝き始めた。

チョコレートとドライフルーツがふんだんに混ぜ込まれたパネトーニ、バニラとパパイヤのミックスアイス、タピオカのジェラートが盛りつけられたデザートプレートを前に、ソフィアとアナが満面の笑みを浮かべる。

「このパネトーニ、本当に美味しいわ」

「アイスとジェラートも最高……」

せっせと口に運んでは、うっとりとした表情で感嘆のつぶやきを漏らした。男性陣は、そんな二人の様子をあたたかく見守る。

(食欲が出てきてよかった)

メイン料理こそポーションを小さめにしてもらっていたが、デザートプレートはしっかりお代わりしたソフィアを見て、蓮は心から安堵した。

無論、ガブリエルのことを忘れて完全に過去にできるようになるまでには、まだまだ時間が必要だろう。けれど、同じ痛みを知るアナが傍らに寄り添い、自分たちが上手くサポートすることができれば、さほど時を要さずにソフィアは立ち直る気がする。昨日の夜も鏑木とそんな話をしていたのだが、こうして幸せそうな顔を見れば、その予感は間違っていないと確信を持つことができた。

デセールタイムが終わって、食後の珈琲《コーヒー》が運ばれてくる。養父母の農園で作られた珈琲を一口啜《すす》った蓮は、カップをソーサーに置いて居住まいを正した。隣の席の鏑木がそれに気がつき、自分もカップを置く。

蓮が鏑木のほうを見ると、同時に向こうもこちらを見ていた。互いにうなずき合ってから、顔を正面に戻す。蓮はおもむろに口火を切った。

「みんなに話があるんだ」

改まった口調に、珈琲のお代わりをサーブしていたロペスが、「私は外したほうがよろしいでしょうか」と伺いを立ててくる。

「いや……できればロペスも一緒に聞いて欲しい」

蓮のいらえにロペスは一瞬驚いたような顔をしたが、すぐに「かしこまりました」と応じて、ガーデンテーブルから少し離れた位置に佇《たたず》んだ。

勘のいいジンは、蓮がなにを話そうとしているかを察したらしい。自分は聞き役に回るという意思表示か、椅子を少し引いて腕組みをした。

ソフィアとアナは不思議そうな顔つきで、こちらを見ている。骨付き肉を食べ終わったエルバは、蓮の足元に横たわり、長い尻尾《しっぽ》をぱたんぱたんと揺らしていた。

この二週間、ソフィアの様子を見ながら、鏑木とタイミングを見計らってきた。

蓮としてはできるだけ早く、みんなにすべてを打ち明けて、隠し事をなくしたかった。

自分に秘密があったが故に、ガブリエルにつけ込まれたという悔恨があったからだ。だが鏑木には、「焦りは禁物だ」と諫《いさ》められた。

日を追うにつれ、ソフィアが落ち着きを取り戻しつつあるのを肌で感じ、もし明日のランチの場で彼女の調子がよさそうだったら切り出そうと、昨夜、鏑木と話をしていた。

そうして今日、ランチのあいだじゅう母と娘の様子をさりげなく観察していた蓮は、これはいけそうだと踏んで、いよいよ口火を切ったのだが――。

「………っ」

いざとなると、言葉が出てこない。全員の視線が自分に集中しているのを感じて、じわじわと俯《うつむ》いた。

こういったシチュエーションは慣れているはずなのだが、話の内容が内容だけに緊張が著《いちじる》しく、心音が乱れて、腋下《えきか》に汗が滲《にじ》む。

隣席の鏑木が自分を見守っているのを感じた蓮は、その視線に背中を押されるように、唇を開いた。

「お、俺は……」

そこで声が途切れてしまい、舌で唇を何度も舐《な》めて、どうにか続きを口にする。

「俺は……鏑木を愛している」

それだけを言うのにものすごいエネルギーを使ったのに、直後は誰からの反応もなかった。聞こえるのは、鳥の囀《さえず》りだけだ。

「………」

蓮はおずおずと視線を上げた。まず目に入ったのは、ソフィアとアナのぽかんとした顔。

ちらりと横目で窺ったロペスは、両目を見開いていたが、びっくりして腰を抜かすほどではなさそうだ。もしかしたら以前から薄々、自分たちの関係に気がついていたのかもしれない。ロペスは蓮の部屋を管理しているから、その可能性もあり得る。

ジンは、ついに言ったかという表情で背もたれに凭《もた》れていた。

隣の鏑木を見ると、蓮の目を見返して、うなずいてくる。

昨夜、鏑木は蓮にかかるプレッシャーを考えてか、「俺から話してもいいぞ」と言ってくれた。せっかくの申し出だったけれど、断った。これだけは、自分の口からみんなに伝えたかったからだ。

とりあえず一番大切なことを宣言したので、少しだけ気持ちが楽になった。小さく深呼吸して、ふたたび言葉を紡《つむ》ぐ。

「大前提として、人間として鏑木をとても尊敬している。でも、それだけじゃないんだ。鏑木はずっと俺に側近として仕えてきてくれた。時にはプライベートを犠牲にしてシウヴァに尽くしてくれた。そんな鏑木に、俺はいつしか、尊敬の念を超えた感情を抱くようになった。立場上言ってはいけないとわかっていたけれど、我慢できずに想いを告げて……当たり前だけど、振られた。それでもどうしても諦められずに、何度も気持ちをぶつけ続けていたら……ある時、奇跡が起こって受け入れてもらえたんだ。それからの俺たちは、本当の関係を隠して今日まで来た」

蓮のカミングアウトに、ソフィアとアナは目を丸くして固まっていた。

「ソフィア、アナ、いままで黙っていてすまなかった」

名前を呼ばれて先にフリーズから解き放たれたのは、アナだった。碧色の瞳を好奇心にキラキラ輝かせて尋ねてくる。

「……つまり、お兄ちゃまとヴィクトールは恋人同士だということ？」

単刀直入に訊《き》かれた蓮は「うん」と肯定した。アナは続いて鏑木を見る。

「ヴィクトール、本当？」

「ああ、本当だ」

鏑木が真剣な顔つきで認めた。

「俺も蓮を愛している」

二人から言質《げんち》を取り、ジョークや戯《ざ》れ言《ごと》ではないと理解したらしい。アナはため息混じりに「そうだったのね……」とつぶやく。

「驚かせてごめん」

蓮から重ねて謝罪され、首を横に振った。

「もちろん驚いたわ。驚きはしたけれど……私から見ても二人は息がぴったりで、とてもお似合いだと思うわ。私は、レンお兄ちゃまとヴィクトールの味方よ。私の大好きな二人が、お互いを大切に想い合っているのはうれしいわ」

やさしい笑みを浮かべて、そんなふうに言ってくれる。蓮もそうだが、アナもシウヴァの一員として、いかなる差別もしてはならないという教育を受けて育っている。男同士という一般的ではない関係でも、すんなり受け入れられるのは、そんな素地があってのことかもしれない。

片やソフィアは、まだ半信半疑なのか、ぼんやりとした表情で、蓮と鏑木の顔を見比べていた。だがほどなくして、切なげに目を細める。

「二人とも、長いあいだ誰にも打ち明けられず……苦しかったわね」

あえて口に出して説明せずとも、秘密を抱える苦難の日々を察してくれたようだ。

「ソフィア」

「私は、ヴィクトールがまだ子供だったレンをジャングルに迎えに行った時から、ずっと側で見てきた。だから、あなたたちの絆《きずな》の深さは理解しているつもりよ。シウヴァに襲いかかった幾多のトラブルを、あなたたちはその強い魂の繋がりで乗り越えてきた。シウヴァにとっては、どんな形であれ、あなたたち二人が強く結びついていることが大切だわ」

シウヴァにとってなにが一番大切かという視野で物事を考えられるソフィアは、やはり大人の女性だと思った。

「私もあなたたちを応援するわ」

「ソフィア、アナ、受け入れてくれてありがとう」

蓮は心を込めて、感謝の言葉を口にする。そののち、最後の一人に視線を向けた。

「ロペス……驚いただろう？」

神妙な面持ちのロペスが「はい」と認める。

「驚きはいたしましたが、なにが起ころうと、私のお二人への忠義心は揺るぎませんし、すべきことも変わりません。これからも誠心誠意、レン様とヴィクトール様にお仕えするだけでございます」

皺深《しわぶか》い手を胸に当てて申し立てるロペスに、蓮は「ありがとう」と、彼に対しても心から感謝を述べた。

このメンバーならばわかってもらえると信じていたが、まったく不安がなかったかと言えば、それは嘘になる。

大きなタスクを成し遂げた心持ちで、ふーっと息を吐き、顔を上げた。

「それともう一つ、この機会に伝えておきたいことがある」

背筋を正して切り出した蓮に、みんなの顔が再度引き締まる。

「さっきも言ったように、俺には鏑木がいる。俺にとって生涯のパートナーは鏑木ただ一人だ」

そこで言葉を切り、蓮は鏑木を見た。灰褐色の目が、慈愛を込めた眼差しで見つめ返してくる。

「従ってこの先、女性との結婚はない」

ソフィアとアナが、あっという顔をした。さっきの恋人宣言が、跡継ぎ問題に結びつくとまでは思っていなかったようだ。

「それもあって、このところずっと考えていたんだ。俺は……できればシウヴァの家督をアナに譲りたいと思っている」

「私⁉」

アナが驚いた声を出す。

「もちろん、いますぐにどうこうという話じゃない。心身共にアナの準備が整うまでは俺が当主を務める。アナがシウヴァを継いだのちは、俺は後見人となり、陰ながらアナをサポートをして、一緒にもり立てていきたいと考えている」

そう考えるようになったのは、二週間前、ソフィアを元気づけるアナの姿を見て、彼女のポジティブでしなやかな考え方に感銘を受けたのがきっかけだ。

アナは自分にない資質を持っている。

翻《ひるがえ》って自分は、鏑木と一生を共にすることを決めた。結婚もしないし、当然ながら子供はできない。

二人で決めたことなので、自分たちとしては問題ないが、世間からすれば、シウヴァの当主がいつまでも独り身で世継ぎを作らないのはなぜだ、となるのは必須。

メディアは理由を探ろうとするだろう。マイナスの意味で注目されるだろうし、世間一般からも好奇の目で見られ続ける。それはシウヴァにとって、好ましい事態ではない。

ジャングルから帰還後、折りに触れて鏑木とシウヴァの今後について話し合ってきた。あらゆる可能性を俎上《そじょう》に載せて検討した結果、最終的に二人で合意に達したのが、適当な時期にアナに家督を譲るという案だった。

当主となったアナが伴侶《はんりょ》を得て子供を授かった暁《あかつき》には、できればその子にシウヴァを継いで欲しいとも思うが、さすがに現段階でそこまで望むのは性急すぎるだろう。

もとより、アナが当主の座を引き受けてくれるかどうか、第一関門すらクリアできていないのだ。

「……自信がないわ」

案の定、拒絶された。それも当然だと思う。

「アナ、それこそ急がないよ。俺だってまだ当主としてやりたいことがたくさんあるし、アナの準備が整うまで、時間はたっぷりある。そのあいだにじっくり考えてくれればいいし、ほかにやりたいことができたなら断ってくれてもいいんだ。アナの人生はアナのものだ。無理強いはしたくない」

それが、一番伝えたかったことだった。

自分の時は祖父の突然の逝去もあり、当主の座に就《つ》くのは問答無用の決定事項だったが、アナには強制したくない。自分たちの選択の帳尻合わせのために、プレッシャーをかけたくなかった。

「ただ、そういった選択肢もあることを、頭の片隅に置いておいて欲しい」

「……わかったわ。考えてみる」

アナが譲歩してくれた。

「いまレンが言った可能性も含めて、これからはレンとヴィクトールに任せきりじゃなくて、ここにいるみんなでシウヴァを支えていかなくてはね」

ソフィアが諭すように言ってくれて、アナも「そうね」とうなずく。

「ジンもメンバーに加わったことだしね」

アナに名指しされたジンは、それまで聞き役に徹していたが、ここで初めて「俺は女当主もアリだと思うけどね」と、自身の意見を口にした。

「新しい時代の象徴って感じがしてかっこいいじゃん」

するとアナが不意に、「あっ」と声をあげる。

「そういえば……ジンは、お兄ちゃまとヴィクトールのことを知っていたの？」

「この世で俺が知らないことなんてない」

ジンが得意げに両手を広げ、嘯《うそぶ》いた。

「本当に？」

疑わしげなアナに、「本当」と請け合う。

「アナがさっきからずっと、アンドレからのメールを待ってることだってお見通しだしな」

ジンに指摘されたアナがカーッと赤面した。

「なっ……なんで知ってるの⁉」

「図星かよ」

ジンが口許をにやつかせる。

「ちょいちょい携帯をチェックしているから鎌かけてみただけなんだけど」

「ひどいっ」

顔を真っ赤に上気させたアナが椅子から立ち上がり、ジンのところまで走っていって、ぽかぽかと肩を叩いた。

「ジンのばかばか！」

「いてーよ」

たいして痛くなさそうにぼやくジンに、一同がどっと笑う。

「ジン、レディをからかいすぎると嫌われるぞ」

鏑木がやんわりと諫め、ジンが「はいはい」と肩をすくめた。

「グルルルゥ」

足元のエルバが、自分も楽しい遊びに交ぜろと言わんばかりに唸《うな》り声《ごえ》をあげる。

「わかってるよ、エルバ。あとでみんなで庭を散歩をしよう」

やさしく〝弟〟に語りかけた蓮は、黒々として艶《つや》やかな彼の背を、満ち足りた――とても幸せな心持ちで撫でてやった。

エピローグ

ククククッ、カカカカッ、キーッキーッ、ギャギャギャッ。

競い合うような鳥たちの甲高い声に意識がじわじわと覚醒していく。

目蓋《まぶた》を持ち上げるのと同時に、熱帯の強い日差しに射られて目を細めた。重なり合った樹冠から木漏れ日が差し込む様は、精密に編み込まれたレースのようだ。

（……綺麗だ）

ハンモックに寝転がったまま、ぼんやりと、光と葉で編まれたレース模様に見とれていた蓮《れん》は、ほどなくして両手をうーんと伸ばした。

「いま……何時だろう？」

ランチを食べたあと、腹ごなしも兼ねて森に木の実を拾いに行く予定だった。ところが森に足を踏み入れたとたんに、急激な眠気に襲われた。軽く睡眠を摂《と》ろうと、近くの樹木に吊ってあったハンモックに横になったのだが、一眠りのつもりが、どうやらそのまま熟睡してしまったらしい。

ジャングルでは携帯を持たないし、腕時計も嵌《は》めないので、正確な時刻はわからないが、光の入射角度でおおよその時間はわかった。たぶん三時少し前くらいだ。

「うわ、やばい！」

午後は釣りに行く約束をしていたのに！

あわててハンモックから樹木に移り、蔓《つる》を使ってするすると下りた。地上に下り立った蓮が、ジャングルの小屋に向かって歩き出そうとした刹那《せつな》、左手の草藪《くさやぶ》がガサガサと揺れる。

重なり合った背の高い草が割れ、二つの小さな耳と黄色い眼を持つ黒い顔がぬっと跳び出してきた。続いて大きな前肢、流線型のしなやかな体躯《たいく》が現れる。最後は長い尻尾《しっぽ》だ。長い尻尾でぱしんと草藪を打ち払ったブラックジャガーが「グォルルル……」と低く唸《うな》った。

「お帰り、エルバ」

エルバの姿を見るのは昨日の夕方以来だ。

蓮たちがジャングルに着いたのが五時頃で、荷物を解いている隙にさっさと姿を消したエルバは、それきり小屋に戻って来なかった。きっと一晩中テリトリーを駆け回って、ひさしぶりの古巣を満喫していたに違いない。

普段は蓮と一緒に『パラチオ　デ　シウヴァ』で暮らすエルバだが、もともとはジャングルで生まれ育った。都会にいるあいだは、人間と共存するために、本来の野生を抑えているのだろう。その反動なのか、里帰りした彼は、普段封じ込めている野生を全開にする。森のなかで見るエルバは野性味が増していて、いつもの甘えん坊の〝弟〟とは違う。そんな時は改めて、本来エルバが生きるべき場所はジャングルなのだと思い知るのだ。

それでも最近は、無闇に罪悪感に囚われることはなくなった。自分と一緒にいるのは、エルバの意思なのだと考えるようになったからだ。

エルバがジャングルに戻りたいと思ったら、その時は止めない。そう心に決めている。どんなに寂しくても、彼の気持ちを優先する。

いま一緒にいるのは、それがエルバの望む暮らしだから。

彼が自分と共にありたいと思ってくれている限り、自分たちは一緒だ。

「これから鏑木と釣りに行く予定だけど、おまえも一緒に行くか?」

蓮の誘いかけに、相棒はグルグルと喉を鳴らした。了承の印に、尾をぱたんっと地面に打ちつける。

「よし。じゃあ、小屋に戻ろう」

エルバと獣道を歩き出してほどなく道が途切れ、拓《ひら》けた土地に辿り着いた。

密林を切り拓いた四角い土地には、高床式の小屋が建っている。

蓮の生まれ故郷である、ジャングルの我が家だ。

鳥の鳴き声とユニゾンで、コンコンコンと、固いものを叩くような音が聞こえる。音の発信源は庭の一角だった。モスグリーンのミリタリールックに編み上げ靴という出で立ちの男が、腕を上下させ、一心不乱に作業をしているのが見える。その後ろ姿に向かって蓮は呼びかけた。

「鏑木!」

呼びかけに応じるように体を起こした鏑木が、こちらを振り返る。遠目からでも、精悍《せいかん》な顔立ちがわかった。

「蓮!」

鏑木が片手を挙げ、こっちに来いというふうに招く。

主《あるじ》に呼ばれた飼い犬よろしく、蓮は喜び勇んで鏑木に駆け寄った。エルバもあとをついてくる。一歩手前で足を止め、目の前に立つ恋人を見上げた。

恋人のなかには都会的な知性と野性味が共存しているが、今日みたいな格好をしていると、ワイルドな面が強調される気がする。

神秘的な黒髪に浅黒い肌。男性的な眉。高い鼻梁《びりょう》と表現力豊かな口許。

恋人の顔のパーツはどれも好きだし、バランスもパーフェクトだと思うけれど、一番魅力的でセクシーなのは灰褐色の瞳だ。情熱を奥に秘めた目で見つめられるだけで、クラクラする……。

ぼーっと見とれていたら、大きな手が伸びてきて、頭にぽんと置かれた。そのまま顔を覗き込まれる。

「いままでどこにいたんだ？」

「あ……ごめん。ハンモックで寝ちゃって……」

「ハンモックで？」

「軽く一眠りのつもりで横になったのに、気がついたら寝入っちゃってた」

「ああ……昨日はあまり寝ていないからな」

合点したようなつぶやきに反応して、カーッと顔が熱くなった。

そうなのだ。昨夜はほとんど眠らずに、明け方まで抱き合っていた。

ロペスに二人の関係を打ち明けたので、鏑木が蓮の部屋に泊まること自体のハードルは、以前より下がった。しかし、だからといって、そうそう大っぴらに事に及べるというものでもない。むしろ、公認になったからこそ、気を遣う部分もある。

そういった意味合いに於《お》いても、誰の目も気にせず、二人きりの世界に没入できるジャングルは、やっぱり特別な場所だ。

昨夜はバカンスの初日ということもあって、互いに盛り上がりに盛り上がり……際限なく求め合ってしまった。立て続けに体を繋げたあと、インターバルを置いてもう一度、どろどろになった体をシャワーで流しながら浴室でも繋がって——。

思考の流れから、時に甘く、時に激しかった情事のあれこれを思い出していると、不意に恋人の顔がアップになった。ちゅくっと唇を吸われる。

「……な、なに？」

突然のキスにびっくりして尋ねた。

「して欲しそうな顔をしていた」

そんな、理由にならない理由を口にして、鏑木が唇の片端を上げる。普段はそんな戯れ言を言うタイプじゃないので面食らったが、ジャングルという非日常空間が、恋人のメンタルにも影響を与えているのかもしれない。

いや……場所のせいだけじゃない。

実のところ、側近に復帰してからの鏑木は、前よりも〝攻め〟の意識が強くなった気がする。あらゆる物事に対して、ポジティブかつアクティブに対応していく姿勢が顕著だ。旧来の硬直化したシステムを改革し、新しいシウヴァを作っていこうという意欲を感じる。

本人も、「結果論だが、いったんシウヴァを離れて、客観的な視座を持てたのはよかった」と言っていた。

おそらく以前は、自分があまりに未熟だったから〝護《まも》り〟を重視せざるを得なかったのだろう。

（そう考えると、鏑木の心に余裕が生まれるくらいには……少しは成長したのか？）

自問には、答えが出なかった。

成長できたかどうかは、自分ではわからない。一生、その実感は持てないのかもしれない。

自分にできることは、鏑木に置いていかれないように、一歩でも前に進むこと――。

「いやだったか？」

蓮が黙り込んだせいか、ちょっと不安そうに確認されて、首を横に振った。

「いやじゃない。うれしい」

素直に答える蓮に、鏑木が幸せそうに笑う。鼻の頭に軽くキスをしてから、頭に乗せた手を離した。ふたたび前を向いた鏑木の後ろに立ち、蓮は作業現場を覗き込んだ。

「なにをしていたんだ？」

切り株の上に黒い実が転がっている。いくつかは割れており、なかから芋虫《いもむし》がもぞもぞと這い出していた。スリと呼ばれる蛾《が》の幼虫だ。

「おまえが散策に出たきり帰って来ないから、釣りの準備をしていた」

このスリを餌《えさ》にして、まずは小川で小型のフナを釣り、そのフナを刻んで釣り餌《つえ》にする。最終的に川でピラニアやナマズを釣るための釣り餌だ。

つまり鏑木は、自分がうたた寝をしていたあいだに森に入って実を拾い集め、実を山刀で割って、なかからスリを取り出してくれていたということだ。

「ごめん、ありがとう。俺も手伝うよ」

蓮も予備の山刀を手にして実を割り、スリを取り出す手伝いをする。全部の実にスリがいるわけではないので、二十個の実を割って確保できたのは十匹ほど。それをバケツに入れ、釣り竿を手にした蓮は、鏑木とエルバと連れ立って森に入った。

獣道を歩くこと三十分ほどで、森のなかを蛇行しながら流れる小さな川に辿り着く。細くて緩やかな水流だが、これも延々と辿っていけば、いつかはアマゾン大河の本流に行き着くはずだ。

大河をさらに遡《さかのぼ》れば、最終的にはペルーのミスミ山に行き当たる。

そこが、全長六千七百七十キロに及ぶアマゾン川誕生の地だ。この山の雪解け水が、大河の最初の一滴となる。

エルバはすぐに、アマゾン川の末端の末端である小川に飛び込み、水遊びを始めた。

蓮と鏑木は、釣れそうな場所を選んで、各々腰を下ろす。

鏑木は釣り糸を垂らして五分も経たずに小型のフナを釣り上げ、バケツに放り込んだ。以前は釣りにおいては蓮が師匠だったが、あっという間に立場が逆転してしまった感がある。

二十分ほど粘って釣果《ちょうか》を得られなかった蓮は、場所を変えることにした。

「もう少し上流に移動してみる」

鏑木に告げて、バケツと釣り竿を手に、小川の畔《ほとり》を歩き出す。しばらくして、目の前でキラッとなにかが光った。木漏れ日に反射するメタリックブルーの翅《はね》。

「モルフォ蝶《ちょう》だ！」

シウヴァと因縁が深いモルフォ蝶を見るのは、ブルシャを焼いた満月の夜以来だった。

あの夜、真っ赤に燃え盛る炎から、集団で退避していくのを見たのが最後だ。

ひさしぶりのモルフォ蝶に、蓮は見入った。

（やっぱりきれいだ。何度見ても見惚れてしまう……）

と、空中で翅を煌《きら》めかせていた蝶が、ふわっと飛び上がった。

その軌跡を無意識に目で追う。少しのあいだふわふわと宙に浮いていたモルフォ蝶は、やがて急降下して水辺に下り立った。蓮は吸い寄せられるように、モルフォ蝶が消えた場所に近づく。驚かせないようにそうっと、草むらの奥を覗き込んだ。翅をゆっくりと開閉しているモルフォ蝶の姿が見える。

なんとはなしに、蝶が留まっている植物に視線を向けた蓮は、はっと息を呑んだ。

「………っ」

濃い緑の地色に、薄い緑の縞模様《しまもよう》。蝶が翅を広げたようなフォルム。

（ブルシャ⁉）

思わず屈《かが》み込《こ》み、顔を近づけて観察した。間近で見れば見るほど似ている。ブルシャにしか見えない。

だけど、ブルシャは焼いたはずだ。

いや……わからない。あれで全滅したのかどうか、本当のところはわからない。

ブルシャがどうやって繁殖するのか、父のノートには書かれていなかったし、おそらく誰も知らないだろう。

それを思えば、花が咲く時期に蓮池を訪れた昆虫が、花粉を運んで受粉させた可能性はゼロじゃない。

なかでも、モルフォ蝶がポリネーターである可能性は高い。

仮に、これがブルシャであると仮定して――。

（……どうする？）

蓮は考え込んだ。

鏑木に知らせるべきか、否か。

知らせれば、鏑木のことだ。万全を期して、最後の一株かもしれないこのブルシャも焼くだろう。

それで本当にいいのか？　そうすべきなのか。

あの夜は、それが最善の策だと決断を下し、ブルシャを焼いた。けれど、いま新たな地に根を下ろしたブルシャを目にして、当時の決断は驕《おご》りだったのではないかという疑念が浮かび上がってきた。

人間の都合でブルシャという種を根絶やしにするのは、それを利用しようとしたガブリエルたちと同じエゴイズムに根ざした行為なのではないか。

思案する蓮の脳裏に、先日ナオミに会った際の、彼女の話が蘇った。

ナオミの報告によると、カリスマであったボス・ガブリエルを失った『ｃｏｒｅｓ《コレス》』は、警察によるマフィア対策強化が功を奏し、著《いちじる》しく弱体化しているらしい。また独裁者リカルドを失った親衛隊にもメスが入り、軍の上層部主導の下《もと》、抜本的な体質改善が進められているようだ。

もしこれがブルシャだったとしても、自分さえその存在を明かさなければ、二度と人の手に渡ることはないだろう。

人間が足を踏み入れることのないジャングルの奥地で、ブルシャは生き続ける。

ひっそりと――密やかに。

「蓮！」

突然名前を呼ばれて、蓮はびくっと肩を揺らした。ぱっと振り向いた視界に、バケツと釣り竿《つざお》を手にした鏑木が映り込む。長い脚で距離を詰めてきた鏑木が、立ち尽くす蓮に「どうした？」と訊いた。

「なにかあったのか？」

どうやら無意識に顔が強ばっていたらしい。蓮は横目でちらっと草むらを見やった。翅をひらめかせたモルフォ蝶がふわりと飛び上がるのを確認して、首を左右に振る。

「……なんでもない。それより、釣れた？」

「ああ、大漁だ」

鏑木がバケツを持ち上げてなかを見せてくれた。大小取り混ぜ、五匹のフナがびちびちと跳ねている。

「すごいね」

「おまえのほうはどうだった？」

「俺はぜんぜん駄目だった……でも鏑木が釣ってくれたので餌には充分だ。これを刻んで、日が沈む前に本釣りに出かけよう」

「そうだな。今夜の夕飯はピラニアを唐揚げにするのはどうだ？」

魅力的な提案に、笑顔で「いいね」と応じた。

「エルバは？」

「向こうで待っている。――行こう」

促した鏑木が、蓮の腰に腕を回してくる。同じく恋人の腰に腕を回した蓮は、ひらひらと舞い踊るモルフォ蝶に背を向け、その場をあとにした。

POSTSCRIPT

KAORU IWAMOTO

プリンス・オブ・シウヴァシリーズ最終巻です。

クライマックス上下巻二冊組の下巻『紅《くれない》の命運』――ついに、ここまで辿り着きました。

いろいろ語りたいこともありますが、その前に、店頭で蓮川先生の美しいカラージャケットを見て思わず本作から手に取った方のために、シウヴァシリーズの順番をおさらいさせてください。『碧《みどり》の王子』→『青の誘惑《サファイア》』→『黒の騎士《ナイト》』↓『銀の謀略《たくらみ》』↓『白の純真《イノセント》』↓『紫の祝祭《カーニバル》』↓『紅《くれない》の命運』の順になります。

ご興味を持たれた方は既刊もチェックしてみてくださいね。シリーズは完結してから読む派の皆様も、ついにその時がやってまいりました！　どうかよろしくです♡

さて、一冊目の『碧《みどり》の王子』が二〇一三年の七月発行ですので、完結まで足かけ四年三ヶ月。もともと遅筆なのですが、シウヴァはそのボリュームもあって、さらに時間がかかり、一冊書き上げるのに三ヶ月ほどを要します。年間二冊の発行ペースですと、半年はシウヴァにかかりきりということになり、ここ数年はどっぷりと南米とジャングルに浸っておりました。

とりわけ最終巻にあたる二冊は、ものすごく執筆に時間がかかりました。『紫』はそれでもまだ通常ペースだったのですが、『紅』は書いては既刊を見直して確

ツイッターアカウント：@kaoruiwamoto

認し、齟齬を発見しては書き直し、過去の伏線を拾い上げては加筆し……まさしく密林で迷子になっている気分でした。シリーズを畳むというのは、本当に大変なことなのだなあと実感。

　書き終えてみれば、『紫』と『紅』の二冊組は、合わせて私史上最大のボリュームとなり、どうりで書けども書けども終わらなかったはずだと納得もしました。

　同一キャラで全七冊、かなりのページ数を書いてきたのに、一度も「飽きた」「もういい」と思わなかったのが、このシリーズの不思議なところでもありました。一冊目の冒頭から最終巻のラストまでモチベーションがまったく落ちず、同じ熱量で書き切ることができたのは、作家として少なからず自信になりましたし、この経験が今後の自分を支えてくれるような気もしています。

　とはいえ、もちろん長いロードは一人では走りきれませんでした。

　新しいシリーズの打ち合わせの場で、「南米いいですね！」と背中を押してくださった担当様。担当様が伴走してくださらなかったら、絶対に途中で迷子になっていました。的確なナビ、最後まで本当にありがとうございました。

　そして蓮川先生。何度も申し上げますが、シウヴァは蓮川先生という素晴らしいパートナーがいなければ成立しなかったシリーズでした。蓮、鏑木、エルバ、ガブリエル……いただいたキャララフを拝見するたびに、小説のなかのキ

SHY NOVELS

ャラクターたちが3Dで生き生きと動き出すという感覚を、何回も味わわせていただきました。さらにはカラージャケットでは、色縛りの難関を毎回「こうくるか！」という新鮮な驚きと共に鮮やかにクリアしてくださいました。組ませていただけて幸せでした。長きに亘り、おつきあいくださいまして、本当にありがとうございました。

そしてそして、なにより一番の支えは、ここまでシリーズを応援してくださった読者の皆様です。南米はとっつきやすい舞台ではなかったと思いますし、登場人物の多さや設定の複雑さなど（蓮川先生の美麗なイラストのサポートがあったとはいえ）ハードルはやや高めだったのではないかと思います。そんななか、私のジャングルへの熱い想いを受け止めてくださり、キャラクターたちと一緒にハラハラドキドキしてくださった皆様に、心より御礼申し上げます。

よろしければ、シリーズを通しての感想などお寄せくださいませ。

いまは物語にエンドマークを打つことができて、ほっとしておりますが、その上で、まだ書き足りていない自分もおります。そう遠からず、ジャングルと南米に戻って来てしまいそうな予感（笑）。それまで皆様、彼らを忘れずにいてくださるとうれしいです。またお会いできます日を楽しみに。

岩本薫

このたびは小社の作品をお買い上げくださり、ありがとうございます。
下記よりアンケートにご協力お願いいたします。
http://www.bs-garden.com/enquete_form/

紅の命運 Prince of Silva

SHY NOVELS348

岩本 薫 著

KAORU IWAMOTO

ファンレターの宛先
〒101-0065 東京都千代田区西神田3-3-9大洋ビル3F
(株)大洋図書 SHY NOVELS編集部
「岩本 薫先生」「蓮川 愛先生」係
皆様のお便りをお待ちしております。

初版第一刷2017年11月3日

発行者 山田章博
発行所 株式会社大洋図書
〒101-0065 東京都千代田区西神田3-3-9大洋ビル
電話 03-3263-2424(代表)
〒101-0065 東京都千代田区西神田3-3-9大洋ビル3F
電話 03-3556-1352(編集)
イラスト 蓮川 愛
デザイン 川谷デザイン
カラー印刷 大日本印刷株式会社
本文印刷 株式会社暁印刷
製本 株式会社暁印刷

ISBN978-4-8130-1316-7

SHY NOVELS
好評発売中

岩本 薫

BL大河決定版!
シウヴァシリーズ
画・蓮川 愛

白の純真 Prince of Silva

諦められるくらいなら、抱いたりしなかった
代々シウヴァ家の忠実な側近であった鏑木と恋人になった蓮だが、ふたりの関係を知ったガブリエルの脅迫により、鏑木はシウヴァを去ることに。蓮を護るために水面下で活動する鏑木だが、そんなとき、蓮に縁談が持ち上がる。鏑木は俺が結婚してもいいのか？　そう聞きたい蓮だったが、肯定されるのが怖くて口にできずにいた。嫉妬とすれ違い、さらに謎の植物ブルシャを狙うガブリエルの陰謀に二人は翻弄され……。

紫の祝祭 Prince of Silva

追いつめているのか、追いつめられているのか
シウヴァの総帥として重責を担う蓮のそばには、少し前までは守護者であり恋人でもある鏑木が側近として常にいた。けれどいま、鏑木に代わって蓮のそばにいるのは、味方を装いながら蓮と鏑木を追いつめていく美貌の男・ガブリエルだ。何も知らないふりで総帥としての勤めを果たす蓮。ガブリエルの正体を掴もうと密かに行動を続ける鏑木。わずかな逢瀬にも愛情を交わし合うふたりだが、敵の手が迫り!?　野望、裏切り、過去が露にするものは!?